Frank Fiorelli #400
216 368 1954
307 → cristina

jean 216 421 9000
gene

Paulo Coelho

La bruja
de Portobello

Traducción de Montserrat Mira

Grijalbo

La bruja de Portobello

Título original en portugués: *A bruxa de Portobello*

© 2006. Paulo Coelho

Primera edición en México, 2006
Primera reimpresión, 2006

Traducción: Ana Belén Costas
de la edición en castellano de
Grupo Editorial Planeta, S.A.I.C.
Independencia 1668, C 1100 ABQ, Buenos Aires

http://www.paulocoelho.com

Editada y publicada según acuerdo con
Sant Jordi Asociados, Barcelona, España.

D. R. 2006, Random House Mondadori, S. A. de C. V.
    Av. Homero No. 544, Col. Chapultepec Morales,
    Del. Miguel Hidalgo, C. P. 11570, México, D. F.

www.randomhousemondadori.com.mx

ISBN-13: 978-970-780-102-8
ISBN-10: 970-780-102-6

Impreso en México / *Printed in Mexico*

*Para S. F. X., sol que irradió luz y calor
por donde pasó, y un ejemplo para aquellos
que piensan más allá de sus horizontes.*

Oh, María, sin pecado concebida, rogad por nosotros que recurrimos a Vos. Amén.

Nadie enciende una lámpara y la pone en sitio oculto, ni bajo el celemín, sino sobre el candelabro, para que los que entren vean el resplandor.
Lucas, 11, 33

A ntes de que todas estas declaraciones saliesen de mi mesa de trabajo para seguir el destino que yo había determinado para ellas, pensé en convertirlas en un libro tradicional, en el que se cuenta una historia real después de una exhaustiva investigación.

Empecé a leer una serie de biografías que pudiesen ayudarme a escribirlo, y entendí una cosa: la opinión del autor respecto al personaje principal acaba influyendo en el resultado de las investigaciones. Como mi intención no era exactamente decir lo que pienso sino mostrar cómo vieron la historia de la «bruja de Portobello» sus principales personajes, acabé abandonando la idea del libro; pensé que era mejor limitarme a transcribir lo que me habían contado.

HERON RYAN, 44 años, periodista

N adie enciende una lámpara para esconderla detrás de la puerta: el objetivo de la luz es dar más luz, abrir los ojos, mostrar las maravillas a su alrededor.

Nadie ofrece en sacrificio lo más importante que posee: el amor.

Nadie pone sus sueños en manos de aquellos que pueden destruirlos.

Excepto Athena.

Mucho tiempo después de su muerte, su antigua maestra me pidió que la acompañase hasta la ciudad de Prestopans, en Escocia. Allí, aprovechando una ley feudal que fue abolida al mes siguiente, la ciudad concedió el perdón oficial a ochenta y una personas —y a sus gatos— ejecutadas por practicar la brujería entre los siglos XVI y XVII.

Según la portavoz oficial de los Barones de Prestoungrange y Dolphinstoun, «la mayoría habían sido condenados sin ninguna prueba concreta, basándose solamente en los testigos de la acusación, que declaraban sentir la presencia de espíritus malignos».

No merece la pena recordar de nuevo todos los excesos de la Inquisición, con sus potros de tortura y sus hogueras en llamas de odio y venganza. Pero en el camino, Edda repitió varias veces que había algo en ese gesto que no podía aceptar: la ciudad y el decimocuarto Barón de Prestoungrange y Dolphinstoun les estaban «concediendo el perdón» a personas ejecutadas brutalmente.

—Estamos en pleno siglo XXI, y los descendientes de los verdaderos criminales, aquellos que mataron inocentes, todavía se creen en el derecho de «perdonar». Ya sabe a qué me refiero, Heron.

Lo sabía. Una nueva caza de brujas empieza a ganar terreno; esta vez el arma no es el hierro ardiente, sino la ironía o la represión. Todo aquel que descubre un don o que por casualidad osa hablar de su aptitud pasa a ser visto con desconfianza. Y generalmente, el marido, la esposa, el padre, el hijo, o quien sea, en vez de enorgullecerse, le prohíbe cualquier mención al respecto, por miedo a exponer a su familia al ridículo.

Antes de conocer a Athena pensaba que no era más que una forma deshonesta de explorar la desesperanza del ser humano. Mi viaje a Transilvania para el documental sobre vampiros también era una manera de demostrar cómo se engaña fácilmente a la gente; ciertas creencias permanecen en el imaginario del ser humano, por más absurdas que puedan parecer, y acaba usán-

∽

dolas gente sin escrúpulos. Cuando visité el castillo de Drácula, reconstruido sólo para darles a los turistas la sensación de estar en un lugar especial, se me acercó un funcionario del gobierno; insinuó que recibiría un regalo bastante «significativo» (según sus palabras) cuando se pasase la película en la BBC. Para este funcionario, yo estaba ayudando a propagar la importancia del mito, y eso merecía ser recompensado generosamente. Uno de los guías dijo que el número de visitantes aumentaba cada año, y que cualquier referencia al lugar sería positiva, incluso aquellas que afirmaban que el castillo era falso, que Vlad Dracul era un personaje histórico sin ninguna referencia al mito, y que todo era fruto del delirio de un irlandés *(N. R.: Bram Stoker)* que jamás había visitado la región.

En aquel preciso momento, entendí que, por más riguroso que fuese con los hechos, estaba colaborando involuntariamente con una mentira; aunque la idea de mi ruta fuese precisamente desmitificar el sitio, la gente cree en lo que quiere; el guía tenía razón, en el fondo estaba colaborando haciendo más propaganda. Desistí inmediatamente del proyecto, a pesar de haber invertido una cantidad razonable en el viaje y en las investigaciones.

Pero el viaje a Transilvania acabaría teniendo un enorme impacto en mi vida: conocí a Athena cuando ella buscaba a su madre. El destino, este misterioso, implacable destino, nos puso frente a frente en la insignificante recepción de un hotel más insignificante todavía. Fui testigo de su primera conversación con Deidre, o Edda, como le gusta que la llamen. Asistí, como si fuese un espectador de mí mismo, a la lucha inútil que emprendió mi corazón por no dejarme seducir por una mujer que no pertenecía a mi mundo. Aplaudí cuando la razón perdió la batalla, y la única alternativa que me quedó fue entregarme, aceptar que estaba enamorado.

Y esta pasión me llevó a ver rituales que nunca imaginé que existiesen, dos materializaciones, trances. Creyendo que estaba ciego de amor, dudé de todo, y la duda, en vez de paralizarme, me empujó hacia océanos que no podía admitir que existían. Fue esta fuerza la que en los momentos más difíciles me permitió afrontar el cinismo de otros amigos periodistas, y escribir sobre Athena y su trabajo. Y como el amor sigue vivo, aunque Athena ya esté muerta, la fuerza sigue presente, pero todo lo que quiero es olvidar lo que vi y lo que aprendí. Sólo podía navegar en este mundo de la mano de Athena.

Éstos eran sus jardines, sus ríos, sus montañas. Ahora que ella se ha marchado, necesito que todo vuelva rápidamente a ser como antes; voy a fijarme más en los problemas del tráfico, en la política exterior de Gran Bretaña, en la forma en la que administran nuestros impuestos. Quiero volver a pensar que el mundo de la magia no es más que un truco bien hecho. Que la gente es supersticiosa. Que las cosas que la ciencia no puede explicar no tienen derecho a existir.

Cuando las reuniones de Portobello empezaron a descontrolarse, fueron innumerables las discusiones sobre su comportamiento, aunque hoy en día me alegre de que jamás me oyera. Si hay algún consuelo en la tragedia de perder a alguien a quien amamos tanto, es la esperanza, siempre necesaria, de que tal vez haya sido mejor así.

Me despierto y me duermo con esta certeza; fue mejor que Athena se marchara antes de bajar a los infiernos de esta tierra. Jamás iba a volver a conseguir la paz de espíritu después de los sucesos que la caracterizaron como «la bruja de Portobello». El resto de su vida iba a ser una confrontación amarga entre sus sueños personales y la realidad colectiva. Conociendo su naturaleza, iba a luchar hasta el final, a gastar su energía y su alegría demostrando algo que nadie, absolutamente nadie, está dispuesto a creer.

Quién sabe, buscó la muerte como un náufrago busca una isla. Debió de estar en muchas estaciones de metro de madrugada, esperando a atracadores que no venían. Caminó por los barrios más peligrosos de Londres en busca de un asesino que no aparecía. Provocó la ira de los fuertes, que no consiguieron manifestar su rabia.

Hasta que consiguió ser brutalmente asesinada. Pero, a fin de cuentas, ¿cuántos de nosotros evitamos ver cómo las cosas importantes de nuestras vidas desaparecen de un momento a otro? No me refiero a las personas, sino también a nuestros ideales y nuestros sueños: podemos resistir un día, una semana, algunos años, pero estamos condenados a perder. Nuestro cuerpo sigue vivo, pero tarde o temprano el alma acaba recibiendo un golpe mortal. Un crimen perfecto, no sabemos quién asesinó nuestra alegría, qué motivos lo provocaron, ni dónde están los culpables.

Y esos culpables, que no dicen sus nombres, ¿serán conscientes de sus gestos? Creo que no, porque ellos también son víctimas de la realidad que han creado, aunque sean depresivos, arrogantes, impotentes y poderosos.

No entienden y no entenderían nunca el mundo de Athena. Menos mal que lo digo de esta manera: el mundo de Athena. Por fin voy aceptando que ella estaba aquí de paso, como un favor, como alguien que está en un bonito palacio, comiendo lo mejor, consciente de que no es más que una fiesta, de que el palacio no es suyo, de que la comida no se compró con su dinero, y de que, en un momento dado, las luces se apagan, los dueños se van a dormir, los empleados vuelven a sus habitaciones, la puerta se cierra, y estamos otra vez en la calle, esperando un taxi o un autobús, de vuelta a la mediocridad del día a día.

Estoy volviendo. Mejor dicho: una parte de mí está volviendo a este mundo en el que sólo tiene sentido lo que vemos, tocamos y podemos explicar. Quiero otra vez las multas por exceso de velocidad, la gente discutiendo en la caja del banco, las eternas quejas por el tiempo, las películas de terror y las carreras de Fórmula 1. Ése es el universo en el que tendré que convivir el resto de mis días; me voy a casar, voy a tener hijos, y el pasado será un recuerdo lejano, que al final me hará preguntarme durante el día: ¿cómo pude estar tan ciego, cómo pude ser tan ingenuo?

También sé que, durante la noche, una parte de mí vagará en el espacio, en contacto con cosas que son tan reales como la cajetilla de tabaco o el vaso de ginebra que tengo frente a mí. Mi alma bailará con el alma de Athena, estaré con ella mientras duermo, me despertaré sudando, iré a la cocina a beber un vaso de agua, entenderé que para combatir los fantasmas hay que usar cosas que no formen parte de la realidad. Entonces, siguiendo los consejos de mi abuela, pondré una tijera abierta en la mesilla de noche para cortar la continuación del sueño.

Al día siguiente veré la tijera con cierto remordimiento. Pero tengo que adaptarme de nuevo a este mundo, o acabaré volviéndome loco.

N adie puede manipular a nadie. En una relación, ambos saben lo que hacen, aunque uno de ellos vaya después a quejarse de que ha sido utilizado.

Eso es lo que decía Athena, pero se comportaba de manera contraria, porque fui utilizada y manipulada, y no tuvo consideración alguna por mis sentimientos. La cosa es todavía más seria cuando hablamos de magia; después de todo, era mi maestra, encargada de transmitir los misterios sagrados, despertar la fuerza desconocida que todos nosotros poseemos. Cuando nos aventuramos en este mar desconocido, confiamos ciegamente en aquellos que nos guían, creyendo que saben más que nosotros.

Pues puedo asegurar que no. Ni Athena, ni Edda, ni la gente que conocí a través de ellas. Ella me decía que aprendía a medida que enseñaba, y aunque yo al principio me resistía a creerlo, más tarde me convencí de que quizá pudiera ser verdad. Acabé descubriendo que era otra de sus muchas maneras de hacer que bajásemos la guardia y nos entregásemos a su encanto.

La gente que está en la búsqueda espiritual no piensa: quiere resultados. Quiere sentirse poderosa, lejos de las masas anónimas. Quieren ser especiales. Athena jugaba con estos sentimientos ajenos de manera aterradora.

∾

Me parece que, en el pasado, sintió una profunda admiración por santa Teresa de Lisieux. La religión católica no me interesa, pero por lo que he oído, Teresa tenía una especie de comunión mística y física con Dios. Athena mencionó una vez que le gustaría que su destino se pareciese al de ella: en ese caso, debió de entrar en un convento y dedicar su vida a la contemplación y al servicio de los pobres. Sería mucho más útil al mundo, y mucho menos peligroso que inducir a la gente, a través de música y rituales, a una especie de intoxicación que puede llevar a entrar en contacto con lo mejor, pero también con lo peor de nosotros mismos.

Yo la seguí en busca de una respuesta al sentido de mi vida, aunque lo disimulase en nuestro primer encuentro. Debí de haberme dado cuenta desde el principio de que a Athena eso no le interesaba mucho; quería vivir, bailar, hacer el amor, viajar, reunir gente a su alrededor para demostrar lo sabia que era, exhibir sus dones, provocar a los vecinos, aprovecharse de todo lo que tenemos de más profano, aunque intentase darle un barniz espiritual a su búsqueda.

Cada vez que nos veíamos, para ceremonias mágicas o para ir a un bar, yo sentía su poder; casi era capaz de tocarlo, dada la fuerza con la que se manifestaba. Al principio me quedé fascinada, quería ser como ella. Pero un día, en un bar, ella empezó a hablar sobre el «Tercer Rito», relacionado con la sexualidad. Lo hizo delante de mi novio. Su pretexto era enseñarme. Su objetivo, según mi opinión, era seducir al hombre que yo amaba.

Y claro, acabó consiguiéndolo.

No es bueno hablar de la gente que ha pasado de esta vida al plano astral. Athena no tendrá que rendirme cuentas a mí, sino a todas aquellas fuerzas que sólo utilizó en beneficio propio, en vez de canalizarlas hacia el bien de la humanidad y su propia superación espiritual.

Y lo que es peor: todo lo que empezamos juntas pudo haber resultado bien, si no hubiese sido por su exhibicionismo compulsivo. Si se hubiera comportado de una manera más discreta, hoy estaríamos cumpliendo juntas esa misión que nos fue confiada. Pero no podía controlarse: se creía dueña de la verdad, capaz de sobrepasar todas las barreras utilizando solamente su poder de seducción.

¿Cuál fue el resultado? Que me quedé sola. Y no puedo abandonar el trabajo a la mitad, tengo que llegar hasta el final, aunque a veces me sienta débil, y casi siempre desanimada.

No me sorprende que su vida terminara de esa manera: vivía flirteando con el peligro. Dicen que las personas extravertidas son más infelices que las introvertidas, y necesitan compensarlo demostrándose a sí mismas que están contentas, alegres, a bien con la vida; al menos, en su caso, este comentario es absolutamente correcto.

Athena era consciente de su carisma, e hizo sufrir a todos los que la amaron.

Incluso a mí.

DEIDRE O'NEILL, 37 años, médica, conocida como Edda

S i un hombre que no conocemos en absoluto nos llama hoy por teléfono, charlamos un poco, no insinúa nada, no dice nada especial, pero aun así nos presta una atención que normalmente no recibimos, somos capaces de acostarnos con él esa misma noche relativamente enamoradas. Somos así, y no hay nada de malo en ello; es propio de la naturaleza femenina abrirse al amor con gran facilidad.

Fue ese amor el que me llevó a encontrarme con la Madre cuando tenía diecinueve años. Athena también tenía esa edad cuando entró por primera vez en trance a través del baile. Pero eso era lo único que teníamos en común: la edad de nuestra iniciación.

En todo lo demás éramos total y profundamente distintas, principalmente en nuestra manera de lidiar con los demás. Como su maestra, siempre di lo mejor de mí, para que pudiera organizar su búsqueda interna. Como amiga —aunque no tenga la seguridad de que ese sentimiento fuera correspondido—, intenté alertarla del hecho de que el mundo todavía no estaba preparado para las transformaciones que ella quería provocar. Recuerdo que perdí algunas noches de sueño hasta que tomé la de-

∾

cisión de permitirle actuar con total libertad, siguiendo lo que su corazón le dictaba.

Su gran problema era ser una mujer del siglo XXII, viviendo en el siglo XXI, permitiendo que todos lo viesen. ¿Pagó un precio? Sin duda. Pero habría pagado un precio mucho más alto si hubiera reprimido su exuberancia. Estaría amargada, frustrada, siempre preocupada por «lo que pensarán los demás», siempre diciendo «déjame resolver estos asuntos, después me dedico a mi sueño», quejándose constantemente de «las condiciones ideales que no se dan nunca».

Todos buscan un maestro perfecto; lo que pasa es que los maestros son humanos, aunque sus enseñanzas puedan ser divinas, y eso es algo que a la gente le cuesta aceptar. No hay que confundir al profesor con la clase, el ritual con el éxtasis, el transmisor del símbolo con el símbolo mismo. La Tradición está ligada al encuentro con las fuerzas de la vida, y no a las personas que lo transmiten. Pero somos débiles: le pedimos a la Madre que nos envíe guías, pero ella sólo envía las señales de la carretera que tenemos que recorrer.

¡Ay de aquellos que buscan pastores, en vez de ansiar la libertad! El encuentro con la energía superior está al alcance de cualquiera, pero está lejos de aquellos que transfieren su responsabilidad hacia los demás. Nuestro tiempo en esta tierra es sagrado, y debemos celebrar cada momento.

La importancia de eso ha sido completamente olvidada: incluso las fiestas religiosas se han convertido en ocasiones para ir a la playa, al parque, a las estaciones de esquí. Ya no hay rituales. Ya no podemos convertir las acciones ordinarias en manifestaciones sagradas. Cocinamos quejándonos de la pérdida de tiempo, cuando po-

∽

dríamos estar transformando amor en comida. Trabajamos creyendo que es una maldición divina, cuando deberíamos usar nuestras habilidades para darnos placer, y para propagar la energía de la Madre.

Athena sacó a la superficie el riquísimo mundo que todos llevamos en el alma, sin darse cuenta de que la gente todavía no está preparada para aceptar sus poderes.

Nosotras, las mujeres, cuando le buscamos un sentido a nuestra vida, o el camino del conocimiento, siempre nos identificamos con uno de los cuatro arquetipos clásicos.

La Virgen (y no hablo de sexualidad) es aquella cuya búsqueda se da a través de la independencia completa, y todo lo que aprende es fruto de su capacidad para afrontar sola los desafíos.

La Mártir descubre en el dolor, en la entrega y en el sufrimiento una manera de conocerse a sí misma.

La Santa encuentra en el amor sin límites, en la capacidad de dar sin pedir nada a cambio, la verdadera razón de su vida.

Finalmente, la Bruja busca el placer completo e ilimitado, justificando así su existencia.

Athena fue las cuatro al mismo tiempo, aunque generalmente debemos escoger sólo una de estas tradiciones femeninas.

Claro que podemos justificar su comportamiento alegando que todos los que entran en estado de trance o de éxtasis pierden el contacto con la realidad. Eso es falso: el mundo físico y el mundo espiritual son lo mismo. Podemos divisar lo Divino en cada mota de polvo, pero eso no nos impide limpiarlo con una esponja mojada. Lo divino no desaparece, sino que se transforma en la superficie limpia.

Athena debió haber tenido más cuidado. Al reflexionar sobre la vida y la muerte de mi discípula, descubro que sería mejor que cambiase un poco mi manera de actuar.

¿A thena? ¡Qué nombre tan interesante! Vamos a ver... tu número Máximo es el nueve. Optimista, social, capaz de hacerse notar en medio de una multitud. La gente se acerca a ella en busca de comprensión, compasión, generosidad, y precisamente por eso tiene que estar muy atenta, porque la tendencia a la popularidad puede subírsele a la cabeza y acabar perdiendo más de lo que gana. También debe tener cuidado con la lengua, pues tiende a hablar más que lo que aconseja el buen juicio.

En cuanto a tu número Mínimo: el once. Creo que anhela un puesto de directiva. Interés por los temas místicos; a través de ellos intenta aportar armonía a todos los que están a su alrededor.

Pero eso entra directamente en confrontación con el número nueve, que es la suma del día, el mes y el año de su nacimiento, reducidos a un único algoritmo: estará siempre sujeta a la envidia, la tristeza, la introversión y las decisiones temperamentales. Cuidado con las siguientes vibraciones negativas: ambición excesiva, intolerancia, abuso de poder, extravagancia.

A causa de este conflicto, le sugiero que se dedique a algo que no implique un contacto emocional con la gente, en el sector de la informática o la ingeniería, por ejemplo.

¿Está muerta? Disculpe. ¿Qué hacía?

¿Qué hacía Athena? Athena hizo un poco de todo, pero si tuviera que resumir su vida, diría que era una sacerdotisa que comprendía las fuerzas de la naturaleza. Mejor dicho, era alguien que, por el simple hecho de no tener mucho que perder ni que esperar de la vida, se arriesgó más que los demás, y acabó convirtiéndose en las fuerzas que creía dominar.

Trabajó en un supermercado, fue empleada de banca, agente inmobiliaria, y en cada uno de estos puestos jamás dejó de manifestarse la sacerdotisa que llevaba dentro. Conviví con ella durante ocho años, y le debía esto: recuperar su memoria, su identidad.

Lo más difícil al recoger estas declaraciones fue convencer a la gente para que me permitiesen utilizar sus nombres verdaderos. Algunos alegaron que no querían verse envueltos en este tipo de historias, otros intentaban esconder sus opiniones y sus sentimientos. Les expliqué que mi verdadera intención era hacer que todos los implicados la entendiesen mejor, y que nadie iba a creer en declaraciones anónimas.

Como cada uno de los entrevistados se creía en posesión de la única y definitiva versión de cualquier suceso, por más insignificante que éste fuese, acabaron aceptando. En el transcurso de las grabaciones, comprendí que las cosas no son absolutas; existen en función de la percepción de cada uno. Y muchas veces, la mejor manera de saber quiénes somos es intentar saber cómo nos ven los demás.

∽

Eso no quiere decir que vayamos a hacer lo que espe-
ran, pero al menos nos comprendemos mejor. Yo le debía
eso a Athena.
  Recuperar su historia. Escribir su mito.

Samira R. Khalil, 57 años, ama de casa, madre de Athena

N o la llames Athena, por favor. Su verdadero nombre es Sherine. ¡Sherine Khalil, hija muy querida, muy deseada, que tanto yo como mi marido querríamos haber tenido por nosotros mismos!

Pero la vida tenía otros planes; cuando la generosidad del destino es muy grande, siempre hay un pozo en el que pueden caer todos los sueños.

Vivíamos en Beirut, en la época en la que todo el mundo la consideraba como la ciudad más bella de Oriente Medio. Mi marido era un empresario de éxito, nos casamos por amor, viajábamos a Europa todos los años, teníamos amigos, nos invitaban a todos los acontecimientos sociales importantes, y una vez llegué a recibir en mi casa a un presidente de Estados Unidos, ¡imagínate! Fueron tres días inolvidables: dos de ellos, en los que el servicio secreto americano examinó minuciosamente cada rincón de nuestra casa (ya estaban en el barrio desde hacía más de un mes, ocupando todas las posiciones estratégicas, alquilando apartamentos, disfrazándose de mendigos o de parejas de enamorados); y un día, mejor dicho, dos horas de fiesta. Jamás se me olvidará la envidia en los ojos de nuestros amigos, ni la alegría de poder fotografiarnos con el hombre más poderoso del planeta.

Lo teníamos todo, menos aquello que más deseábamos: un hijo. Así que no teníamos nada.

Lo intentamos de todas las maneras, hicimos promesas, fuimos a sitios en los que nos garantizaban un milagro, consultamos a médicos, curanderos, tomamos remedios y bebimos elíxires y pociones mágicas. Dos veces me hice la inseminación artificial, pero perdí al bebé. La segunda, perdí también mi ovario izquierdo, y no volví a encontrar a otro médico que quisiera arriesgarse en una nueva aventura de ese tipo.

Hasta que uno de los muchos amigos que conocía nuestra situación sugirió la única salida posible: adoptar a un niño. Dijo que tenía contactos en Rumania, y que el procedimiento no se iba a prolongar mucho.

Un mes después cogimos un avión; nuestro amigo tenía negocios importantes con el dictador que gobernaba el país en esa época, y del que no recuerdo el nombre *(N. R.: Nicolai Ceausescu)*, de modo que pudimos evitar todos los trámites burocráticos y fuimos a dar a un centro de adopción de Sibiu, en Transilvania. Allí, ya nos estaban esperando con café, cigarrillos, agua mineral, y todo el papeleo preparado, sólo teníamos que escoger al niño.

Nos condujeron a una estancia en la que hacía mucho frío, y me pregunté cómo podían tener a aquellas pobres criaturas en aquella situación. Mi primer instinto fue adoptarlas a todas, llevarlas a nuestro país, en el que había sol y libertad, pero por supuesto era una idea descabellada. Paseamos entre las cunas, oyendo llantos, aterrorizados por la decisión que teníamos que tomar.

Durante más de una hora, ni yo ni mi marido intercambiamos palabra alguna. Salimos, tomamos café, fumamos, volvimos, y esto se repitió varias veces. Noté que la mujer encargada de la adopción empezaba a impacientarse, tenía que decidirme pronto; en ese momento, siguiendo un instinto que me atrevería a llamar maternal, como si hubiese encontrado a un hijo que tenía que ser mío en esta encarnación pero que había llegado a este mundo a través de otro vientre, señalé a una niña.

La encargada sugirió que lo pensásemos mejor. ¡Ella, que parecía tan impaciente con nuestra demora! Pero yo ya me había decidido.

Aun así, con todo el cuidado, intentando no herir mis sentimientos (ella pensaba que teníamos contactos con las más altas esferas del gobierno rumano), me susurró de manera que mi marido no oyese:

—Sé que no saldrá bien. Es la hija de una gitana.

Le respondí que una cultura no se puede transmitir a través de los genes; la niña, que no tenía más que tres meses, sería mi hija y de mi marido, educada según nuestras costumbres. Conocería la iglesia que frecuentábamos, las playas a las que íbamos a pasear, leería sus libros en francés, estudiaría en la Escuela Americana de Beirut. Por lo demás, no tenía ninguna información —y sigo sin tenerla— sobre la cultura gitana. Sólo sé que viajan, que no siempre se duchan, que engañan a los demás y que llevan un pendiente en la oreja. Cuenta la leyenda que acostumbran a raptar niños para llevarlos en sus caravanas, pero allí estaba sucediendo exactamente lo contrario: habían dejado atrás a una niña, para que yo me encargase de ella.

La mujer todavía intentó disuadirme, pero yo ya estaba firmando los papeles, y pidiéndole a mi marido que hiciese lo mismo. De regreso a Beirut, el mundo parecía diferente: Dios me había dado una razón para existir, para trabajar, para luchar en este valle de lágrimas. Ahora teníamos una niña para justificar todos nuestros esfuerzos.

Sherine creció en sabiduría y belleza (creo que todos los padres dicen lo mismo, pero pienso que era una niña realmente excepcional). Una tarde, cuando ella ya tenía cinco años, uno de mis hermanos me dijo que, si ella quería trabajar fuera, su nombre siempre delataría su origen, y sugirió que lo cambiásemos por uno que no dijese absolutamente nada, como Athena. Claro que hoy sé que Athena no es solamente un nombre parecido a la capital de un país, sino también la diosa de la sabiduría, de la inteligencia y de la guerra.

Y posiblemente mi hermano no sólo supiese esto, sino que era consciente de los problemas que un nombre árabe podría causarle en el futuro (estaba metido en política, como toda nuestra familia, y quería proteger a su sobrina de las nubes negras que él, sólo él, podía divisar en el horizonte). Lo más sorprendente es que a Sherine le gustó el sonido de la palabra. En una sola tarde empezó a referirse a sí misma como Athena, y ya nadie pudo quitárselo de la cabeza. Para contentarla, adoptamos también ese sobrenombre, pensando que pronto se olvidaría del tema.

¿Puede un nombre afectar la vida de una persona? Porque el tiempo pasó, el sobrenombre resistió, y acabamos adaptándonos a él.

A los doce años, descubrimos que tenía una cierta vocación religiosa: vivía en la iglesia, se sabía los evangelios de memoria, lo cual era al mismo tiempo una bendición y una maldición. En un mundo que empezaba a estar cada vez más dividido por las creencias religiosas, yo temía por la seguridad de mi hija. A esas alturas, Sherine ya empezaba a decirnos, como si fuese lo más normal del mundo, que tenía una serie de amigos invisibles, ángeles y santos cuyas imágenes solía ver en la iglesia que frecuentábamos. Está claro que todos los niños del mundo tienen visiones, aunque es raro que se acuerden una vez pasada determinada edad. También suelen darles vida a las cosas inanimadas, como las muñecas o los osos de peluche. Pero empecé a creer que estaba exagerando cuando un día fui a buscarla al colegio y me dijo que había visto a «una mujer vestida de blanco, parecida a la Virgen María».

Creo en los ángeles, claro. Creo incluso que los ángeles hablan con los niños pequeños, pero cuando las apariciones son de gente adulta, las cosas cambian. Conozco algunas historias de pastores y de gente del campo que afirman haber visto a una mujer de blanco, lo que ha acabado destruyendo sus vidas, ya que la gente los busca para hacer milagros, los curas se preocupan, las aldeas se convierten en centros de peregrinación, y los pobres niños acaban su vida en un convento. Así que me quedé muy preocupada con esta historia; a su edad debería haber estado más interesada por los estuches de maquillaje, por pintarse las uñas, ver telenovelas románticas o programas infantiles en la tele. Algo iba mal con mi hija y fui a ver a un especialista.

—Relájese —dijo.

Para el pediatra especializado en psicología infantil, como para la mayoría de los médicos que tratan estos temas, los amigos invisibles son una especie de proyección de los sueños, que ayudan al niño a descubrir sus deseos, expresar sus sentimientos, encontrarse consigo mismo, de una manera inofensiva.

—¿Pero una mujer de blanco?

Me respondió que tal vez Sherine no comprendía nuestra manera de ver o de explicar el mundo. Sugirió que, poco a poco, empezásemos a preparar el terreno para decirle que había sido adoptada. En el lenguaje del especialista, lo peor que podía ocurrir es que se enterase por sí misma, pues empezaría a dudar de todo el mundo. Su comportamiento podría volverse imprevisible.

A partir de ese momento, cambiamos nuestra manera de dialogar con ella. No sé si el ser humano puede recordar cosas que le ocurrieron cuando todavía era bebé, pero intentamos demostrarle cuánto la queríamos, y que ya no tenía que refugiarse en un mundo imaginario. Tenía que entender que su universo visible era lo más hermoso, que sus padres la iban a proteger de cualquier peligro, Beirut era bonita, las playas siempre estaban llenas de sol y de gente. Sin enfrentarme directamente con esa «mujer», empecé a pasar más tiempo con mi hija, invité a sus amigos del colegio a que frecuentasen la casa, no perdía ni una sola oportunidad para demostrarle todo nuestro cariño.

La estrategia dio resultado. Mi marido viajaba mucho, Sherine lo echaba de menos, y en nombre del amor decidió cambiar su estilo de vida. Las conversaciones solitarias empezaron a ser sustituidas por juegos entre padre, madre e hija.

Todo iba bien hasta que una noche ella vino llorando a mi habitación, diciendo que tenía miedo, que el infierno estaba cerca. Yo estaba sola en casa; mi marido, una vez más, había tenido que ausentarse, y pensé que ésa era la razón de su desesperación. ¿Pero infierno? ¿Qué le estaban enseñando en el colegio o en la iglesia? Decidí que al día siguiente iría a hablar con la profesora. Sherine, sin embargo, no dejaba de llorar. La llevé hasta la ventana, le enseñé el Mediterráneo, allá fuera, iluminado por la luna llena. Le dije que no había demonios, sino estrellas en el cielo y gente caminando por el bulevar de delante de nuestro apartamento. Le expliqué que no debía tener miedo, que estuviese tranquila, pero ella seguía llorando y temblando. Después de casi media hora intentando calmarla, empecé a ponerme nerviosa. Le pedí que dejase de comportarse de aquella manera, que ya no era una niña. Imaginé que tal vez habría tenido su primera menstruación; discretamente, le pregunté si sangraba.

—Mucho.

Cogí un poco de algodón, le pedí que se acostase para poder tratarle la «herida». No era nada, mañana se lo explicaría. Sin embargo, no le había llegado la menstruación. Todavía lloró un poco, pero debía de estar cansada, porque se durmió en seguida.

Y al día siguiente por la mañana, corrió la sangre.

Cuatro hombres fueron asesinados. Para mí, no era más que una de las eternas batallas tribales a las que mi pueblo estaba acostumbrado. Para Sherine, no debía de ser nada, porque ni siquiera mencionó su pesadilla de la noche anterior.

Sin embargo, a partir de esa fecha, el infierno fue llegando, y hasta hoy no se ha vuelto a marchar. El mismo día, veintiséis palestinos murieron en un autobús, como venganza por el asesinato. Veinticuatro horas después, ya no se podía andar por las calles, por culpa de los tiros que salían de todas partes. Cerraron los colegios. A Sherine la trajo a casa una de sus profesoras a toda prisa y, a partir de ahí, todos perdieron el control de la situación. Mi marido interrumpió su viaje y volvió a casa; se pasó días enteros llamando a sus amigos del gobierno, pero nadie le decía nada que tuviera sentido. Sherine oía los tiros allá fuera, los gritos de mi marido dentro de casa y, para mi sorpresa, no decía ni una palabra. Yo siempre intentaba decirle que era pasajero, que pronto podríamos volver a la playa, pero ella desviaba los ojos y me pedía algún libro para leer, o un disco para escuchar. Mientras el infierno iba instalándose poco a poco, Sherine leía y escuchaba música.

Perdone, pero no quiero pensar demasiado en eso. No quiero pensar en las amenazas que recibimos, en quién tenía la razón, en quiénes eran los culpables y los inocentes. El hecho es que, pocos meses después, quien quería cruzar una determinada calle tenía que coger un barco, ir hasta la isla de Chipre, coger otro barco y desembarcar en el otro lado de la calzada.

Permanecimos dentro de casa prácticamente durante casi un año, siempre esperando que la situación mejorase, siempre pensando que todo aquello era pasajero, que el gobierno controlaría la situación. Una mañana, mientras escuchaba música en su pequeño reproductor portátil, Sherine ensayó unos cuantos pasos de baile, y empezó a decir cosas como «durará mucho, mucho tiempo».

Quise interrumpirla, pero mi marido me cogió del brazo: le estaba prestando atención, y tomándose en serio las palabras de una niña. Nunca entendí por qué, y hasta el día de hoy no hemos comentado el tema; es un asunto tabú entre nosotros.

Al día siguiente, inesperadamente, él empezó a hacer preparativos; al cabo de dos semanas estábamos embarcando hacia Londres. Más tarde nos enteramos de que, aunque no haya estadísticas concretas al respecto, en esos dos años de guerra civil *(N. R.: 1974 y 1975)* murieron alrededor de cuarenta y cuatro mil personas, hubo ciento ochenta mil heridos, miles de refugiados. Los combates continuaron por otras razones, el país fue ocupado por fuerzas extranjeras, y el infierno sigue todavía hoy.

«Durará mucho tiempo», decía Sherine. Dios mío, por desgracia tenía razón.

Lukás Jessen-Petersen, 32 años, ingeniero, ex marido

A thena ya sabía que había sido adoptada por sus padres cuando la vi por primera vez. Tenía diecinueve años y estaba a punto de empezar una pelea en la cafetería de la universidad porque alguien, pensando que ella era de origen inglés (blanca, pelo liso, ojos a veces verdes, a veces grises), había hecho un comentario desfavorable sobre Oriente Medio.

Era el primer día de clase; la gente era nueva, nadie sabía nada de sus compañeros. Pero aquella chica se levantó, cogió a la otra por el cuello y empezó a gritar como una loca:

—¡Racista!

Vi la mirada aterrorizada de la chica, la miradá excitada de los otros estudiantes, sedientos de ver lo que iba a pasar. Como le llevaba un año a aquella gente, pude prever inmediatamente las consecuencias: despacho del rector, quejas, posibilidad de expulsión, investigación policial sobre racismo, etc. Todos tenían algo que perder.

—¡Cállate! —grité sin saber lo que decía.

No conocía a ninguna de las dos. No soy el salvador del mundo y, sinceramente, una pelea de vez en cuando es estimulante para los jóvenes. Pero el grito y la reacción fueron más fuertes que yo.

35

∽

—¡Ya basta! —le grité de nuevo a la chica bonita, que agarraba a la otra, también bonita, por el cuello.

Me miró y me fulminó con los ojos. Y de repente, algo cambió. Ella sonrió, aunque todavía tuviera sus manos en la garganta de su compañera.

—Has olvidado decir por favor.

Todo el mundo se rió.

—Para —le pedí—. Por favor.

Ella soltó a la chica y echó a caminar hacia mí. Todas las cabezas acompañaron su movimiento.

—Tienes educación. ¿Tienes también un cigarrillo?

Le ofrecí la cajetilla y nos fuimos a fumar al campus. Había pasado de la rabia completa a la relajación total, y minutos después se estaba riendo, hablando del tiempo, preguntándome si me gustaba este o aquel grupo de música. Oí la sirena que llamaba a clase y, solemnemente, ignoré aquello para lo que había sido educado toda mi vida: mantener la disciplina. Seguí allí charlando, como si la universidad ya no existiese, ni las peleas, ni la cafetería, ni el viento, ni el frío, ni el sol. Sólo existía aquella mujer de ojos grises, que decía cosas poco interesantes e inútiles, capaces de dejarme allí el resto de mi vida.

Dos horas después estábamos comiendo juntos. Siete horas después estábamos en un bar, cenando y bebiendo lo que nuestro presupuesto nos permitía comer y beber. Las conversaciones se fueron haciendo cada vez más profundas, y al poco tiempo yo ya sabía prácticamente toda su vida: Athena contaba detalles de su infancia, de su adolescencia, sin que yo le hiciese ninguna pregunta. Más tarde supe que ella era así con todo el mundo; sin embargo, aquel día, me sentí el más especial de todos los hombres sobre la faz de la tierra.

∽

Había llegado a Londres como refugiada de la guerra civil que había estallado en el Líbano. Su padre, un cristiano maronita *(N. R.: Rama de la Iglesia católica que, aunque está sometida a la autoridad del Vaticano, no exige el celibato de los sacerdotes y utiliza ritos orientales y ortodoxos)*, había sido amenazado de muerte por trabajar con el gobierno, y aun así no se decidía a exiliarse, hasta que Athena oyó a escondidas una conversación telefónica, decidió que era hora de crecer, de asumir sus responsabilidades de hija, y de proteger a aquellos que tanto amaba.

Ensayó una especie de danza, fingió que estaba en trance (había aprendido todo aquello en el colegio, cuando estudiaba la vida de los santos), y empezó a decir cosas. No sé cómo una niña puede hacer que los adultos tomen decisiones basadas en sus comentarios, pero Athena afirmó que había sido exactamente así, su padre era supersticioso, estaba absolutamente convencida de que había salvado la vida de su familia.

Llegaron aquí como refugiados, pero no como mendigos. La comunidad libanesa está dispersa por todo el mundo, su padre encontró en seguida la manera de restablecer sus negocios, y la vida siguió. Athena pudo estudiar en buenos colegios, dio clases de baile —que era su pasión— y escogió la Facultad de Ingeniería en cuanto terminó sus estudios secundarios.

Ya en Londres, sus padres la invitaron a cenar en uno de los restaurantes más caros de la ciudad, y le contaron, lo más delicadamente posible, que era adoptada. Ella fingió sorpresa, los abrazó, y les dijo que nada iba a cambiar la relación que había entre ellos.

Pero, en realidad, algún amigo de la familia, en un momento de odio, ya le había dicho «huérfana ingrata, ni siquiera eres hija natural, y no sabes cómo comportarte». Ella le lanzó un cenicero que le dio en la cara, lloró a escondidas durante dos días, pero pronto lo asumió. A ese pariente le quedó una cicatriz en la cara que no podía explicarle a nadie, y empezó a decir que lo habían agredido unos asaltantes en la calle.

La invité a salir al día siguiente. De manera absolutamente directa, me dijo que era virgen, que iba a misa todos los domingos y que no le interesaban los romances; le interesaba mucho más leer todo lo que podía sobre la situación en Oriente Medio.

En fin, estaba ocupada. Ocupadísima.

—La gente cree que el único sueño de una mujer es casarse y tener hijos. Y, por todo lo que te he contado, debes creer que he sufrido mucho en la vida. No es verdad, y ya me conozco esa historia, ya se me han acercado otros hombres con la excusa de «protegerme» de las tragedias.

»Olvidan que, desde la Grecia más antigua, la gente que regresaba de los combates o bien venía muerta sobre su escudo, o los más fuertes, sobre sus cicatrices. Mejor así: estoy en el campo de batalla desde que nací, sigo viva, y no necesito que nadie me proteja.»

Hizo una pausa.

—¿Ves cómo soy culta?

—Muy culta, pero cuando atacas a alguien más débil que tú, estás insinuando que realmente necesitas protección. Podrías haber arruinado tu carrera universitaria en aquel momento.

—Tienes razón. Acepto la invitación.

A partir de ese día empezamos a salir con regularidad, y cuanto más cerca estaba de ella, más descubría mi propia luz. Porque me estimulaba para dar siempre lo mejor de mí mismo. Jamás había leído ningún libro de magia ni de esoterismo: decía que eran cosas del demonio, que la única salvación estaba en Jesús y punto. De vez en cuando, insinuaba cosas que no parecían estar de acuerdo con las enseñanzas de la Iglesia:

—Cristo estaba rodeado de mendigos, prostitutas, recaudadores de impuestos, pescadores. Creo que con eso quería decir que la chispa divina está en el alma de todos, que jamás se extingue. Cuando me quedo quieta, o cuando estoy muy alterada, siento que vibro con el universo entero. Y empiezo a conocer cosas que no conozco, como si fuese el propio Dios el que guía mis pasos. Hay momentos en los que siento que todo me está siendo revelado.

Y luego se corregía:

—Es un error.

Athena vivía siempre entre dos mundos: el que sentía como verdadero y el que le era enseñado a través de su fe.

Un día, después de casi un semestre de ecuaciones, cálculos y estudios de estructura, dijo que iba a abandonar la facultad.

—¡Pero no me lo habías comentado!

—Tenía miedo incluso de hablar de este asunto conmigo misma. Sin embargo, hoy he ido a la peluquería; la peluquera trabajó noche y día para que su hija pudiese acabar la carrera de sociología. Su hija logró acabar la facultad, y después de llamar a muchas puertas, consiguió un empleo como secretaria de una firma de cemento. Aun así, mi peluquera repetía hoy, muy orgullosa: «Mi hija tiene un título».

»La mayoría de los amigos de mis padres, y de los hijos de los amigos de mis padres, tienen un título. Eso no significa que hayan conseguido trabajar en lo que querían. Todo lo contrario, entraron y salieron de la universidad porque alguien, en una época en que las universidades parecen importantes, dijo que una persona, para mejorar en la vida, necesitaba tener un título. Y el mundo deja de tener excelentes jardineros, panaderos, anticuarios, albañiles, escritores.

Le pedí que lo pensase un poco más antes de tomar una decisión tan radical. Pero ella citó los versos de Robert Frost:

En un bosque se bifurcaron dos caminos y yo...,
yo tomé el menos transitado.
Esto marcó toda la diferencia.

Al día siguiente, no apareció por clase. Cuando volví a verla le pregunté qué iba a hacer.

—Casarme. Y tener un hijo.

No era un ultimátum. Yo tenía veinte años, ella diecinueve, y pensaba que todavía era muy pronto para cualquier compromiso de esa naturaleza.

Pero Athena hablaba muy en serio. Y yo tenía que escoger entre perder la única cosa que realmente ocupaba mi pensamiento —el amor por aquella mujer— o perder mi libertad y todas las posibilidades que el futuro me prometía.

Honestamente, la decisión no me resultó ni un poquito difícil.

Padre Giancarlo Fontana, 72 años

C laro que me quedé muy sorprendido cuando aquella pareja, demasiado joven, vino a la iglesia para que organizásemos la ceremonia. Yo conocía poco a Lukás Jessen-Petersen, y aquel mismo día me enteré de que su familia, de una oscura nobleza de Dinamarca, se oponía frontalmente a la unión. No sólo al matrimonio, sino también a la Iglesia.

Su padre, basándose en argumentos científicos relativamente incontestables, decía que la Biblia, en la que se basaba toda la religión, en realidad no era un libro, sino un conjunto de 66 manuscritos diferentes de los que no se conoce ni el verdadero nombre, ni la identidad del autor; entre el primer y el último libro pasaron casi mil años, y que incluso fue escrito después de que Colón descubrió América. Y que ningún ser vivo en todo el planeta —desde los monos a los pájaros— necesita diez mandamientos para saber cómo comportarse. Lo más importante es que sigan las leyes de la naturaleza, y el mundo estará en armonía.

Claro que leo la Biblia. Claro que sé algo de su historia. Pero los seres humanos que la escribieron fueron instrumentos del Poder Divino, y Jesús forjó una alianza mucho más fuerte que los diez mandamientos: el amor.

∞

Los pájaros, los monos, o cualquier criatura de Dios de la que hablemos, obedecen a sus instintos y siguen sólo aquello que está programado. En el caso del ser humano, las cosas son más complicadas, porque conoce el amor y sus trampas.

Bueno. Ya estoy soltando un sermón cuando en realidad debería estar hablando de mi encuentro con Athena y Lukás. Mientras hablaba con el chico —y digo hablar, porque no pertenecemos a la misma fe, y por tanto no estoy sometido al secreto de confesión—, supe que, además del anticlericalismo que reinaba en su casa, había un gran recelo por el hecho de que Athena fuera extranjera. Quise pedirle que recordase por lo menos una cita de la Biblia, que no contiene ninguna alusión a la fe, sino un consejo:

No abominarás al idumeo, porque es tu hermano; tampoco al egipcio tendrás por abominable, porque extranjero fuiste en su tierra.

Perdón. Otra vez empiezo a citar la Biblia, pero prometo que me voy a controlar a partir de ahora. Después de la conversación con el chico, pasé por lo menos dos horas con Sherine, o Athena, como ella prefería que la llamasen.

Athena siempre me intrigó. Desde que empezó a frecuentar la iglesia, me parecía que tenía un proyecto muy claro en mente: convertirse en santa. Me dijo que, aunque su novio no lo supiese, poco antes de que estallase la guerra civil en Beirut había tenido una experiencia muy parecida a la de santa Teresa de Lisieux: había visto sangre en las calles. Podemos atribuirle todo eso a un trauma de la infancia y la adolescencia, pero el hecho es que tal experiencia, conocida como «la posesión creativa por lo sagrado», les sucede a todos los seres humanos, en mayor o menor medida. De repente, por una fracción de segundo, sentimos que toda nuestra vida está justificada, nuestros pecados son perdonados, el amor siempre es más fuerte, y nos puede transformar definitivamente.

Pero también es en ese momento en el que tenemos miedo. Entregarse por completo al amor, ya sea divino o humano, significa renunciar a todo, incluso al propio bienestar, o a la propia capacidad de tomar decisiones. Significa amar en el sentido más profundo de la palabra. En realidad, no queremos ser salvados de la manera que Dios escogió para rescatarnos: queremos mantener el control absoluto de todos nuestros pasos, ser plenamente conscientes de nuestras decisiones, ser capaces de escoger el objeto de nuestra devoción.

Con el amor no es así: llega, se instala, y pasa a controlarlo todo. Sólo algunas almas muy fuertes se dejan llevar, y Athena era un alma fuerte.

Tan fuerte que se pasaba horas en profunda contemplación. Tenía un don especial para la música; decían que bailaba muy bien, pero como la iglesia no es un lugar apropiado para eso, solía traer su guitarra todas las mañanas, y quedarse un rato cantándole a la Virgen, antes de ir a la universidad.

Todavía me acuerdo de cuando la oí por primera vez. Ya había celebrado la misa matinal para los pocos feligreses dispuestos a despertarse temprano en invierno, cuando recordé que me había olvidado de recoger el dinero depositado en la caja de limosnas. Volví, y oí una música que me hizo verlo todo de manera diferente, como si el ambiente hubiese sido tocado por la mano de un ángel. En un rincón, en una especie de trance, una joven de aproximadamente veinte años de edad tocaba con su guitarra algunos himnos de alabanza, con los ojos fijos en la imagen de la Inmaculada Concepción.

Me acerqué a la caja de limosnas. Ella notó mi presencia e interrumpió lo que hacía, pero yo asentí con la cabeza, animándola a seguir. Después me senté en un banco, cerré los ojos y me quedé escuchando.

En ese momento, la sensación del Paraíso, «la posesión creativa por lo sagrado», pareció descender de los cielos. Como si entendiese lo que estaba pasando en mi corazón, ella empezó a combinar el canto con el silencio. En los momentos en los que ella paraba de tocar, yo rezaba una oración. Luego, volvía a sonar la música.

Fui consciente de que estaba viviendo un momento inolvidable de mi vida; esos momentos que no entendemos sino hasta que se han ido. Estaba allí íntegramente, sin pasado, sin futuro, sólo viviendo aquella mañana, aquella música, aquella dulzura, la oración inesperada. Entré en una especie de adoración, de éxtasis, de gratitud por estar en este mundo, contento por haber seguido mi vocación a pesar de los enfrentamientos con mi familia. En la simplicidad de aquella pequeña capilla, en la voz de la chica, en la luz de la mañana que todo lo inundaba, entendí una vez más que la grandeza de Dios se muestra a través de las cosas más simples.

Después de muchas lágrimas y de lo que me pareció una eternidad, ella paró. Me giré, descubrí que era una de mis feligresas. Desde entonces nos hicimos amigos, y siempre que podíamos participábamos de esta adoración a través de la música.

Pero la idea del matrimonio me sorprendió muchísimo. Como nos tratábamos con confianza, quise saber cómo esperaba que la recibiese la familia de su marido.

∞

—Mal. Muy mal.

Con mucha delicadeza, le pregunté si se veía forzada a casarse por alguna razón.

—Soy virgen. No estoy embarazada.

Quise saber si ya se lo había comunicado a su propia familia y me dijo que sí: la reacción fue terrible, acompañada por las lágrimas de su madre y por las amenazas de su padre.

—Cuando vengo aquí a alabar a la Virgen con mi música, no pienso en lo que van a decir los demás; simplemente comparto con ella mis sentimientos. Y desde que tengo uso de razón, siempre ha sido así; soy un vaso en el que la Energía Divina puede manifestarse. Y esta energía ahora me pide que tenga un hijo, para poder darle aquello que mi madre biológica jamás me dio: protección y seguridad.

—Nadie está seguro en esta tierra —respondí. Todavía tenía un largo futuro por delante, había mucho tiempo para que el milagro de la creación se manifestase. Pero Athena estaba decidida:

—Santa Teresa no se rebeló contra la enfermedad que tuvo; todo lo contrario, vio en ello un signo de Gloria. Santa Teresa era mucho más joven que yo, tenía quince años, cuando decidió entrar en un convento. Se lo prohibieron y no lo aceptó, decidió ir a hablar directamente con el Papa. ¿Se imagina lo que es eso? ¡Hablar con el Papa! Y logró su objetivo.

»Esa misma Gloria me está pidiendo algo mucho más fácil y mucho más generoso que una enfermedad: que sea madre. Si espero mucho, no podré ser compañera de mi hijo, la diferencia de edad será grande, y ya no tendremos los mismos intereses en común.»

—No sería la única —insistí.

Pero Athena siguió, como si no me escuchase:

—Sólo soy feliz cuando pienso que Dios existe y me escucha; eso no basta para seguir viviendo, y nada parece tener sentido. Intento mostrar una alegría que no siento, escondo mi tristeza para que no se inquieten los que tanto me aman y se preocupan por mí. Pero recientemente he considerado la posibilidad del suicidio. Por la noche, antes de dormir, tengo largas conversaciones conmigo misma, y pido que se me vaya esta idea de la cabeza: sería una ingratitud hacia todos, una fuga, una manera de expandir tragedia y miseria por la tierra. Por la mañana vengo aquí a hablar con la santa, a pedirle que me libere de los demonios con los que hablo por la noche. Me ha dado resultado hasta ahora, pero empiezo a flaquear. Sé que tengo una misión que he rechazado durante mucho tiempo, y ahora debo aceptarla.

»Esa misión es ser madre. Tengo que cumplirla, o me voy a volver loca. Si no puedo ver la vida creciendo dentro de mí, no podré volver a aceptar la vida que está fuera.»

LUKÁS JESSEN-PETERSEN,
ex marido

C uando Viorel nació yo acababa de cumplir veintidós años. Ya no era el estudiante que acababa de casarse con una ex compañera de facultad, sino un hombre responsable del sustento de su familia, con un enorme peso sobre mis hombros.

Mis padres, por supuesto, que ni siquiera asistieron a la boda, condicionaron cualquier ayuda económica a la separación y a la custodia del niño (mejor dicho, fue mi padre el que lo comentó, porque mi madre solía llamarme llorando, diciéndome que yo estaba loco, pero que le gustaría muchísimo coger a su nieto en brazos). Yo esperaba que, a medida que entendiesen mi amor por Athena y mi decisión de seguir con ella, esa resistencia desaparecería.

Pero no desaparecía. Y ahora tenía que alimentar a mi mujer y a mi hijo. Cancelé la matrícula en la Facultad de Ingeniería. Recibí una llamada de mi padre, con amenazas y cariño: decía que, si seguía así, iba a acabar desheredándome, pero que si volvía a la universidad, consideraría ayudarme «provisionalmente», según sus palabras. Yo lo rechacé; el romanticismo de la juventud exige que tengamos siempre posiciones radicales. Le dije que podía resolver mis problemas yo solito. Hasta el día en que Viorel nació, Athena empezaba a dejarse a que yo la entendiese mejor. Sin embargo, eso no había ocurrido a través de nuestra relación sexual —muy tímida, debo confesar—, sino a través de la música.

La música es tan antigua como los seres humanos, me explicaron después. Nuestros ancestros, que viajaban de caverna en caverna, no podían llevar muchas cosas, pero la arqueología moderna demuestra que, además de lo poco que necesitaban para comer, en su equipaje siempre había un instrumento musical, generalmente un tambor. La música no es simplemente algo que nos agrada, o que nos distrae, sino que, además de eso, es una ideología. Se conoce a la gente por el tipo de música que escucha.

Viendo a Athena bailar mientras estaba embarazada, oyéndola tocar su guitarra para que el bebé se tranquilizase y entendiese que era amado, empecé a dejar que su manera de ver el mundo también contagiase mi vida. Cuando Viorel nació, lo primero que hicimos al llegar a casa fue escuchar un adagio de Albinoni. Cuando discutíamos, era la fuerza de la música —aunque no logre establecer una relación lógica entre una cosa y la otra, excepto pensar en los *hippies*— la que nos ayudaba a afrontar los momentos difíciles.

Pero todo ese romanticismo no nos ayudaba a ganar dinero. Como yo no tocaba ningún instrumento, y ni siquiera podía ofrecerme para distraer a los clientes en un bar, sólo pude conseguir un trabajo de aprendiz en un estudio de arquitectura, haciendo cálculos estructurales. Pagaban muy poco la hora, así que salía de casa temprano y volvía tarde. Casi no podía ver a mi hijo —que estaba siempre durmiendo—, y casi no podía ni hablar ni hacer el amor con mi mujer, que estaba exhausta. Todas las noches, yo me preguntaba: ¿Cuándo mejorará nuestra situación económica y tendremos la dignidad que merecemos? Aunque esté de acuerdo con Athena cuando habla de la inutilidad de un título en la mayoría de los casos, en ingeniería (y derecho, y medicina, por ejemplo) es fundamental tener una serie de conocimientos técnicos, o estaríamos poniendo en peligro la vida de los demás. Pero yo me había visto obligado a interrumpir la búsqueda de una profesión que había escogido, un sueño que era muy importante para mí.

Empezaron las peleas. Athena se quejaba de que yo le prestaba poca atención al niño, que necesitaba un padre, que si sólo había sido para tener un hijo, ella podría haberlo hecho sola, sin necesidad de crearme tantos problemas. Más de una vez pegué un portazo y salí a caminar, gritando que ella no me entendía, que yo tampoco entendía cómo había aceptado esa «locura» de tener un hijo a los veinte años, antes de haber sido capaces, al menos, de tener unas mínimas condiciones económicas. Poco a poco, dejamos de hacer el amor, ya fuese por cansancio, o porque siempre estábamos enfadados el uno con el otro.

Empecé a caer en la depresión, creyendo que había sido utilizado y manipulado por la mujer que amaba. Athena se dio cuenta de mi estado de ánimo cada vez más extraño, y en vez de ayudarme, decidió concentrar su energía sólo en Viorel y en la música. Mi escape pasó a ser el trabajo. De vez en cuando hablaba con mis padres, y siempre oía aquella historia de que «ella tuvo un hijo para tenerte cogido».

Por otro lado, su religiosidad iba aumentando cada vez más. Pronto quiso el bautizo, con un nombre que ella misma había decidido: Viorel, de origen rumano. Creo

~

que, salvo unos pocos inmigrantes, nadie en Inglaterra se llama Viorel, pero me pareció creativo, y de nuevo pensé que estaba haciendo una conexión con un pasado que ni siquiera había llegado a vivir: sus días en el orfanato de Sibiu.

Yo intentaba adaptarme a todo, pero sentía que estaba perdiendo a Athena por culpa del niño. Nuestras peleas se hicieron más frecuentes, ella empezó a amenazarme con irse de casa, porque creía que Viorel estaba recibiendo las «energías negativas» de nuestras discusiones. Una noche, después de una amenaza más, el que se marchó de casa fui yo, con la intención de a volver en cuanto me calmase un poco.

Empecé a caminar sin rumbo por Londres, blasfemando contra la vida que había escogido, el hijo que había aceptado, la mujer que ya parecía no sentir el más mínimo interés por mí. Entré en el primer bar, cerca de una estación del metro, y me tomé cuatro whiskys. Cuando el bar cerró, a las once, fui a una tienda de esas que están abiertas por la noche, compré más whisky, me senté en un banco de la plaza y seguí bebiendo. Se me acercaron un grupo de jóvenes y me pidieron que compartiese la botella con ellos, yo me negué y me pegaron. Apareció la policía y acabamos todos en la comisaría.

Me soltaron después de prestar declaración. Evidentemente, no acusé a nadie; dije que había sido una discusión sin importancia, o tendría que pasar algunos meses de mi vida teniendo que comparecer ante tribunales, como víctima de agresión. Cuando me disponía a salir, mi estado de embriaguez era tal que me caí encima de la mesa de un inspector de policía. Se enfadó, pero en vez de arrestarme por desacato a la autoridad, me echó hacia afuera de la comisaría.

Y allí estaba uno de mis agresores, que me agradeció no haber llevado el caso adelante. Me dijo que estaba muy sucio de barro y de sangre, y me sugirió que me pusiera otra ropa antes de volver a casa. En vez de seguir mi camino, le pedí que me hiciese un favor: que me escuchase, porque tenía una necesidad inmensa de hablar.

Durante una hora escuchó en silencio mis quejas. En realidad, yo no estaba hablando con él, sino conmigo mismo, un chico con toda la vida por delante, una carrera que pudo ser brillante, una familia que tenía contactos suficientes para abrir fácilmente muchas puertas, pero que ahora parecía uno de los mendigos de Hampstead (*N. R.: Barrio de Londres*), borracho, cansado, deprimido, sin dinero. Todo por culpa de una mujer que ni siquiera me prestaba atención.

Al final de mi historia, ya divisaba mejor la situación en la que me encontraba: una vida que yo había escogido, creyendo que el amor puede salvarlo todo. Y no es verdad: a veces acaba llevándonos al abismo, con el agravante de que generalmente arrastramos con nosotros a las personas queridas. En este caso, yo estaba a punto de destruir no sólo mi existencia, sino también las de Athena y Viorel.

En aquel momento, me repetí una vez más a mí mismo que yo era un hombre, y no el niño que había nacido en una cuna de oro, y debía afrontar con dignidad todos los desafíos que se me presentaran. Me fui a casa, Athena ya estaba durmiendo con el bebé en brazos. Me di un baño, salí otra vez para tirar la ropa a la papelera de la calle, y me acosté, extrañamente sobrio.

Al día siguiente, le dije que quería el divorcio. Ella preguntó por qué.

—Porque te amo. Amo a Viorel. Y todo lo que he hecho es culparos a vosotros dos por haber abandonado mi sueño de ser ingeniero. Si hubiésemos esperado un poco, las cosas habrían sido diferentes, pero tú sólo pensaste en tus planes; olvidaste incluirme en ellos.

Athena no reaccionó, como si se lo esperase, o como si, inconscientemente, estuviese provocando esa actitud.

Mi corazón sangraba, porque esperaba que me pidiese que por favor me quedase. Pero ella parecía tranquila, resignada, preocupada únicamente por evitar que el bebé oyese nuestra conversación. Fue en ese momento en el que tuve la seguridad de que nunca me había amado, yo no había sido más que un instrumento para la realización de esa locura de sueño de tener un hijo a los diecinueve años.

Le dije que podía quedarse con la casa y los muebles, pero los rechazó: se iba a casa de su madre por algún tiempo, buscaría un empleo y alquilaría su propio apartamento. Me preguntó si podía ayudarla económicamente con Viorel. Yo asentí al momento.

Me levanté, le di un largo y último beso, volví a insistir en que se quedase allí, ella volvió a decir que se iba a casa de su madre en cuanto recogiese todas sus cosas. Me hospedé en un hotel barato y me quedé esperando todas las noches a que ella me llamase para pedirme que volviera, recomenzar una nueva vida; incluso estaba dispuesto a seguir con la misma vida si era necesario, ya que el hecho de apartarme de ellos me había hecho darme cuenta de que no había nadie ni nada más importante en el mundo que mi mujer y mi hijo.

Una semana después, finalmente recibí su llamada. Pero todo lo que me dijo fue que ya había recogido sus cosas y que no pensaba volver. Otras dos semanas más tarde, supe que había alquilado una pequeña buhardilla en

Basset Road, donde tenía que subir todos los días tres pisos de escaleras con el niño en brazos. Pasaron otros dos meses y acabamos firmando los papeles.

Mi verdadera familia se iba para siempre. Y la familia en la que nací me recibía con los brazos abiertos.

Después de nuestra separación y del inmenso sufrimiento que la siguió, me pregunté si realmente no había sido una decisión equivocada, inconsecuente, propia de personas que han leído muchas historias de amor en la adolescencia, y que querían repetir a toda costa el mito de Romeo y Julieta. Cuando el dolor se calmó —y sólo hay un remedio para eso, el paso del tiempo—, entendí que la vida me había permitido conocer a la única mujer que sería capaz de amar en toda mi vida. Cada segundo pasado a su lado había valido la pena; a pesar de todo lo que había sucedido, volvería a repetir cada paso que había dado.

Pero el tiempo, además de curar las heridas, me enseñó algo curioso: es posible amar a más de una persona en la vida. Me casé otra vez, soy feliz al lado de mi nueva mujer, y no puedo imaginar cómo sería vivir sin ella. Eso, sin embargo, no me obliga a renunciar a todo lo que viví, siempre que tenga el cuidado de no intentar comparar ambas experiencias; no se puede medir el amor igual que medimos una carretera o la altura de un edificio.

Quedó algo muy importante de mi relación con Athena: un hijo, su gran sueño, que me fue comunicado abiertamente antes de decidirnos a casarnos. Tengo otro hijo con mi segunda mujer, ahora estoy bien preparado para los altibajos de la paternidad, no como hace doce años.

Una vez, en una de las ocasiones que la vi al ir a buscar a Viorel para pasar el fin de semana conmigo, deci-

∞

dí tocar el tema: le pregunté por qué se había mostrado tan tranquila cuando supo que yo quería separarme.

—Porque he aprendido a sufrir en silencio toda mi vida —respondió.

Entonces me abrazó y lloró todas las lágrimas que le hubiera gustado derramar aquel día.

PADRE GIANCARLO FONTANA

L a vi entrar a misa de domingo, como siempre con el bebé en brazos. Sabía las dificultades que estaban pasando, pero hasta aquella misma semana no dejaba de ser un malentendido normal en las parejas, que yo esperaba que se resolviese tarde o temprano, ya que ambos eran personas que irradiaban el bien a su alrededor.

Hacía un año que no venía a tocar su guitarra y a alabar a la Virgen por las mañanas; se dedicaba a cuidar de Viorel, al que yo tuve el honor de bautizar, aunque que yo recuerde no hay ningún santo con ese nombre. Pero seguía frecuentando la iglesia todos los domingos, y siempre hablábamos al final, cuando ya todos se habían ido. Decía que yo era su único amigo; juntos participamos de las adoraciones divinas, pero ahora necesitaba compartir conmigo las necesidades terrenas.

Amaba a Lukás más que a cualquier hombre que hubiese conocido; era el padre de su hijo, la persona que había escogido para compartir su vida, alguien que había renunciado a todo y había tenido el coraje de formar una familia. Cuando empezaron las crisis, ella intentaba hacerle entender que era pasajero, tenía que dedicarse a su hijo, pero no tenía la menor intención de convertirlo en un niño mimado; pronto lo dejaría enfrentarse solito a ciertos desafios de la vida. A partir de ahí, volvería a ser la esposa y la mujer que él había conocido en las primeras citas, tal vez incluso con más intensidad, porque ahora conocía mejor los deberes y las responsabilidades de la elección que había hecho. Aun así, Lukás se sentía rechazado; ella intentaba desesperadamente dividirse entre los dos, pero siempre se veía obligada a elegir, y en esos momentos, sin la menor sombra de duda, escogía a Viorel.

Con mis parcos conocimientos psicológicos, le dije que no era la primera vez que oía ese tipo de historias, y que los hombres generalmente se sienten rechazados en una situación como ésa, pero que se les pasa pronto; ya había asistido a ese tipo de problema antes, hablando con mis feligreses. En una de estas conversaciones, Athena reconoció que tal vez se había precipitado un poco, el romanticismo de ser una joven madre no la había dejado ver con claridad los verdaderos desafios que surgen tras el nacimiento de un hijo. Pero ahora era demasiado tarde para arrepentimientos.

Me preguntó si yo podría hablar con Lukás, que jamás iba a la iglesia, ya fuera porque no creía en Dios o porque prefería aprovechar las mañanas de domingo para estar más cerca de su hijo. Yo accedí a hacerlo, siempre que viniera por su propia voluntad. Y cuando Athena estaba a punto de pedirle ese favor, se produjo la gran crisis y su marido se marchó de casa.

Le aconsejé que tuviera paciencia, pero ella estaba profundamente herida. Ya había sido abandonada una vez en su infancia, y todo el odio que sentía hacia su madre biológica le fue transferido automáticamente a Lukás, aunque más tarde, por lo que sé, volvieron a ser buenos amigos. Para Athena, romper los lazos de familia era quizás el pecado más grave que alguien podía cometer.

Siguió frecuentando la iglesia los domingos, pero volvía en seguida a casa, porque ya no tenía con quién dejar a su hijo, y el niño lloraba mucho durante la ceremonia, entorpeciendo la concentración de los demás fieles. En uno de los pocos momentos en los que pudimos hablar, me dijo que estaba trabajando en un banco, que había alquilado un apartamento y que no me preocupara; el «padre» (había dejado de pronunciar el nombre de su marido) cumplía con sus obligaciones económicas.

Hasta que llegó aquel domingo fatídico.

Yo sabía lo que había pasado durante la semana: me lo había contado uno de los feligreses. Me pasé algunas noches pidiendo que algún ángel me inspirase, que me explicase si debía mantener mi compromiso con la Iglesia o mi compromiso con los hombres. Como el ángel no apareció, me puse en contacto con mi superior y me dijo que la Iglesia sobrevive porque siempre ha sido rígida con sus dogmas (si empezaba a hacer excepciones, habríamos estado perdidos desde la Edad Media). Sabía exactamente lo que iba a pasar, pensé en llamar a Athena, pero no me había dado su nuevo número.

Aquella mañana, mis manos temblaron cuando levanté la hostia, consagrando el pan. Dije las palabras que la tradición milenaria me había transmitido, usando el poder transmitido de generación en generación por los apóstoles. Pero entonces mi pensamiento se dirigió a aquella chica con su niño en brazos, una especie de Virgen María, el milagro de la maternidad y del amor manifestados en el abandono y la soledad, que acababa de ponerse en la fila como hacía siempre, y, poco a poco, se acercaba a comulgar.

∞

Creo que gran parte de la congregación allí presente sabía lo que estaba pasando. Todos me miraban, esperando mi reacción. Me vi rodeado de justos, pecadores, fariseos, sacerdotes del Sanedrín, apóstoles, discípulos, gente de buena y de mala voluntad.

Athena se paró delante de mí y repitió el gesto de siempre: cerró los ojos y abrió la boca para recibir el cuerpo de Cristo.

El cuerpo de Cristo permaneció en mis manos. Ella abrió los ojos, sin entender muy bien lo que estaba pasando.

—Hablamos después —le susurré.

Pero ella no se movía.

—Hay gente detrás, en la cola. Hablamos después.

—¿Qué es lo que pasa? —todos los que estaban cerca pudieron oír su pregunta.

—Hablamos después.

—¿Por qué no me da la comunión? ¿No ve que me está humillando delante de todo el mundo? ¿No es suficiente todo lo que he pasado?

—Athena, la Iglesia prohíbe que las personas divorciadas reciban el sacramento. Has firmado los papeles esta semana. Hablamos después —insistí una vez más.

Como no se movía, le indiqué a la persona que estaba detrás que pasase por un lado. Seguí dando la comunión hasta que el último feligrés la hubo recibido. Y entonces, antes de volver al altar, oí aquella voz.

Ya no era la voz de la chica que cantaba para adorar a la Virgen, la que hablaba sobre sus planes, la que se conmovía contando lo que había aprendido sobre la vida de los santos, la que casi lloraba al compartir sus dificultades del matrimonio. Era la voz de un animal herido, humillado, con el corazón lleno de odio.

—¡Pues maldito sea este lugar! —dijo la voz—. Malditos sean aquellos que nunca han escuchado las palabras de Cristo, y que han transformado su mensaje en una construcción de piedra. Pues Cristo dijo: «Venid a mí los que estéis afligidos, que yo os aliviaré». Yo estoy afligida, herida, pero no me dejáis acercarme a Él. Hoy he aprendido que la Iglesia ha transformado esas palabras. ¡Venid a mí los que siguen nuestras reglas, y dejad a los afligidos!

Oí a una de las mujeres de la primera fila decirle que se callase. Pero yo quería escuchar, necesitaba escuchar. Me giré y me puse delante de ella, con la cabeza baja; era lo único que podía hacer.

—Juro que jamás volveré a poner los pies en una iglesia. Otra vez más soy abandonada por una familia, y ahora no se trata de dificultades económicas, ni de la inmadurez de alguien que se casa demasiado pronto. ¡Malditos sean los que le cierran la puerta a una madre y a su hijo! ¡Sois iguales que aquellos que no acogieron a la Sagrada Familia, iguales que el que negó a Cristo cuando él más necesitaba a un amigo!

Y, dando media vuelta, salió llorando, con el niño en brazos. Yo terminé el oficio, di la bendición final y me fui directo a la sacristía; ese domingo no iba a haber confraternización con los fieles, ni conversaciones inútiles.

Ese domingo me encontraba frente a un dilema filosófico: había escogido respetar la institución, y no las palabras en las que se basa la institución.

Ya soy viejo, Dios puede llevarme con Él en cualquier momento. Seguí siendo fiel a mi religión, y creo que, a pesar de todos sus errores, se está esforzando sinceramente por corregirse. Eso le llevará décadas, puede que siglos, pero un día todo lo que se tendrá en cuenta será el amor, la frase de Cristo: «Venid a mí los afligidos, que yo os aliviaré».

He dedicado toda mi vida al sacerdocio, y no me arrepiento ni un segundo de mi decisión. Pero en momentos como el de aquel domingo, aunque no dudase de mi fe, empecé a dudar de los hombres.

Ahora sé lo que pasó con Athena, y me pregunto: ¿empezó todo allí, o ya estaba en su alma? Pienso en las muchas Athenas y Lukás del mundo que se han divorciado y que, por culpa de eso, no pueden recibir el sacramento de la Eucaristía, no les queda más que contemplar al Cristo que sufre crucificado, y escuchar Sus palabras (que no siempre están de acuerdo con las leyes del Vaticano). En unos pocos casos, esa gente se aparta, pero la mayoría siguen yendo a misa los domingos, porque están acostumbrados a eso, incluso siendo conscientes de que el milagro de la transformación del pan y del vino en la carne y la sangre del Señor les está prohibido.

Creo que, al salir de la iglesia, puede que Athena encontrase a Jesús. Y, llorando, se echó en sus brazos, confusa, pidiéndole que le explicase por qué la obligaban a quedarse fuera sólo por culpa de un papel firmado, algo sin la menor importancia en el plano espiritual, y que sólo interesaba a efectos de burocracia y para la declaración de la renta.

Y Jesús, mirando a Athena, probablemente le respondió:

—Fíjate bien, hija mía, yo también estoy fuera. Hace mucho tiempo que no me dejan entrar ahí.

PAVEL PODBIESLKI, 57 años, propietario del apartamento

A thena y yo teníamos una cosa en común: ambos éramos exiliados de guerras, llegamos a Inglaterra siendo niños, aunque mi fuga de Polonia fue hace más de cincuenta años. Nosotros dos sabíamos que, aunque siempre hay un cambio geográfico, las tradiciones permanecen en el exilio: las comunidades vuelven a reunirse, la lengua y la religión siguen vivas, las personas tienden a protegerse unas a otras en un ambiente que será para siempre ajeno.

De la misma manera que las tradiciones permanecen, el deseo de volver se va consumiendo. Necesita permanecer vivo en nuestros corazones, una esperanza con la que nos gusta engañarnos, pero que nunca será llevada a la práctica; yo no voy a volver a vivir a Czestochowa, ella y su familia jamás regresarían a Beirut.

Fue este tipo de solidaridad la que me hizo alquilarle el tercer piso de mi casa de Basset Road, en caso contrario, habría preferido inquilinos sin niños. Ya había cometido ese error antes, y siempre pasaba lo mismo: por un lado, yo me quejaba del ruido que ellos hacían durante el día, y por otro, ellos se quejaban del ruido que yo hacía por las noches. Ambos problemas radicaban en elementos sagrados —el llanto y la música—, pero, co-

61

mo pertenecían a dos mundos completamente diferentes, era difícil que uno tolerase al otro.

Le avisé, pero no me escuchó, y me dijo que estuviese tranquilo por su hijo: pasaba el día entero en casa de su abuela. Y el apartamento tenía la ventaja de que estaba cerca de su trabajo, un banco de los alrededores.

A pesar de mis advertencias, a pesar de haberme resistido con fuerza al principio, ocho días después sonó el timbre de mi puerta. Era ella, con el niño en brazos:

—Mi hijo no puede dormir. Aunque sólo sea hoy, ¿podría bajar la música...?

Todos en la sala la miraron.

—¿Qué es eso?

El niño que tenía en brazos dejó inmediatamente de llorar, como si estuviese tan sorprendido como su madre al ver a aquel grupo de gente que de pronto había parado de bailar.

Pulsé el botón de pausa del radiocasete, le indiqué que entrase con un gesto de la mano y volví a poner el aparato en marcha, para no perturbar el ritual. Athena se sentó en un rincón de la sala, meciendo a su hijo en sus brazos, viendo que se dormía con facilidad a pesar del ruido del tambor y de los metales.

Asistió a toda la ceremonia, se marchó a la vez que los demás invitados y —como yo ya me imaginaba— tocó el timbre de mi casa a la mañana siguiente, antes de irse a trabajar.

—No tienes que explicarme lo que vi: gente bailando con los ojos cerrados, sé lo que eso significa, porque muchas veces hago lo mismo; son los únicos momentos de paz y de serenidad de mi vida. Antes de ser madre, frecuentaba las discotecas con mi marido y mis amigos; allí también veía a gente en la pista de baile con los ojos cerrados, algunos sólo para impresionar a los demás, otros como si fuesen movidos por una fuerza superior, más poderosa. Y desde que tengo uso de razón, utilizo la danza para conectarme con algo más fuerte, más poderoso que yo. Pero me gustaría saber qué música es ésa.

—¿Qué harás este domingo?

—Nada especial. Pasear con Viorel por Regent's Park, respirar un poco de aire puro. Ya tendré tiempo para mis propios planes: en este momento de mi vida, he escogido seguir los planes de mi hijo.

—Pues voy contigo.

Los dos días anteriores a nuestro paseo, Athena asistió al ritual. El niño se dormía tras unos minutos, y ella sólo miraba, sin decir nada, el movimiento a su alrededor. Aunque permanecía inmóvil en el sofá, estaba seguro de que su alma estaba bailando.

La tarde del domingo, mientras paseábamos por el parque, le pedí que prestase atención a todo lo que veía y oía: las hojas que se movían con el viento, las ondas del agua del lago, los pájaros cantando, los perros ladrando, los gritos de los niños que corrían de un lado a otro, como si obedeciesen alguna estrategia lógica, incomprensible para los adultos.

—Todo se mueve. Y todo se mueve con un ritmo. Y todo lo que se mueve con un ritmo provoca un sonido; eso pasa aquí y en cualquier lugar del mundo en este momento. Nuestros ancestros también lo sintieron, cuando intentaban huir del frío de las cavernas: las cosas se movían y hacían ruido.

»Tal vez los primeros humanos sintieron espanto, y después devoción: entendieron que ésa era la manera en que un Ente Superior se comunicaba con ellos. Empezaron a imitar los ruidos y los movimientos de su alrededor, con la esperanza de comunicarse también con ese Ente: la danza y la música acababan de nacer. Hace unos días me dijiste que, bailando, consigues comunicarte con algo más poderoso que tú.»

—Cuando bailo, soy una mujer libre. Mejor dicho, soy un espíritu libre, que puede viajar por el universo, mirar el presente, adivinar el futuro, transformarse en energía pura. Y eso me proporciona un inmenso placer, una alegría que está mucho más allá de las experiencias que he vivido, y que viviré a lo largo de mi existencia.

»En una época de mi vida, estaba determinada a convertirme en santa, alabando a Dios a través de la música y del movimiento de mi cuerpo. Pero ese camino está definitivamente cerrado.»

—¿Qué camino está cerrado?

Acomodó al niño en el carrito. Vi que no quería responder a la pregunta, insistí: cuando las bocas se cierran, es porque algo importante va a ser dicho.

Sin mostrar emoción alguna, como si tuviese que aguantar siempre en silencio las cosas que la vida le imponía, me contó el episodio de la iglesia, cuando el cura —tal vez su único amigo— le había impedido tomar la comunión. Y la maldición que había lanzado en aquel momento; había abandonado para siempre la Iglesia católica.

—Santo es aquel que dignifica su vida —le expliqué—. Basta con entender que todos estamos aquí por una razón, y basta con comprometerse con ella. Así, podemos reírnos de nuestros grandes o pequeños sufrimientos, y caminar sin miedo, conscientes de que cada paso tiene un sentido. Podemos dejarnos guiar por la luz que emana del Vértice.

—¿Qué es el Vértice? En matemáticas, es el punto más alto de un triángulo.

—En la vida también es el punto culminante, la meta de aquellos que se equivocan como todo el mundo, pero que, incluso en sus momentos más difíciles, no pierden de vista una luz que emana de su corazón. Eso es lo que intentamos hacer en nuestro grupo. El Vértice está escondido dentro de nosotros, y podemos llegar hasta él si nos aceptamos y reconocemos su luz.

Le expliqué que el baile que había visto los días anteriores, realizado por personas de todas las edades (en ese momento éramos un grupo de diez personas, entre los diecinueve y los sesenta y cinco años), había sido bautizado por mí como «la búsqueda del Vértice». Athena me preguntó dónde había descubierto eso.

Le conté que, después de la segunda guerra mundial, parte de mi familia había conseguido escapar del régimen comunista que se estaba instalando en Polonia, y decidió trasladarse a Inglaterra. Habían oído decir que las cosas que tenían que traer eran objetos de arte y libros antiguos, muy valorados en esta parte del mundo.

De hecho, los cuadros y las esculturas se vendieron en seguida, pero los libros se quedaron en un rincón, llenándose de polvo. Como mi madre quería obligarme a leer y a hablar polaco, fueron útiles para mi educación. Un bonito día, dentro de una edición del siglo XIX de Thomas Malthus, descubrí dos hojas de anotaciones de mi abuelo, muerto en un campo de concentración. Empecé a leerlas, creyendo que se trataría de referencias sobre la herencia, o cartas apasionadas a alguna amante secreta, ya que corría la leyenda de que un día se había enamorado de alguien en Rusia.

De hecho, había una cierta relación entre la leyenda y

la realidad. Era un relato de su viaje a Siberia durante la revolución comunista; allí, en la remota aldea de Diedov, se enamoró de una actriz *(N. R.: Fue imposible localizar el mapa de esa aldea; o cambiaron el nombre o el sitio desapareció después de las inmigraciones forzadas de Stalin)*. Según mi abuelo, ella formaba parte de una especie de secta que cree que en determinado tipo de danza está el remedio para todos los males, ya que permite el contacto con la luz del Vértice.

Temían que toda aquella tradición pudiese desaparecer; los habitantes iban a ser evacuados en breve a otro lugar, y el sitio se iba a utilizar para hacer pruebas nucleares. Tanto la actriz como sus amigos le pidieron que escribiese todo lo que le habían enseñado. Él lo hizo, pero no debió de darle demasiada importancia al asunto, olvidó sus anotaciones dentro de un libro que llevaba, hasta que un día yo las descubrí.

Athena me interrumpió:

—Pero no se puede escribir sobre el baile. Hay que bailar.

—Exacto. En el fondo, las anotaciones no decían más que eso: bailar hasta el agotamiento, como si fuésemos alpinistas subiendo esta colina, esta montaña sagrada. Bailar hasta que, debido a la respiración asfixiante, nuestro organismo pueda recibir oxígeno de una manera a la que no está acostumbrado, y eso hace que acabemos perdiendo nuestra identidad, la relación con el espacio y el tiempo. Simplemente bailar al son de la percusión, repetir el proceso todos los días, entender que en un determinado momento los ojos se cierran naturalmente, y que vemos una luz que viene de dentro de nosotros, que responde a nuestras preguntas, que desarrolla nuestros poderes escondidos.

—¿Y ya has desarrollado algún poder?

En vez de responder, le sugerí que se uniese a nuestro grupo, ya que el niño parecía estar cómodo, incluso cuando el sonido de los platos y de los instrumentos era muy alto. Al día siguiente, a la hora de empezar la sesión, ella estaba allí. Se la presenté a mis compañeros, contándoles sólo que se trataba de la vecina del apartamento de arriba; nadie dijo nada sobre su vida, ni preguntaron qué hacía. Al llegar la hora señalada, puse la música y empezamos a bailar.

Ella inició sus pasos con el niño en brazos, pero en seguida se quedó dormido y Athena lo puso sobre el sofá. Antes de cerrar los ojos y entrar en trance, vi que ella había entendido exactamente el camino del Vértice.

Todos los días, excepto los domingos, venía con el niño. Solamente intercambiábamos unos saludos, yo ponía la música que un amigo me había conseguido en la estepa rusa, y todos comenzábamos a bailar hasta quedar exhaustos. Después de un mes, ella me pidió una copia de la cinta.

—Me gustaría hacer esto por la mañana, antes de dejar a Viorel en casa de mamá para ir al trabajo.

Yo no quería:

—En primer lugar, pienso que un grupo que está conectado con la misma energía crea una especie de aura que facilita el trance de todo el mundo. Además, hacer esto antes de ir a trabajar es prepararse para que te despidan, ya que luego estarás todo el día cansada.

Athena lo pensó un poco, pero en seguida reaccionó:

—Tienes razón en eso de la energía colectiva. En tu grupo hay cuatro parejas y tu mujer. Todos, absolutamente todos, han encontrado el amor. Por eso pueden compartir una vibración positiva conmigo.

»Pero yo estoy sola. Mejor dicho, estoy con mi hijo, pero su amor todavía no se puede manifestar de manera que podamos entenderlo. Así que prefiero aceptar mi soledad: si intento huir de ella en este momento, jamás volveré a encontrar pareja. Si la acepto, en vez de luchar contra ella, tal vez las cosas cambien. Me he dado cuenta de que la soledad es más fuerte cuando intentamos enfrentarnos a ella, pero se muestra débil cuando simplemente la ignoramos.»

—¿Te uniste a nuestro grupo en busca de amor?

—Creo que ése sería un buen motivo, pero la respuesta es no. Vine en busca de un sentido para mi vida, cuya única razón es mi hijo, y por eso temo que acabe destruyendo a Viorel, ya sea por una protección exagerada o porque acabe proyectando en él los sueños que no he podido realizar. Uno de estos días, mientras bailaba, sentí que me había curado. Si tuviera algo físico, sé que podríamos llamarlo milagro; pero era algo espiritual, que me molestaba, y que de repente desapareció.

Yo sabía a qué se refería.

—Nadie me enseñó a bailar al son de esta música —continuó Athena—. Pero presiento que sé lo que hago.

—No hay que aprender. Recuerda nuestro paseo por el parque, y lo que vimos: la naturaleza creando el ritmo y adaptándose a cada momento.

—Nadie me enseñó a amar. Pero ya he amado a Dios, a mi marido, amo a mi hijo y a mi familia. Y aun así, me falta algo. Aunque me canso mientras bailo, cuando acabo parece que estoy en estado de gracia, en un éxtasis profundo. Quiero que ese éxtasis se prolongue a lo largo del día. Y que me ayude a encontrar lo que me falta: el amor de un hombre.

»Puedo ver el corazón de ese hombre mientras bailo,

aunque no consiga ver su rostro. Siento que él está cerca, y para eso tengo que estar atenta. Necesito bailar por la mañana, para poder pasar el resto del día prestando atención a todo lo que ocurre a mi alrededor.»

—¿Sabes qué quiere decir la palabra «éxtasis»? Viene del griego, y significa salir de uno mismo. Pasar todo el día fuera de uno mismo es pedirle demasiado al cuerpo y al alma.

—Lo intentaré.

Me di cuenta de que no valía la pena discutir y le hice una copia de la cinta. A partir de entonces, me despertaba todos los días con aquel sonido en el piso de arriba, podía oír sus pasos, y me preguntaba cómo era capaz de afrontar su trabajo en un banco después de casi una hora de trance. En uno de nuestros encuentros casuales en el pasillo, le sugerí que viniese a tomar café. Athena me contó que había hecho otras copias de la cinta, y que ahora en su trabajo mucha gente estaba buscando el Vértice.

—¿Hay algún problema? ¿Es algo secreto?

Claro que no; al contrario, me estaba ayudando a preservar una tradición casi perdida. En las anotaciones de mi abuelo, una de las mujeres decía que un monje que había ido de visita a la región afirmó que todos nuestros antepasados y todas las generaciones futuras están presentes en nosotros. Cuando nos liberamos, estamos haciendo lo mismo con la humanidad.

—Entonces, las mujeres y los hombres de aquella aldeíta de Siberia deben de estar presentes, y contentos. Su trabajo está renaciendo en este mundo gracias a tu abuelo. Pero tengo una curiosidad: ¿por qué decidiste bailar después de leer el texto? Si hubieras leído algo sobre deporte, ¿habrías decidido ser jugador de fútbol?

Era una pregunta que nadie se había atrevido a hacerme.

—Porque estaba enfermo en esa época. Tenía una especie de artritis rara, y los médicos me decían que debía prepararme para estar en una silla de ruedas a los treinta y cinco años. Me di cuenta de que no me quedaba mucho tiempo, y decidí dedicarme a todo lo que no iba a poder hacer más adelante. Mi abuelo había escrito, en aquel trozo de papel, que los habitantes de Diedov creían en los poderes curativos del trance.

—Por lo visto, tenían razón.

Yo no respondí nada, pero no estaba tan seguro. Tal vez los médicos se hubieran equivocado. Tal vez el hecho de haber emigrado con mi familia, sin poder permitirme el lujo de poder estar enfermo, influyera con tal fuerza en mi inconsciente que provocó una reacción natural del organismo. O tal vez fuese un milagro de verdad, lo cual estaría absolutamente en contra de lo que reza mi fe católica: los bailes no curan.

Recuerdo que, en mi adolescencia, como no tenía la música que creía adecuada, solía ponerme una capucha negra en la cabeza e imaginar que la realidad de mi entorno dejaba de existir: mi espíritu viajaba a Diedov, con aquellas mujeres y hombres, con mi abuelo y su actriz tan amada. En el silencio de la habitación yo les pedía que me enseñasen a bailar, a ir más allá de mis límites, porque al cabo de poco tiempo estaría paralizado para siempre. Cuanto más se movía mi cuerpo, más luz salía de mi corazón, y más aprendía, tal vez conmigo mismo, tal vez con los fantasmas del pasado. Incluso llegué a imaginar la música que escuchaban en sus rituales, y cuando un amigo visitó Siberia, le pedí que me trajera algunos discos; para mi sorpresa, uno de ellos se parecía mucho a lo que yo creía que era el baile de Diedov.

Mejor no decirle nada a Athena; era una persona fácilmente influenciable, y su temperamento me parecía inestable.

—Tal vez estés haciendo lo correcto —fue mi único comentario.

Volvimos a hablar una vez más, poco antes de su viaje a Oriente Medio. Parecía contenta, como si hubiese encontrado todo lo que deseaba: el amor.

—La gente de mi trabajo ha creado un grupo, y se llaman a sí mismos «los peregrinos del Vértice». Todo gracias a tu abuelo.

—Gracias a ti, que has sentido la necesidad de compartirlo con los demás. Sé que te vas, y quiero agradecerte que le hayas dado otra dimensión a lo que yo he hecho durante años, intentando difundir esta luz entre algunos pocos interesados, pero siempre de manera tímida, siempre pensando que la gente pensaría que todo esto era ridículo.

—¿Sabes lo que he descubierto? Que aunque el éxtasis es la capacidad de salir de uno mismo, el baile es una manera de subir al espacio. Descubrir nuevas dimensiones y, aun así, seguir en contacto con tu cuerpo. Con el baile, el mundo espiritual y el mundo real pueden vivir sin conflictos. Creo que los bailarines clásicos se ponen de puntillas porque al mismo tiempo están tocando la tierra y alcanzando el cielo.

Que yo recuerde, éstas fueron sus últimas palabras. Durante cualquier baile al que nos entreguemos con alegría, el cerebro pierde su poder de control y el corazón toma las riendas del cuerpo. Es en ese momento cuando aparece el Vértice.

Siempre que creamos en él, claro.

PETER SHERNEY, 47 años, director general de una filial del Bank of (eliminado) en Holland Park, Londres

A cepté a Athena simplemente porque su familia era uno de nuestros clientes más importantes; después de todo, el mundo gira en torno a los intereses mutuos. Como era demasiado nerviosa, la puse a trabajar en un departamento burocrático, con la dulce esperanza de que acabase pidiendo la dimisión; de esta manera, podría decirle a su padre que había intentado ayudarla, sin éxito.

Mi experiencia como director me había enseñado a conocer el estado de ánimo de las personas aunque no dijeran nada. Me lo habían enseñado en un curso de gerencia: si quieres librarte de alguien, haz todo lo que puedas para que acabe faltándote al respeto y así poder despedirlo por una causa justa.

Hice todo lo posible para alcanzar mi objetivo con Athena; como ella no dependía de ese dinero para sobrevivir, acabaría descubriendo que el esfuerzo de despertarse temprano, dejar al niño en casa de su madre, trabajar todo el día en un empleo repetitivo, volver a coger al niño, ir al supermercado, cuidar del niño, ponerlo a dormir, al día siguiente volver a perder tres horas en el transporte público, era todo absolutamente innecesario, ya que había otras maneras interesantes de pasar el tiempo. Poco a poco, estaba cada vez más irritable, y me sentí orgulloso de mi estrategia: iba a conseguirlo. Ella empezó a quejarse del sitio en el que vivía, diciendo que, en su apartamento, el propietario acostumbraba a poner la música altísima por las noches y que ya ni siquiera podía dormir bien.

De repente, algo cambió. Primero, sólo en Athena. Y después en toda la oficina.

¿Cómo pude notar ese cambio? Bueno, un grupo de personas que trabajan juntas es como una especie de orquesta; un buen gerente es el director y sabe qué instrumento está desafinado, cuál transmite más emoción, y cuál simplemente sigue al resto del grupo. Athena parecía tocar su instrumento sin el menor entusiasmo, siempre distante, sin compartir jamás con sus compañeros las alegrías ni las tristezas de su vida personal, dando a entender que, cuando salía del trabajo, el resto del tiempo se resumía en cuidar a su hijo, y nada más. Hasta que empezó a parecer más descansada, más comunicativa, y le contaba a quien quisiera escuchar que había descubierto una técnica de rejuvenecimiento.

Claro que eso es una palabra mágica: rejuvenecimiento. Viniendo de alguien con tan sólo veintiún años de edad, suena absolutamente fuera de contexto, y, aun así, la gente la creyó, y empezaron a pedirle el secreto de esa fórmula.

Su eficiencia aumentó, aunque la cantidad de trabajo seguía siendo la misma. Sus compañeros de trabajo, que antes se limitaban a darle los «buenos días» y las «buenas noches», empezaron a invitarla a comer. Cuando volvían, parecían satisfechos, y la productividad del departamento dio un salto gigantesco.

Sé que las personas enamoradas acaban contagiando

el ambiente en el que viven; deduje inmediatamente que Athena debió de haber encontrado a alguien muy importante en su vida.

Se lo pregunté y dijo que sí, y añadió que jamás había salido con un cliente, pero que en ese caso le había sido imposible rechazar la invitación. En una situación normal, habría sido despedida de inmediato: las reglas del banco eran claras, los contactos personales estaban totalmente prohibidos. Pero, para entonces, me había dado cuenta de que su comportamiento había contagiado prácticamente a todo el mundo; algunos de sus colegas empezaron a reunirse con ella después del trabajo, y, por lo que sé, al menos dos o tres de ellos habían estado en su casa.

La situación me resultaba muy complicada; la joven aprendiz, sin ninguna experiencia laboral anterior, que antes era tímida y a veces agresiva, se había convertido en una especie de líder natural de mis empleados. Si la despedía, creerían que era por celos, y perdería su respeto. Si la mantenía, corría el riesgo de perder el control del grupo en pocos meses.

Decidí esperar un poco; mientras tanto, la «energía» (detesto esta palabra, porque en realidad no quiere decir nada concreto, a no ser que estemos hablando de electricidad) de la oficina empezó a mejorar. Los clientes parecían más satisfechos, y comenzaron a recomendarnos a otros. Los trabajadores estaban alegres, y aunque la cantidad de trabajo se hubiese doblado, no me vi obligado a contratar a más gente para hacerlo, ya que todos asumían sin problemas sus obligaciones.

Un día, recibí una carta de mis superiores. Querían que fuese a Barcelona, donde se iba a celebrar una convención del grupo, para que les explicase el método ad-

∞

ministrativo que estaba usando. Según ellos, había conseguido aumentar el beneficio sin elevar los gastos, y eso es lo único que les interesa a los ejecutivos (en todo el mundo, dicho sea de paso).

¿Qué método?

Mi único mérito era saber dónde había empezado todo, y decidí llamar a Athena a mi despacho. La felicité por la excelente productividad, ella me lo agradeció con una sonrisa.

Actué con cuidado, ya que no quería que me interpretase mal:

—¿Y cómo está tu novio? Siempre he pensado que el que recibe amor da más amor. ¿Qué hace?

—Trabaja en Scotland Yard *(N. R.: Departamento de investigación ligado a la policía metropolitana de Londres)*.

Preferí no entrar en más detalles. Pero tenía que seguir la conversación a toda costa, y no podía perder demasiado tiempo.

—He notado un gran cambio en ti, y...

—¿Ha notado un gran cambio en la oficina?

¿Cómo responder a una pregunta así? Por un lado, le estaría dando más poder de lo que sería aconsejable; por otro, si no era directo, jamás obtendría las respuestas que necesitaba.

—Sí, he notado un gran cambio. Y estoy pensando en promocionarte.

—Necesito viajar. Quiero salir un poco de Londres, conocer nuevos horizontes.

¿Viajar? Ahora que todo iba bien en mi ambiente de trabajo, ¿quería irse? Pero, pensándolo mejor, ¿no era eso lo que yo deseaba?

—Puedo ayudar al banco si me da más responsabilidades —continuó.

Entendido; me estaba dando una excelente oportunidad. ¿Cómo no había pensado antes en eso? «Viajar» significaba apartarla, recuperar mi liderazgo, sin tener que cargar con los costos de una dimisión o de una rebelión. Pero necesitaba reflexionar sobre el asunto, porque, antes de ayudar al banco, tenía que ayudarme a mí. Ahora que mis jefes habían notado el crecimiento de nuestra productividad, sabía que debía conservarla, con el riesgo de perder el prestigio y quedar en peor posición que antes. A veces entiendo por qué gran parte de mis compañeros no intentan hacer demasiado para mejorar: si no lo consiguen, los llaman incompetentes. Si lo consiguen, se ven obligados a crecer siempre, y acaban sus días con un infarto de miocardio.

Di el siguiente paso con cuidado: no es aconsejable asustar a la persona antes de que revele el secreto que queremos saber; mejor fingir que estamos de acuerdo con lo que pide.

—Intentaré hacer llegar tu petición a mis superiores. Por cierto, voy a reunirme con ellos en Barcelona, y por eso he decidido llamarte. ¿Estaría en lo cierto si dijese que nuestra oficina mejoró desde que, digamos, la gente ha empezado una mejor relación contigo?

—Digamos... una mejor relación consigo mismos.

—Sí. Pero provocada por ti, ¿o me equivoco?

—Usted sabe que no está equivocado.

—¿Has estado leyendo algún libro sobre gerencia que yo no conozco?

—No leo ese tipo de cosas. Pero me gustaría que me prometiera que realmente va a considerar lo que le he pedido.

Pensé en su novio de Scotland Yard; si se lo prometía y no lo cumplía, ¿iba a sufrir represalias? ¿Le habría enseñado alguna tecnología de punta para conseguir resultados imposibles?

—Puedo contárselo absolutamente todo, aunque no cumpla usted su promesa. Pero no sé si dará algún resultado, si no hace lo que le enseñe.

—¿La «técnica de rejuvenecimiento»?

—Eso mismo.

—¿Y no es suficiente con conocer la teoría?

—Tal vez. A la persona que me lo enseñó a mí le llegó a través de unas hojas de papel.

Me alegró que no me forzase a tomar decisiones que están más allá de mi alcance y de mis principios. Pero, en el fondo, debo confesar que tenía un interés personal en esa historia, ya que también soñaba con un reciclaje de mi potencial. Le prometí que haría todo lo posible, y Athena empezó a hablar de una larga y esotérica danza en busca de un Vértice (o Eje, ya no me acuerdo bien). A medida que íbamos hablando, yo intentaba ordenar de manera objetiva sus reflexiones alucinatorias. Una hora no fue suficiente, de modo que le pedí que volviera al día siguiente, y juntos preparamos el informe para presentar a los directivos del banco. En un determinado momento de nuestra conversación, ella me dijo, sonriendo:

—No tema escribir algo demasiado parecido a lo que estamos hablando. Creo que incluso los directivos de un banco son gente como nosotros, de carne y hueso, y seguro que están interesadísimos en métodos no convencionales.

Athena estaba completamente equivocada: en Inglaterra las tradiciones siempre hablan más alto que las innovaciones. ¿Pero qué me costaba arriesgarme un poco, siempre que no pusiera mi trabajo en peligro? Como aquello me parecía completamente absurdo, tenía que resumirlo

∞

y ordenarlo de forma que todos pudiesen entenderlo. Eso era suficiente.

Antes de empezar mi conferencia en Barcelona, me repetí durante toda la mañana: «mi» estrategia está dando resultado, y eso es lo que importa. Leí algunos manuales y descubrí que, para presentar una idea nueva con el mayor impacto posible, también hay que estructurarla para que provoque a la audiencia, así que lo primero que les dije a los ejecutivos reunidos en un hotel de lujo fue una frase de san Pablo: «Dios escondió las cosas más importantes de los sabios, porque no son capaces de entender lo simple, y decidió revelárselas a los simples de corazón» *(N. R.: Imposible saber aquí si se refiere a una cita de Mateo el evangelista (11, 25), que dice: «Te doy gracias, Padre, Señor de cielo y tierra, porque has escondido estas cosas a los sabios y entendidos y se las has revelado a la gente sencilla». O a una frase de Pablo (Cor. 1, 27): «Al contrario, Dios eligió lo que el mundo tiene por necio para confundir a los sabios; lo que el mundo tiene por débil, para confundir a los fuertes»).*

Al decir eso, todo el auditorio, que había pasado dos días analizando gráficos y estadísticas, se quedó en silencio. Pensé que había perdido mi empleo, pero decidí continuar. Primero, porque había investigado sobre el tema, estaba seguro de lo que decía y merecía el crédito. Segundo, porque, aunque en determinados momentos me viese obligado a omitir la gran influencia de Athena en todo este proceso, tampoco estaba mintiendo.

—He descubierto que, para motivar hoy en día a los trabajadores, hace falta algo más que un buen entrenamiento en nuestros centros perfectamente cualificados. Todos nosotros tenemos una parte desconocida que cuando sale a la luz puede hacer milagros.

»Todos trabajamos por alguna razón: alimentar a nuestros hijos, ganar dinero para vivir, justificar una vida, conseguir una cota de poder. Pero hay etapas tediosas durante este recorrido, y el secreto consiste en convertir esas etapas en un encuentro con uno mismo.

»Por ejemplo: no siempre la búsqueda de la belleza está asociada a algo práctico, y aun así, la buscamos como si fuese lo más importante de este mundo. Los pájaros aprenden a cantar, lo cual no significa que eso les vaya a ayudar a conseguir comida, a evitar a los depredadores, ni a librarse de los parásitos. Los pájaros cantan, según Darwin, porque es la única manera de conseguir atraer a la pareja y perpetuar la especie.»

Me interrumpió un ejecutivo de Ginebra, que insistía en que hiciese una presentación más objetiva. Pero el director general me animó a seguir adelante, lo cual me entusiasmó.

—También según Darwin, que escribió un libro capaz de cambiar el curso de la humanidad *(N. R.:* El origen de la especies, *1871, en el que demuestra que el hombre es una evolución natural de una especie de mono),* todos aquellos que son capaces de despertar pasiones están repitiendo algo que ya sucedía desde la época de las cavernas, en la que los ritos para cortejar al otro eran fundamentales para que la especie humana pudiese sobrevivir y evolucionar. Bien, ¿qué diferencia hay entre la evolución de la especie humana y la evolución de una oficina bancaria? Ninguna. Las dos obedecen a las mismas leyes: sólo sobreviven y se desarrollan los más capacitados.

En ese momento, me vi obligado a decir que había desarrollado esa idea gracias a la espontánea colaboración de una de mis trabajadoras, Sherine Khalil.

—Sherine, a la que le gusta que la llamen Athena, trajo a su lugar de trabajo un nuevo tipo de comportamiento, o sea, la pasión. Eso mismo, la pasión, algo que nunca consideramos cuando estamos tratando de préstamos o de plantillas de gastos. Mis trabajadores empezaron a utilizar la música como estímulo para atender mejor a sus clientes.

Me interrumpió otro ejecutivo diciendo que eso era una idea antigua: los supermercados hacían lo mismo, utilizando melodías que inducían a la gente a comprar.

—No he dicho que pongamos música en el lugar de trabajo. Han empezado a vivir de forma diferente, porque Sherine, o Athena, si lo prefieren, les ha enseñado a bailar antes de enfrentarse a su trabajo diario. No sé exactamente qué mecanismo puede despertar eso en la gente; como gerente, soy responsable de los resultados, no del proceso. Yo no he bailado, pero he comprendido que, a través de ese tipo de baile, todos se sentían más unidos a lo que hacían.

»Nacemos, crecemos, y hemos sido educados con la máxima de que el tiempo es dinero. Sabemos exactamente qué es el dinero, pero ¿sabemos cuál es el significado de la palabra *tiempo*? El día tiene veinticuatro horas y una infinidad de momentos. Tenemos que ser conscientes de cada minuto, saber aprovecharlo para lo que hacemos o simplemente para la contemplación de la vida. Si desaceleramos, todo dura más. Claro, puede durar más el lavar los platos, o la suma de saldos, o la compilación de créditos, o el listado de las notas provisionales, pero ¿por qué no utilizarlo en cosas agradables, alegrarse por el hecho de estar vivo?

El principal ejecutivo del banco me miraba con sorpresa. Estoy seguro de que quería que siguiese explicando detalladamente todo lo que había aprendido, pero algunos de los presentes empezaban a sentirse inquietos.

—Entiendo perfectamente lo que quiere decir —comentó—. Sé que sus trabajadores trabajan con más entusiasmo, porque hay al menos un momento al día en el que entran en contacto consigo mismos. Me gustaría felicitarlo por haber sido lo suficientemente flexible como para permitir la integración de enseñanzas no ortodoxas, que están dando tan excelentes resultados.

»Pero como estamos en una convención, y estamos hablando de tiempo, dispone usted de cinco minutos para concluir su presentación. ¿Sería posible intentar elaborar una lista de puntos principales que nos permitan aplicar esos principios en otras oficinas?»

Tenía razón. Todo aquello podía ser bueno para el trabajo, pero también podía ser fatal para mi carrera, así que decidí resumir lo que habíamos escrito juntos.

—Basándome en observaciones personales, he desarrollado junto a Sherine Khalil algunos puntos, sobre los que estoy dispuesto a debatir con quien esté interesado. Éstos son los principales:

»A) Todos tenemos una capacidad desconocida, y que permanecerá desconocida para siempre. Aun así, puede ser nuestra aliada. Como es imposible medirla o darle a esta capacidad un valor económico, nunca es tenida en consideración, pero como estoy hablando con seres humanos, seguro que entienden a qué me refiero, al menos en teoría.

»B) En mi oficina, tal capacidad fue provocada a través de una danza, basada en un ritmo que, si no me equivoco, procede de los desiertos de Asia. Pero el lugar en el que surgió es irrelevante, siempre que la gente pueda expresar con su cuerpo lo que quiere decir su alma. Sé que la palabra "alma" aquí puede ser malinterpretada, así que sugiero que la cambiemos por "intuición". Y si esta palabra tampoco es asimilable, podemos utilizar "emociones primarias", que parece que tiene una connotación más científica, aunque exprese menos fuerza que las palabras anteriores.

»C) Antes de ir a trabajar, animé a mis trabajadores a que bailasen por lo menos una hora en vez de hacer gimnasia o ejercicios aeróbicos. Bailar estimula el cuerpo y la mente, empiezan el día exigiéndose creatividad a sí mismos, y utilizan esa energía acumulada en sus tareas de la oficina.

»D) Los clientes y los empleados viven en un mismo mundo: la realidad son simples estímulos eléctricos en nuestro cerebro. Lo que creemos que "vemos" es un impulso de energía en una zona completamente oscura de la cabeza. Así que podemos intentar modificar esta realidad si entramos en la misma sintonía. De alguna manera que no puedo entender, la alegría es contagiosa, igual que el entusiasmo y el amor. O como la tristeza, la depresión, el odio; cosas que pueden percibir "intuitivamente" los clientes y los demás empleados. Para mejorar la eficacia, hay que crear mecanismos que mantengan estos estímulos positivos presentes.»

—Muy esotérico —comentó una mujer que dirigía los fondos de acciones de una oficina de Canadá.

Perdí un poco la compostura: no había conseguido convencer a nadie. Fingiendo ignorar su comentario, y utilizando toda mi creatividad, busqué un final técnico:

—El banco debería destinar una partida del presupuesto a investigar cómo se produce este contagio, así obtendríamos muchos más beneficios.

Aquel final me parecía razonablemente satisfactorio, así que decidí no utilizar los dos minutos que todavía me quedaban. Cuando acabó el seminario, al final de un día agotador, el director general me llamó para cenar (delante de todos los colegas, como si intentara demostrar que me apoyaba en todo lo que había dicho). Nunca antes había tenido esta oportunidad, e intenté aprovecharla lo mejor posible; empecé a hablar de objetivos, plantillas, dificultades de las bolsas de valores, nuevos mercados. Pero él me interrumpió: le interesaba más saber todo lo que yo había aprendido con Athena.

Al final, para mi sorpresa, llevó la conversación al terreno personal.

—Sé a qué se refería usted en la conferencia cuando mencionó el tiempo. A principios de este año, mientras disfrutaba de las vacaciones durante las fiestas, decidí sentarme un rato en el jardín de mi casa. Cogí el periódico del buzón, nada importante, salvo las cosas que los periodistas habían decidido que debíamos saber, seguir, posicionarnos al respecto.

»Pensé en llamar a alguien de mi equipo, pero habría sido absurdo, ya que todos estaban con sus familias. Comí con mi mujer, con mis hijos y mis nietos, me eché una siesta, cuando me desperté tomé una serie de notas y de repente me di cuenta de que todavía eran las dos de la tarde, me quedaban otros tres días sin trabajar y, por más que adorase la convivencia con mi familia, empecé a sentirme inútil.

»Al día siguiente, aprovechando el tiempo libre, fui a hacerme una prueba del estómago, cuyo resultado, afortunadamente, fue satisfactorio. Fui al dentista, que me dijo que no había problema alguno. Volví a comer con mi mujer, mis hijos y mis nietos, volví a dormir, me desperté de nuevo a las dos de la tarde y me di cuenta de que no tenía absolutamente nada en qué concentrar mi atención.

»Me asusté: ¿no debería estar haciendo algo? Si quisiera pensar en algo que hacer, no sería un gran esfuerzo (siempre tenemos proyectos que desarrollar, bombillas que hay que cambiar, hojas secas que hay que barrer, ordenar libros, organizar archivos en la computadora, etc.). ¿Qué tal si afrontaba el vacío total? Y fue en ese momento en el que recordé algo que me pareció muy importante: tenía que ir hasta el buzón, que queda a un kilómetro de mi casa de campo y enviar unas tarjetas de Navidad que había olvidado encima de la mesa.

»Y me sorprendí: ¿por qué tengo que enviar hoy esta tarjeta? ¿Acaso es imposible quedarme como estoy ahora sin hacer nada?

»Una serie de pensamientos cruzó por mi cabeza: amigos que se preocupan por cosas que todavía no han sucedido, conocidos que saben llenar cada minuto de sus vidas con tareas que me parecen absurdas, conversaciones sin sentido, largas llamadas para no decir nada importante. Ya he visto a mis directores inventando trabajo para justificar su cargo, o a trabajadores que sienten miedo porque no les ha sido entregado nada importante para hacer ese día y eso puede significar que ya no son útiles. Mi mujer que se tortura porque mi hijo se ha divorciado, mi hijo que se tortura porque mi nieto ha sacado notas bajas en el colegio, mi nieto que se muere de miedo por poner tristes a sus padres, aunque todos sepamos que esas notas no son tan importantes...

»Me interné en una larga y difícil lucha conmigo mismo para no levantarme de allí. Poco a poco, la ansiedad fue dando paso a la contemplación, y empecé a escuchar mi alma, o intuición, o emociones primitivas, según en lo que crea usted. Sea lo que sea, esa parte de mí estaba ansiosa por hablar, pero siempre estoy ocupado.

∽

»En este caso no fue el baile, sino la completa ausencia de ruido y de movimiento, el silencio, lo que me hizo entrar en contacto conmigo mismo. Y, créame, supe muchas cosas sobre los problemas que me preocupaban, aunque todos esos problemas hubiesen desaparecido mientras yo estaba allí sentado. No vi a Dios, pero pude entender con más claridad las decisiones que tenía que tomar.»

Antes de pagar la cuenta, me sugirió que le enviase a esa trabajadora a Dubai, donde el banco iba a abrir una nueva oficina, y el riesgo era alto. Como un excelente director, sabía que yo ya había aprendido todo lo que necesitaba, y que ahora era cuestión de darle continuidad; la trabajadora podía ser más útil en otro lugar. Sin saberlo, me estaba ayudando a cumplir la promesa que había hecho.

Cuando volví a Londres, le comuniqué la invitación inmediatamente a Athena. Ella aceptó al momento; dijo que hablaba árabe con fluidez (yo lo sabía, debido a los orígenes de su padre). Pero no pretendíamos hacer negocios con los árabes, sino con los extranjeros. Le agradecí su ayuda, ella no mostró el menor interés por mi conferencia en la convención; sólo me preguntó cuándo debía preparar las maletas.

Todavía hoy no sé si era una fantasía esa historia del novio de Scotland Yard. Creo que, si fuera verdad, el asesino de Athena ya estaría en la cárcel, porque no me creo en absoluto lo que contaron los periódicos respecto al crimen. En fin, puedo entender mucho de ingeniería financiera, puedo incluso darme el lujo de decir que el baile ayuda a los empleados de banca a trabajar mejor, pero jamás conseguiré entender por qué la mejor policía del mundo es capaz de cazar a algunos asesinos y dejar a otros sueltos.

Pero eso ya no tiene importancia.

Nabil Alaihi, edad desconocida, beduino

M e alegra mucho saber que Athena tenía una foto mía en el sitio de honor de su apartamento, pero no creo que lo que le enseñé sea de ninguna utilidad. Vino aquí, en medio del desierto, con un niño de tres años de la mano. Abrió el bolso, sacó una grabadora y se sentó delante de mi tienda. Sé que la gente en la ciudad solía darles mi nombre a los extranjeros que querían probar la cocina local, pero le dije que todavía era muy temprano para cenar.

—He venido por otra razón —dijo ella—. He sabido por su sobrino Hamid, cliente del banco en el que trabajo, que es usted un sabio.

—Hamid no es más que un joven alocado, que aunque diga que soy sabio, jamás ha seguido mis consejos. Sabio era Mahoma, el Profeta, que Dios lo bendiga.

Señalé su auto.

—No debería usted conducir sola por un terreno al que no está acostumbrada, ni aventurarse a venir por aquí sin un guía.

En vez de responderme, ella encendió el aparato. De pronto, todo lo que podía ver era a aquella mujer flotando en las dunas, al niño mirando atónito y alegre, y el sonido que parecía inundar todo el desierto. Cuando acabó, me preguntó si me había gustado.

∽

Le dije que sí. En nuestra religión hay una secta que baila para encontrarse con Alá, ¡alabado sea su nombre! *(N. R.: La secta en cuestión es el sufismo).*

—Pues bien —continuó presentándose como Athena—. Desde niña siento que debo acercarme a Dios, pero la vida me aparta de Él. La música fue una de las maneras que encontré, pero no es suficiente. Siempre que bailo, veo una luz, y ahora esa luz me pide que siga adelante. No puedo seguir aprendiendo sola, necesito que alguien me enseñe.

—Cualquier cosa es suficiente —respondí—. Porque Alá, el misericordioso, está siempre cerca. Lleva una vida digna, con eso basta.

Pero parecía no estar convencida. Le dije que estaba ocupado, que tenía que preparar la cena para los pocos turistas que iban a venir. Ella respondió que esperaría lo que fuera necesario.

—¿Y el niño?

—No se preocupe.

Mientras tomaba las providencias de siempre, observaba a la mujer y a su hijo, los dos parecían tener la misma edad; corrían por el desierto, se reían, hacían batallas de arena, se tiraban por el suelo y rodaban por las dunas. Llegó el guía con tres turistas alemanes, que comieron y pidieron cerveza; tuve que explicarles que mi religión me impedía beber y servir bebidas alcohólicas. La invité a ella y a su hijo a cenar, y uno de los alemanes se animó bastante con la inesperada presencia femenina. Comentó que estaba pensando en comprar terrenos, había acumulado una gran fortuna, y creía en el futuro de la región.

—Muy bien —fue la respuesta de ella—. Yo también lo creo.

—¿No estaría bien que cenásemos en otro sitio para poder hablar mejor sobre la posibilidad de...?

—No —cortó ella, dándole una tarjeta—. Si quiere puede buscar mi oficina.

Cuando los turistas se marcharon, nos sentamos frente a la tienda. El niño se quedó dormido en seguida en su regazo; cogí mantas para los tres, y nos quedamos mirando el cielo estrellado. Finalmente ella rompió el silencio.

—¿Por qué Hamid dice que es usted un sabio?

—Tal vez porque tengo más paciencia que él. Hubo una época en la que intenté enseñarle mi arte, pero a Hamid le interesaba más ganar dinero. Ahora debe de estar convencido de que es más sabio que yo; tiene un apartamento, un barco, mientras que yo sigo aquí, en medio del desierto, sirviendo a los pocos turistas que vienen. No entiende que me satisface lo que hago.

—Lo entiende perfectamente, porque le habla a todo el mundo de usted con mucho respeto. ¿Y qué significa su «arte»?

—Hoy te he visto bailando. Yo hago lo mismo, sólo que, en vez de mover mi cuerpo, son las letras las que bailan.

Ella pareció sorprendida.

—Mi manera de acercarme a Alá, ¡su nombre sea alabado!, fue a través de la caligrafía, la búsqueda del sentido perfecto de cada palabra. Una simple letra requiere que pongamos en ella toda la fuerza que contiene, como si estuviésemos esculpiendo su significado. Así, al escribir los textos sagrados, está en ellos el alma del hombre que sirvió de instrumento para divulgarlos al mundo.

»Y no sólo los textos sagrados, sino cada cosa que escribimos en un papel. Porque la mano que traza las líneas refleja el alma de quien las escribe.»

—¿Me enseñaría usted lo que sabe?

—En primer lugar, no creo que una persona tan llena

de energía tenga paciencia para eso. Además, no forma parte de tu mundo, en el que las cosas se imprimen, sin pensar demasiado en lo que se está publicando, si me permites el comentario.

—Me gustaría intentarlo.

Y durante más de seis meses, aquella mujer que yo creía nerviosa, exuberante, incapaz de quedarse quieta ni un solo momento, me visitó todos los viernes. El hijo se sentaba en un rincón, cogía algunos papeles y pinceles, y también se dedicaba a manifestar en sus dibujos aquello que los cielos determinaban.

Yo notaba su esfuerzo por mantenerse quieta, con la postura adecuada, y le preguntaba: «¿No crees que es mejor intentar otra cosa para distraerte?» Ella respondía: «Lo necesito, necesito calmar mi alma, y todavía no he aprendido todo lo que usted puede enseñarme. La luz del Vértice me dice que debo seguir adelante». Nunca le pregunté qué era el Vértice; no me interesaba.

La primera lección, y tal vez la más difícil fue:

—¡Paciencia!

Escribir no era tan sólo el acto de expresar un pensamiento, sino reflexionar sobre el significado de cada palabra. Juntos empezamos a trabajar los textos de un poeta árabe, ya que no creo que el Corán fuese adecuado para una persona educada en otra fe. Yo le iba dictando cada letra, y así ella se concentraba en lo que estaba haciendo, en vez de querer saber ya el significado de la palabra, de la frase o del verso.

—Una vez, alguien me dijo que la música había sido creada por Dios, y que era necesario un movimiento rápido para que las personas entrasen en contacto consigo mismas —me dijo Athena una de las tardes que pasamos juntos—. Durante años he visto que eso era verdad, y ahora me veo forzada a hacer la cosa más difícil del mundo: desacelerar mis pasos. ¿Por qué la paciencia es tan importante?

—Porque nos hace prestar atención.

—Pero yo puedo bailar obedeciendo solamente a mi alma, que me obliga a concentrarme en algo superior a mí misma, y que me permite entrar en contacto con Dios, si puedo utilizar esa palabra. Eso me ha ayudado a transformar muchas cosas, incluso mi trabajo. ¿No es más importante el alma?

—Claro. Sin embargo, si tu alma es capaz de comunicarse con tu cerebro, podrás transformar más cosas todavía.

Seguimos nuestro trabajo juntos. Yo sabía que, en un momento u otro, iba a tener que decirle algo que ella no estaba preparada para escuchar, de modo que aproveché cada momento para ir preparando su espíritu. Le expliqué que antes de la palabra está el pensamiento. Y, antes del pensamiento, está una centella divina que lo puso allí. Todo, absolutamente todo en esta tierra tiene sentido, y las cosas más pequeñas tienen que ser tomadas en consideración.

—He educado mi cuerpo para que pueda manifestar totalmente las sensaciones de mi alma —decía ella.

—Ahora educa tus dedos, de modo que puedan manifestar totalmente las sensaciones de tu cuerpo. Así tu inmensa fuerza estará concentrada.

—Es usted un maestro.

—¿Qué es un maestro? Pues yo te respondo: no es aquel que enseña algo, sino aquel que inspira al alumno para que dé lo mejor de sí mismo y descubra lo que ya sabe.

Presentí que Athena ya lo había experimentado, aunque todavía fuese muy joven. Igual que la escritura revela la personalidad de cada persona, descubrí que era consciente de que era amada, no sólo por su hijo, sino por su familia, y puede que por un hombre. Descubrí también que tenía dones misteriosos, pero intenté no decírselo nunca, ya que esos dones podían provocar su encuentro con Dios, pero también su perdición.

No me limitaba a adiestrarla en la técnica; también intentaba transmitirle la filosofía de los calígrafos.

—La pluma con la que ahora escribes estos versos no es más que el instrumento. No tiene conciencia, sigue el deseo del que la sujeta. Y en eso se parece mucho a lo que llamamos «vida». Muchas personas están en este mundo simplemente desempeñando un papel, sin entender que hay una Mano Invisible que las guía.

»En este momento, en tus manos, en el pincel que traza cada letra, están todas las intenciones de tu alma. Intenta entender la importancia de eso.»

—Lo entiendo, y me doy cuenta de que es importante mantener cierta elegancia. Porque usted me exige que me siente en una determinada posición, que respete el material que voy a utilizar, y que no empiece hasta que haya hecho eso.

Claro. A medida que respetaba el pincel, descubría que era necesario tener serenidad y elegancia para aprender a escribir. Y la serenidad viene del corazón.

—La elegancia no es algo superficial, sino la manera que el hombre encontró para honrar la vida y el trabajo. Por eso, cuando sientas que la postura te es incómoda, no pienses que es falsa o artificial: es verdadera porque es difícil. Hace que tanto el papel como la pluma se sientan orgullosos de tu esfuerzo. El papel deja de ser una superficie plana e incolora, y pasa a tener la profundidad de las cosas que se ponen en él.

»La elegancia es la postura más adecuada para que la escritura sea perfecta. En la vida también es así: cuando se descarta lo superfluo, el ser humano descubre la simplicidad y la concentración: cuanto más simple y más sobria es la postura, más bella será ésta, aunque al principio parezca incómoda.»

De vez en cuando, ella me hablaba de su trabajo. Decía que le entusiasmaba lo que hacía, y que acababa de recibir una propuesta de un poderoso emir. Había ido al banco a ver a un amigo suyo que era director (los emires nunca van al banco a sacar dinero, tienen muchos empleados para que lo hagan), y hablando con ella comentó que estaba buscando a alguien para encargarse de la venta de terrenos, y le gustaría saber si estaba interesada.

¿A quién le iba a interesar comprar terrenos en medio del desierto, o en un puerto que no estaba en el centro del mundo? Decidí no decir nada; al mirar atrás, me alegro de haber permanecido en silencio.

Sólo habló del amor de un hombre una única vez, aunque siempre que llegaban los turistas a cenar, y la veían allí, intentasen seducirla de alguna manera. Normalmente, Athena ni siquiera se molestaba, hasta que un día uno de ellos insinuó que conocía a su novio. Ella se puso pálida, y miró inmediatamente al niño, que por suerte no estaba prestando atención a la conversación.

—¿De dónde lo conoce?

—Estoy bromeando —dijo el hombre—. Sólo quería saber si estaba libre.

Ella no dijo nada, pero entendí que el hombre que en aquel momento estaba en su vida no era el padre del niño.

Un día llegó más temprano que de costumbre. Me dijo que había dejado su trabajo en el banco, había empezado a vender terrenos, y así tendría más tiempo libre.

Le expliqué que no podía enseñarle antes de la hora prevista; tenía cosas que hacer.

—Puedo unir las dos cosas: movimiento y quietud; alegría y concentración.

Fue hasta el auto, cogió la grabadora, y a partir de aquel momento, Athena bailaba en el desierto antes de empezar las clases, mientras el niño corría y sonreía a su alrededor. Cuando se sentaba para practicar caligrafía, su mano era más segura de lo usual.

—Hay dos tipos de letras —le explicaba yo—. La primera se hace con precisión, pero sin alma. En este caso, aunque el calígrafo tenga un gran dominio sobre la técnica, se ha concentrado exclusivamente en el oficio, y por eso no ha evolucionado, se ha hecho repetitivo, no ha conseguido crecer, y algún día dejará el ejercicio de la escritura, porque piensa que se ha convertido en una rutina.

»El segundo tipo es la letra que se hace con técnica, pero también con alma. Para ello, es necesario que la intención de quien escribe esté de acuerdo con la palabra; en este caso, los versos más tristes dejan de revestirse de tragedia, y se convierten en simples hechos que se hallaban en nuestro camino.»

—¿Qué hace usted con sus dibujos? —preguntó el niño, en perfecto árabe. Aunque no entendiese nuestra conversación, hacía lo posible por participar en el trabajo de su madre.

—Los vendo.

—¿Puedo vender mis dibujos?

—Debes vender tus dibujos. Un día te harás rico con ellos, y ayudarás a tu madre.

Él se puso contento con mi comentario, y siguió con lo que estaba haciendo en ese momento: una mariposa de colores.

—¿Y qué hago con mis textos? —preguntó Athena.

—Sabes el esfuerzo que te ha costado sentarte en la posición correcta, tranquilizar tu alma, tener clara tu intención, respetar cada letra de cada palabra. Pero, por ahora, sólo sigue practicando.

»Después de mucho practicar, ya no pensamos en todos los movimientos necesarios: pasan a formar parte de nuestra propia existencia. Antes de llegar a ese estado, sin embargo, hay que practicar, repetir. Y, por si no fuera suficiente, repetir y practicar.

»Fíjate en un buen herrero trabajando el acero. Para el que no sabe, repite los mismos martillazos.

»Pero el que conoce el arte de la caligrafía sabe que, cada vez que él levanta el martillo y lo hace bajar, la intensidad del golpe es diferente. La mano repite el mismo gesto, pero, a medida que se acerca al hierro, entiende que debe tocarlo con más dureza o con más suavidad. Con la repetición sucede lo mismo: aunque parezca igual, es siempre distinta.

»Llegará un momento en el que no tendrás que pensar en lo que estás haciendo. Pasarás a ser la letra, la tinta, el papel, y la palabra.»

Eso llegó casi un año después. En ese momento, Athena ya era conocida en Dubai, me mandaba clientes a cenar a mi tienda, y por ellos pude saber que su carrera iba muy bien: ¡estaba vendiendo trozos de desierto! Una noche, precedido de un gran séquito, apareció el emir en persona. Yo me asusté; no estaba preparado para aquello, pero él me tranquilizó y me agradeció lo que estaba haciendo por su empleada.

—Es una persona excelente, y atribuye sus cualidades a lo que está aprendiendo con usted. Estoy pensando en darle una parte de la sociedad. Tal vez sea buena idea enviarle a mis vendedores para que aprendan caligrafía, sobre todo ahora, que Athena tiene que irse un mes de vacaciones.

—No le va a servir de nada —respondí—. La caligrafía simplemente es uno de los métodos que Alá, ¡alabado sea su nombre!, nos ofreció. Enseña objetividad y paciencia, respeto y elegancia, pero podemos aprender todo eso...

—... con el baile —completó la frase Athena, que estaba cerca.

—O vendiendo inmuebles —sugerí.

Cuando todos se fueron, cuando el niño se echó en un rincón de la tienda, con los ojos cerrándosele de sueño, cogí el material de caligrafía y le pedí que escribiese algo. En mitad de la palabra, le quité la pluma de la mano. Era el momento de decir lo que tenía que ser dicho. Le sugerí que caminásemos un poco por el desierto.

—Ya has aprendido lo que necesitabas —dije—. Tu caligrafía es cada vez más personal, más espontánea. Ya no es una simple repetición de la belleza, sino un gesto de creación personal. Has comprendido lo que los grandes pintores entienden: que para olvidar las reglas, hay que conocerlas y respetarlas.

»Ya no necesitas los instrumentos con los que aprendiste. Ya no necesitas el papel, ni la tinta, ni la pluma, porque el camino es más importante que aquello que te llevó a caminar. Una vez me contaste que la persona que te enseñó a bailar se imaginaba música en su cabeza, y aun así, era capaz de repetir los ritmos necesarios y precisos.»

—Eso mismo.

—Si las palabras estuvieran todas unidas, no tendrían sentido, o sería muy complicado entenderlas: tiene que haber espacios entre ellas.

Athena asintió con la cabeza.

—Pero a pesar de que dominas las palabras, todavía no dominas los espacios en blanco. Tu mano, cuando estás concentrada, es perfecta. Cuando salta de una palabra a la otra, se pierde.

—¿Cómo sabe usted eso?

—¿Tengo razón?

—Tiene toda la razón. Por algunas fracciones de segundo, antes de concentrarme en la siguiente palabra, me pierdo. Cosas en las que no quiero pensar insisten en dominarme.

—Y sabes exactamente qué es.

Athena lo sabía, pero no dijo nada, hasta que volvimos a la tienda y pudo coger a su hijo dormido en brazos. Sus ojos parecían estar llenos de lágrimas, aunque hacía lo posible por controlarse.

—El emir dijo que te ibas de vacaciones.

Ella abrió la puerta del auto, puso la llave en el contacto, y arrancó. Durante algunos momentos, sólo el ruido del motor rompía el silencio del desierto.

—Sé a qué se refiere —dijo ella al final—. Cuando escribo, cuando bailo, me guía la Mano que todo lo creó. Cuando veo a Viorel durmiendo, sé que sabe que es el fruto de mi amor por su padre, aunque no lo vea hace más de un año. Pero yo...

Se quedó en silencio de nuevo; el silencio que era el espacio en blanco entre las palabras.

—... pero yo no conozco la mano que me meció por primera vez. La mano que me inscribió en el libro de este mundo. Yo sólo asentí con la cabeza.

—¿Cree usted que eso es importante?

—No siempre. Pero en tu caso, mientras no toques esa mano, no mejorará... digamos... tu caligrafía.

—No creo que sea necesario descubrir a quien jamás se tomó la molestia de amarme.

Cerró la puerta, sonrió y arrancó con el auto. A pesar de sus palabras, yo sabía cuál sería el siguiente paso.

SAMIRA R. KHALIL,
madre de Athena

F ue como si todas sus conquistas profesionales, su capacidad para ganar dinero, su alegría con el nuevo amor, su satisfacción cuando jugaba con mi nieto, todo hubiese pasado a un segundo plano. Me quedé simplemente aterrorizada cuando Sherine me comunicó su decisión de ir en busca de su madre biológica.

Al principio, está claro, me consolaba con la idea de que ya no existiese el centro de adopción, que se hubiesen perdido las fichas, que los funcionarios se mostrasen implacables, el gobierno acababa de caer y era imposible viajar, o que el vientre que la trajo a esta tierra ya no estuviese en este mundo. Pero fue un consuelo momentáneo: mi hija era capaz de todo, y conseguía superar situaciones que eran imposibles.

Hasta aquel momento, el asunto era tabú en la familia. Sherine sabía que había sido adoptada, ya que el psiquiatra de Beirut me había aconsejado que se lo contase cuando tuviese la edad suficiente para comprenderlo. Pero nunca había mostrado curiosidad por saber de qué región había venido; su hogar había sido Beirut, cuando todavía era un hogar para todos nosotros.

Como el hijo adoptado de una amiga mía acabó suicidándose cuando tuvo una hermana biológica —¡y sólo

98

tenía dieciséis años!—, nosotros evitamos ampliar nuestra familia, hicimos todos los sacrificios necesarios para que entendiese que era la única razón de mis alegrías y de mis tristezas, de mis amores y de mis esperanzas. Aun así, parecía que nada de eso importaba. ¡Dios mío, cómo pueden ser tan ingratos los hijos!

Conociendo a mi hija, sabía que no servía de nada argumentarle todo eso. Mi marido y yo pasamos una semana sin dormir, y todas las mañanas, todas las tardes, nos bombardeaba con la misma pregunta: ¿En qué ciudad de Rumania nací? Para agravar la situación, Viorel lloraba, porque parecía entender todo lo que pasaba.

Decidí consultarlo con otro psiquiatra. Le pregunté por qué una chica que lo tenía todo en la vida estaba siempre tan insatisfecha.

—Todos queremos saber de dónde venimos —dijo—. Ésa es la cuestión fundamental del ser humano en el plano filosófico. En el caso de su hija, creo que es perfectamente justo que intente conocer sus orígenes. ¿No sentiría usted también esa curiosidad?

No, no la sentiría. Todo lo contrario, pensaría que es peligroso ir en busca de alguien que me rechazó y que no me aceptó, cuando todavía no tenía fuerzas para sobrevivir.

Pero el psiquiatra insistió:

—En vez de enfrentarse a ella, intente ayudarla. Puede que al ver que eso no es un problema para usted, desista. El año que ha pasado lejos de todos sus amigos debe de haberle creado una carencia emocional, que ahora intenta compensar a través de provocaciones sin importancia, sólo para estar segura de que es amada.

Habría sido mejor que Sherine hubiese ido, ella misma, al psiquiatra: así hubiera comprendido las razones de su comportamiento.

∞

—Demuestre confianza, no vea una amenaza en eso. Y si al final ella realmente quiere seguir adelante, sólo tiene que darle los elementos que pide. Por lo que me dice, siempre ha sido una niña problemática; quién sabe si no saldrá más fortalecida con esta búsqueda.

Le pregunté al psiquiatra si tenía hijos. Dijo que no, y entonces entendí que no era la persona más indicada para aconsejarme.

Aquella noche, cuando estábamos delante de la televisión, Sherine sacó otra vez el tema:

—¿Qué estáis viendo?

—Las noticias.

—¿Para qué?

—Para saber las novedades en el Líbano —respondió mi marido. Yo me di cuenta de la trampa, pero ya era tarde. Sherine se aprovechó inmediatamente de la situación.

—En fin, parece que vosotros también sentís curiosidad por saber qué está pasando en la tierra en la que nacisteis. Estáis bien establecidos en Inglaterra, tenéis amigos, papá gana mucho dinero aquí, vivís con seguridad. Aun así, compráis periódicos libaneses. Cambiáis de canal hasta que sale alguna noticia relacionada con Beirut. Os imagináis el futuro como si fuese el pasado, sin daros cuenta de que esta guerra no acaba nunca.

»O sea, si no estáis en contacto con vuestros orígenes, sentís que habéis perdido el contacto con el mundo. ¿Os cuesta tanto entender lo que yo siento?»

—Eres nuestra hija.

—Con mucho orgullo. Y seré vuestra hija para siempre. Por favor, no dudéis de mi amor y de mi gratitud por todo lo que habéis hecho por mí; no estoy pidiendo nada más que poner los pies en el verdadero lugar en el que nací. Tal vez preguntarle a mi madre biológica por qué me abandonó, o tal vez dejar el asunto, cuando la mire a los ojos. Si no lo intento, me sentiré cobarde, y no podré entender los espacios en blanco jamás.

—¿Los espacios en blanco?

—Aprendí caligrafía mientras estaba en Dubai. Bailo siempre que puedo. Pero la música sólo existe porque existen los espacios en blanco. Cuando estoy haciendo algo, me siento completa; pero nadie puede vivir en actividad las veinticuatro horas del día. En el momento en el que paro, siento que me falta algo.

»Me habéis dicho más de una vez que soy una persona inquieta por naturaleza. Pero yo no he escogido esta forma de vivir: me gustaría poder estar aquí, tranquila, viendo la televisión. Es imposible: mi cabeza no para. A veces pienso que me voy a volver loca, necesito estar siempre bailando, escribiendo, vendiendo terrenos, cuidando de Viorel, leyendo cualquier cosa que pase por mis manos. ¿Creéis que eso es normal?»

—Tal vez sea tu temperamento —dijo mi marido.

La conversación acabó ahí, de la misma manera que siempre: Viorel llorando, Sherine encerrándose en su mutismo, y yo segura de que los hijos nunca reconocen lo que los padres hacen por ellos. Sin embargo, durante el desayuno al día siguiente, fue mi marido el que sacó el tema:

—Hace algún tiempo, cuando estabas en Oriente Medio, intenté ver cómo estaban las cosas para volver a casa. Fui a la calle en la que vivíamos; la casa ya no existe, aunque están reconstruyendo el país, incluso con la ocupación extranjera y las constantes invasiones. Experimenté una sensación de euforia; ¿quién sabe si no era el momento de volver a empezar todo de nuevo? Y fue justamente eso, «volver a empezar», lo que me trajo de vuelta a la realidad. Ya no es el momento de darse ese lujo; hoy en día, quiero seguir con lo que estoy haciendo, no necesito nuevas aventuras.

»Busqué a la gente con la que me solía reunir para tomar unos whiskys al final de la tarde. La mayoría ya no estaban, los que quedan se quejan de la constante sensación de inseguridad. Caminé por los lugares por los que paseaba, y me sentí como un extraño, como si todo aquello ya no me perteneciese. Lo peor de todo es que el sueño de volver algún día iba desapareciendo a medida que me encontraba con la ciudad en la que nací.

»Aun así, fue necesario. Las canciones del exilio todavía están en mi corazón, pero sé que no voy a volver a vivir en el Líbano. De alguna manera, los días que pasé en Beirut me ayudaron a entender mejor el lugar en el que estoy ahora, y a valorar cada segundo que paso en Londres.

—¿Qué quieres decir, papá?

—Que tienes razón. Quizá sea mejor entender esos espacios en blanco. Podemos quedarnos con Viorel mientras tú viajas.

Fue a la habitación y volvió con una carpeta amarillenta. Eran los papeles de la adopción, que le ofreció a Sherine. Le dio un beso y dijo que ya era hora de irse a trabajar.

D urante toda aquella mañana de 1990, todo lo que podía ver desde la ventana del sexto piso de aquel hotel era el edificio del gobierno. Acababan de poner en el techo una bandera del país, que indicaba el lugar exacto en el que el dictador megalómano había huido en helicóptero, para encontrarse con la muerte pocas horas después, a manos de aquellos a los que había oprimido durante veintidós años. Las casas antiguas habían sido arrasadas por Ceausescu, según su plan para hacer una capital que rivalizase con Washington. Bucarest ostentaba el título de la ciudad que había sufrido la mayor destrucción fuera de una guerra o de una catástrofe natural.

El día de mi llegada, todavía intenté caminar un poco por sus calles con mi intérprete, pero no había mucho que ver, además de miseria, desorientación, sensación de que no había futuro, pasado, ni presente: la gente vivía en una especie de limbo, sin saber exactamente qué pasaba en su país ni en el resto del mundo. Diez años más tarde, cuando volví y vi el país entero resurgiendo de las cenizas, entendí que el ser humano puede superar cualquier dificultad, y el pueblo rumano era un ejemplo de eso.

∞

Pero en aquella mañana gris, en aquella recepción de hotel gris y triste, todo lo que me interesaba era saber si el intérprete iba a conseguir un auto y combustible suficiente para que yo pudiera hacer aquella investigación final del documental para la BBC. Estaba tardando, y empecé a dudar: ¿me vería obligado a volver a Inglaterra sin conseguir mi objetivo? Ya había invertido una cantidad significativa de dinero en contratos con historiadores, en la elaboración de la ruta, en el rodaje de algunas entrevistas, pero la televisión, antes de firmar el compromiso final, me exigía que fuese a un determinado castillo para saber en qué estado se encontraba. El viaje me estaba saliendo más caro de lo que había imaginado.

Intenté llamar a mi novia; me dijeron que para conseguir línea había que esperar casi una hora. Mi intérprete podía llegar en cualquier momento con el auto, no había tiempo que perder; decidí no correr el riesgo.

Traté de conseguir algún periódico en inglés, pero no fue posible. Para matar la ansiedad, empecé a fijarme, de la manera más discreta posible, en la gente que estaba allí tomando té, ajena posiblemente a todo lo que había sucedido el año anterior: las revueltas populares, los asesinatos de civiles a sangre fría en Timisoara, los tiroteos en las calles entre el pueblo y el temido servicio secreto, que intentaba desesperadamente mantener el poder que se le escapaba de las manos. Vi a un grupo de tres estadounidenses, a una mujer interesante, pero que no apartaba los ojos de una revista de moda, y una mesa llena de hombres que hablaban en voz alta, pero cuya lengua no era capaz de identificar.

Iba a levantarme por enésima vez, caminar hasta la puerta de entrada para ver si llegaba el intérprete, cuando ella entró. Debía tener poco más de veinte años (*N. R.:*

∞

Athena tenía veintitrés años cuando visitó Rumania). Se sentó, pidió algo para desayunar, y vi que hablaba inglés. Ninguno de los hombres presentes pareció notar su llegada, pero la mujer interrumpió la lectura de la revista de moda.

Tal vez por culpa de mi ansiedad, o del lugar, que me estaba haciendo caer en una depresión, tuve coraje y me acerqué.

—Disculpa, no acostumbro hacer esto. Creo que el desayuno es la comida más íntima del día.

Ella sonrió, me dijo su nombre, y yo inmediatamente me puse en guardia. Había sido muy fácil; podía ser una prostituta. Pero su inglés era perfecto, e iba discretamente vestida. Decidí no preguntar nada, y empecé a hablar compulsivamente de mí, dándome cuenta de que la mujer de la mesa de al lado había dejado la revista y prestaba atención a nuestra conversación.

—Soy un productor independiente, trabajo para la BBC de Londres, y en este momento estoy intentando descubrir una manera de llegar hasta Transilvania...

Noté que el brillo de sus ojos cambiaba.

—... para completar mi documental sobre el mito del vampiro.

Esperé: el asunto siempre despertaba curiosidad en la gente, pero ella perdió el interés en cuanto mencioné el motivo de mi visita.

—Sólo tienes que tomar el autobús —respondió—. Aunque no creas que vas a encontrar lo que buscas. Si quieres saber más sobre Drácula, lee el libro. El autor nunca estuvo en esta región.

—¿Y tú conoces Transilvania?

—No lo sé.

Aquello no era una respuesta; tal vez fuese un problema con la lengua inglesa, a pesar de su acento británico.

—Pero también me dirijo allí —continuó—. En autobús, claro. Por su ropa no parecía ser una aventurera que anda por el mundo visitando lugares exóticos. La teoría de la prostituta volvió a mi cabeza; tal vez estuviera intentando acercarse.

—¿Quieres que te lleve?

—Ya he comprado mi pasaje.

Yo insistí, creyendo que aquel primer rechazo formaba parte del juego. Pero ella volvió a negarse, diciendo que tenía que hacer el viaje sola. Le pregunté de dónde era, y noté que dudaba mucho, antes de responderme:

—De Transilvania, ya te lo he dicho.

—No has dicho exactamente eso. Pero, si es verdad, podrías ayudarme a hacer los exteriores para la película y...

Mi inconsciente me decía que debía explorar el terreno un poco más, todavía tenía la idea de la prostituta en la cabeza, y me habría gustado mucho, muchísimo, que ella me acompañase. Con palabras educadas, ella rechazó mi oferta. La otra mujer entró en la conversación como si decidiese proteger a la chica, yo pensé que estaba siendo impertinente y decidí apartarme.

El intérprete llegó poco después, apurado, diciendo que había conseguido todo lo necesario, pero que iba a costar un poco más caro (ya me lo esperaba). Subí a mi habitación, cogí la maleta, que ya estaba preparada, entré en un auto ruso que se caía a trozos, atravesé largas avenidas casi sin tráfico, y comprobé que llevaba mi pequeña cámara fotográfica, mis pertenencias, mis preocupaciones, botellas de agua mineral, sándwiches, y la imagen de alguien que insistía en no salir de mi cabeza.

Los días siguientes, al mismo tiempo que intentaba construir una ruta sobre el Drácula histórico y entrevistaba —sin éxito, como era de esperar— a campesinos e intelectuales respecto al mito del vampiro, me iba dando cuenta de que ya no sólo intentaba hacer un documental para la televisión inglesa. Me habría gustado encontrarme de nuevo a aquella chica arrogante, antipática, autosuficiente, que había visto en un café, en un hotel de Bucarest, y que en aquel momento debía de estar allí, cerca de mí; sobre la cual yo no sabía absolutamente nada aparte de su nombre, pero que, como el mito del vampiro, parecía chupar toda mi energía.

Un absurdo, algo sin sentido, algo inaceptable para mi mundo, y para el mundo de aquellos que convivían conmigo.

DEIDRE O'NEILL,
conocida como Edda

No sé qué has venido a hacer aquí. Pero, sea lo que sea, debes seguir hasta el final.

Ella me miró, atónita.

—¿Quién eres?

Me puse a hablar sobre la revista femenina que estaba leyendo, y el hombre, después de algún tiempo, decidió levantarse y salir. Ahora ya podía decir quién era.

—Si quieres saber mi profesión, estudié medicina hace unos años. Pero no creo que ésa sea la respuesta que quieres escuchar —hice una pausa—. Tu siguiente paso será intentar, con preguntas muy bien elaboradas, saber exactamente qué estoy haciendo aquí, en este país que acaba de salir de la prehistoria.

—Seré directa: ¿qué has venido a hacer aquí?

Podía decir: He venido al entierro de mi maestro, creo que se merecía este homenaje. Pero no sería prudente hablar del tema; aunque no hubiese demostrado ningún interés por los vampiros, la palabra «maestro» llamaría su atención. Como mi juramento me impide mentir, respondí con una «media verdad».

—Quería ver dónde nació un escritor llamado Mircea Eliade, de quien posiblemente nunca hayas oído hablar.

∞

Pero Eliade, que pasó gran parte de su vida en Francia, era especialista en... digamos... mitos.

Ella miró el reloj, fingiendo desinterés.

—Y no me refiero a vampiros. Me refiero a gente... digamos... que sigue el camino que sigues tú.

Ella iba a beberse el café, pero interrumpió su gesto.

—¿Eres del gobierno? ¿O alguien contratado por mis padres para que me siga?

Fui yo la que dudó sobre si seguir la conversación; su agresividad era absolutamente innecesaria. Pero yo podía ver su aura, su angustia. Se parecía mucho a mí cuando tenía su edad: heridas interiores y exteriores, que me empujaron a curar a personas en el plano físico y a ayudarlas a encontrar el camino en el plano espiritual. Quise decirle «tus heridas te ayudan, chica», coger mi revista y marcharme.

Si lo hubiese hecho, tal vez el camino de Athena habría sido completamente diferente, y todavía estaría viva, junto al hombre que amaba, cuidando de su hijo, viéndolo crecer, casarse, llenarla de nietos. Sería rica, probablemente propietaria de una compañía de venta de inmuebles. Lo tenía todo, absolutamente todo para tener éxito; había sufrido lo suficiente como para saber utilizar sus cicatrices a su favor, y no era más que una cuestión de tiempo el conseguir disminuir su ansiedad y seguir adelante.

¿Pero qué fue lo que me mantuvo allí, intentando seguir la conversación? La respuesta es muy simple: curiosidad. No podía entender por qué aquella luz brillante estaba allí, en la fría recepción de un hotel.

Seguí:

—Mircea Eliade escribió libros con títulos extraños: *Ocultismo, brujería y modas culturales,* por ejemplo. O

Nacimiento y renacimiento. A mi maestro —lo dije sin querer, pero ella no lo oyó o fingió no haberlo oído— le gustaba mucho su trabajo. Y algo me dice, intuitivamente, que a ti te interesa el asunto.

Ella volvió a mirar el reloj.

—Voy a Sibiu —dijo ella—. Mi autobús sale dentro de una hora, voy a buscar a mi madre, si es eso lo que quieres saber. Trabajo como vendedora de inmuebles en Oriente Medio, tengo un hijo de casi cuatro años, estoy divorciada, y mis padres viven en Londres. Mis padres adoptivos, claro, pues fui abandonada en la infancia.

Ella estaba realmente en un estado muy avanzado de percepción; se había identificado conmigo, aunque todavía no fuera consciente de ello.

—Sí, era eso lo que quería saber.

—¿Tenías que venir tan lejos para investigar a un escritor? ¿No hay bibliotecas en el lugar en el que vives?

—En realidad, ese escritor vivió en Rumania sólo hasta terminar la universidad. Así que, si yo quisiera saber más sobre su trabajo, debería ir a París, a Londres o a Chicago, donde murió. Así que lo que estoy haciendo no es una investigación en el sentido clásico: quiero ver dónde puso sus pies. Quiero sentir lo que lo inspiró para escribir sobre cosas que afectan a mi vida y a la vida de las personas que respeto.

—¿Escribió también sobre medicina?

Mejor no responder. Me di cuenta de que había reparado en la palabra «maestro», pero pensaba que estaba relacionada con mi profesión.

Ella se levantó. Creo que presintió adónde quería llegar yo, podía ver que su luz brillaba con más intensidad. Sólo soy capaz de entrar en este estado de percepción cuando estoy cerca de alguien muy parecido a mí.

∞

—¿Te importaría acompañarme hasta la estación? —preguntó.

En absoluto. Mi avión no salía hasta última hora de la noche, y un día entero, aburrido, interminable, se me presentaba por delante. Por lo menos, tenía alguien con quien hablar un poco.

Ella subió, volvió con sus maletas en las manos y con una serie de preguntas en la cabeza. Empezó su interrogatorio en cuanto salimos del hotel.

—Tal vez no vuelva a verte en la vida —dijo—, pero creo que tenemos algo en común. Así que, como puede que ésta sea la última vez que hablemos en esta reencarnación, ¿te importaría ser directa en tus respuestas?

Yo asentí con la cabeza.

—Ya que has leído esos libros, ¿crees que el baile nos puede llevar al trance y hacernos ver una luz? ¿Y que esa luz no nos dice absolutamente nada, salvo si estamos contentos o tristes?

¡Pregunta correcta!

—Sin duda. Pero no sólo el baile; todo aquello en lo que seamos capaces de centrar nuestra atención y nos permita separar el cuerpo del espíritu. Como el yoga, la oración, o la meditación de los budistas.

—O la caligrafía.

—No había pensado en eso, pero es posible. En esos momentos en los que el cuerpo libera el alma, ésta sube a los cielos o baja a los infiernos, dependiendo del estado de ánimo de la persona. En ambos lugares, aprende cosas que necesita saber: ya sea destruir al prójimo, o curarlo. Pero ya no me interesan esos caminos individuales; en mi tradición necesito la ayuda de... ¿estás prestando atención a lo que digo?

—No.

∾

Vi que se había parado en medio de la calle y miraba a una niña que parecía abandonada. En ese momento metió la mano en su bolso.

—No hagas eso —le dije—. Mira al otro lado de la calle: allí hay una mujer llena de maldad. Ella puso a esa niña ahí para...

—No me importa.

Ella sacó algunas monedas. Yo le agarré la mano.

—La invitaremos a comer algo. Es más útil.

Invité a la niña a ir a un bar, le compré un sándwich y se lo di. La niña sonrió y lo agradeció; los ojos de la mujer que estaba al otro lado de la calle parecían brillar de odio. Pero las pupilas grises de la chica que caminaba a mi lado, por primera vez, demostraban respeto por lo que yo acababa de hacer.

—¿Qué me decías?

—No importa. ¿Sabes lo que pasó hace unos minutos? Entraste en el mismo trance que el que provoca el baile.

—Te equivocas.

—Estoy segura. Algo tocó tu subconsciente; tal vez te hayas visto a ti misma, si no hubieras sido adoptada, mendigando en esta calle. En ese momento, tu cerebro dejó de reaccionar. Tu espíritu salió, viajó al infierno, se encontró con los demonios de tu pasado. Por eso no viste a la mujer que estaba al otro lado de la calle: estabas en trance. Un trance desorganizado, caótico, que te empujaba a hacer algo teóricamente bueno, pero prácticamente inútil. Como si estuvieras...

—... en un espacio en blanco entre las letras. En el momento en el que una nota musical termina y la otra todavía no ha empezado.

—Exactamente. Y un trance provocado de esta manera puede ser peligroso.

Casi le dije: «Éste es el tipo de trance provocado por el miedo: paraliza a la persona, la deja sin reacción, su cuerpo no responde, su alma ya no está allí. Te aterrorizó pensar en todo lo que podría haber ocurrido en el caso de que el destino no hubiese puesto a tus padres en tu camino». Pero ella había dejado las maletas en el suelo y me estaba mirando fijamente.

—¿Quién eres tú? ¿Por qué me estás diciendo todo esto?

—Como médica, me llaman Deidre O'Neill. Mucho gusto. ¿Cómo te llamas?

—Athena. Pero en el pasaporte dice Sherine Khalil.

—¿Quién te puso ese nombre?

—Nadie importante. Pero no te he preguntado tu nombre, sino quién eres. Y por qué te has acercado a mí. Y por qué yo he sentido la misma necesidad de hablar contigo. ¿Habrá sido por el hecho de que éramos las dos únicas mujeres del bar? No creo: y me estás diciendo cosas que dan sentido a mi vida.

Volvió a coger las maletas, y seguimos caminando hacia la estación de autobuses.

—Yo también tengo un segundo nombre: Edda. Pero no fue escogido al azar. Como tampoco creo que el azar nos haya unido.

Delante de nosotros estaba la puerta de la estación de autobuses, donde varias personas entraban y salían, militares con sus uniformes, campesinos, mujeres guapas, pero vestidas como se hacía cincuenta años atrás.

—Si no fue el azar, ¿qué crees que fue?

Todavía faltaba media hora para que saliera su autobús, y yo podría haberle respondido: fue la Madre. Algunos espíritus escogidos emiten una luz especial, tienen que encontrarse, y tú (Sherine o Athena) eres uno de esos espíritus, pero tienes que trabajar mucho para usar esa energía en tu favor.

Podría haberle contado que estaba siguiendo el camino clásico de una hechicera que busca a través de la individualidad su contacto con el mundo superior e inferior, pero que acaba destruyendo su propia vida; sirve, da energía, pero jamás la recibe de vuelta.

Podría haberle explicado que, aunque los caminos sean individuales, siempre hay una etapa en la que las personas se unen, celebran ceremonias, hablan de sus dificultades, y se preparan para renacer de la Madre. Que el contacto con la Luz Divina es la mejor realidad que un ser humano puede experimentar, y aun así, en mi tradición, este contacto no podía hacerse de manera solitaria, porque teníamos a nuestras espaldas años, siglos de persecución, que nos habían enseñado muchas cosas.

—¿No quieres entrar a tomar un café mientras espero el autobús?

No, yo no quería. Iba a acabar diciendo cosas que, en ese momento, iban a ser malinterpretadas.

—Ciertas personas han sido muy importantes en mi vida —continuó ella—. El propietario de mi apartamento, por ejemplo. O un calígrafo que conocí en el desierto cerca de Dubai. Puede que me digas cosas que yo pueda compartir con ellos, y pagarles todo lo que me han enseñado.

Entonces, ya había tenido maestros en su vida: ¡perfecto! Su espíritu estaba maduro. Todo lo que tenía que hacer era continuar su entrenamiento; en caso contrario, iba a acabar perdiendo lo que había conquistado. ¿Pero era yo la persona indicada?

En una fracción de segundo, pedí que la Madre me inspirase, que me dijese algo. No obtuve respuesta, lo cual

∽

no me sorprendió, porque Ella siempre me hacía lo mismo cuando se trataba de aceptar la responsabilidad de una decisión.

Le di mi tarjeta de visita y le pedí la suya. Ella me dio una dirección en Dubai, que yo no tenía ni la menor idea de dónde quedaba.

Decidí jugar un poco, y probar un poco más.

—¿No es una coincidencia que tres ingleses se encuentren en un bar de Bucarest?

—Por lo que veo en tu tarjeta, tú eres escocesa. Ese hombre dijo que trabajaba en Inglaterra, pero no sé nada de él.

Respiró profundamente.

—Y yo soy... rumana.

Le expliqué que tenía que volver corriendo al hotel a hacer mis maletas.

Ahora ella sabía dónde encontrarme, y, si estaba escrito, nos veríamos de nuevo; es importante permitir que el destino interfiera en nuestras vidas y decida lo que es mejor para todos.

VOSHO «BUSHALO», 65 años, dueño de un restaurante

E sos europeos llegan aquí pensando que lo saben
todo, que merecen un mejor trato, que tienen derecho a inundarnos de preguntas, y que estamos
obligados a responderlas. Por otro lado, se creen que cam-
biándonos el nombre por algo más complicado, como
«pueblo nómada», o «los nómadas», pueden corregir los
errores que cometieron en el pasado.

¿Por qué no siguen llamándonos gitanos e intentan
acabar con las leyendas que siempre nos han hecho parecer malditos ante los ojos del mundo? Nos acusan de
ser el fruto de una unión ilícita entre una mujer y el propio demonio. Dicen que fue uno de nosotros el que forjó los clavos que fijaron a Cristo a la cruz, y que las ma-
dres deben tener mucho cuidado cuando se acercan a
nuestras caravanas, porque acostumbramos robar a los
niños y convertirlos en esclavos.

Y por culpa de eso han permitido masacres a lo largo
de la historia: fuimos cazados como las brujas en la Edad
Media; durante siglos los tribunales alemanes no acepta-
ban nuestro testimonio. Cuando el viento nazi barrió
Europa yo ya había nacido, y vi cómo deportaban a mi
padre a un campo de concentración en Polonia, con el
humillante símbolo de un triángulo negro cosido en su

ropa. De los quinientos mil gitanos enviados para trabajar como esclavos, sólo sobrevivieron cinco mil para contar la historia.

Y nadie, absolutamente nadie, quiere escuchar algo así.

En esta región olvidada de la Tierra, en la que deci-
dieron instalarse la mayor parte de las tribus, hasta el año
pasado nuestra cultura, nuestra religión y nuestra lengua
estaban prohibidas. Si le preguntan a cualquier persona
de la ciudad qué piensa de los gitanos, dirá sin pensarlo
mucho: «Son todos unos ladrones». Por más que intentemos llevar una vida normal, dejando la eterna peregrinación y viviendo en lugares en los que podremos ser fácilmente identificados, el racismo sigue. Mis hijos están
obligados a sentarse en las filas de atrás en su clase, y no
pasa una semana sin que alguien los insulte.

Después se quejan de que no respondemos directamente a las preguntas, de que intentamos disfrazarnos, de que
jamás comentamos abiertamente nuestros orígenes. ¿Para qué? Todo el mundo distingue a un gitano, y todo el
mundo sabe cómo «protegerse» de nuestras «maldades».

Cuando aparece una niña metida a intelectual, sonriendo, diciendo que forma parte de nuestra cultura y de
nuestra raza, yo en seguida me pongo en guardia. Puede ser uno de los enviados de la Securitate, la policía
secreta de este dictador, el Conducator, el Genio de los
Cárpatos, el Líder. Dicen que fue juzgado y fusilado, pero yo no me lo creo; su hijo todavía tiene poder en esta
región, aunque esté desaparecido en este momento.

Ella insiste; sonriendo —como si fuese muy gracioso lo
que dice—, afirma que su madre es gitana, y que le gustaría encontrarla. Tiene su nombre completo; ¿cómo pudo obtener tal información sin la ayuda de la Securitate?

Mejor no enfadar a la gente que tiene contactos en el

gobierno. Le digo que no sé nada, que simplemente soy un gitano que ha decidido establecerse y llevar una vida honesta, pero ella sigue insistiendo; quiere ver a su madre. Yo sé quién es, también sé que hace más de veinte años ella tuvo un bebé y que lo dejó en un orfanato, y no se supo nada más. Nos vimos forzados a aceptarla en nuestro círculo por culpa de aquel herrero que se creía dueño del mundo. ¿Pero quién garantiza que la chica intelectual que está frente a mí es la hija de Liliana? Antes de intentar buscar a su madre, debería por lo menos respetar algunas de nuestras costumbres, y no aparecer vestida de rojo, porque no es el día de su boda. Debería usar faldas más largas, para evitar la lujuria de los hombres. Y nunca debería haberme dirigido la palabra de la manera en que lo hizo.

Si hoy hablo de ella en el presente, es porque para aquellos que viajan el tiempo no existe; sólo el espacio. Hemos venido de muy lejos, unos dicen que de la India, otros afirman que nuestro origen está en Egipto, el hecho es que cargamos con el pasado como si hubiese ocurrido ahora. Y las persecuciones todavía siguen.

Ella intenta ser simpática, demuestra que conoce nuestra cultura, cuando eso no tiene la menor importancia; lo que debería conocer son nuestras tradiciones.

—Me he enterado en la ciudad de que es usted un Rom Baro, un jefe de tribu. Antes de venir aquí he aprendido mucho sobre nuestra historia...

—No es «nuestra», por favor. Es la mía, la de mi mujer, de mis hijos, de mi tribu. Usted es una europea. Usted jamás ha sido apedreada en la calle, como yo cuando tenía cinco años.

—Creo que las cosas están mejorando.

—Siempre han mejorado, para empeorar después.

Pero ella no deja de sonreír. Me pide un whisky; nuestras mujeres nunca harían algo así.

Si sólo hubiese entrado aquí para beber, o para buscar compañía, sería tratada como una clienta. He aprendido a ser simpático, atento, elegante, porque mi negocio depende de eso. Cuando los que frecuentan mi restaurante quieren saber más sobre los gitanos, comento unas cuantas cosas curiosas, les digo que escuchen al grupo que va a tocar dentro de un rato, comento dos o tres detalles sobre nuestra cultura, y salen de aquí con la sensación de que lo saben todo sobre nosotros.

Pero la chica no viene aquí en busca de turismo, sino que afirma que forma parte de la raza.

Me tiende de nuevo el certificado que ha conseguido del gobierno. Pienso que el gobierno mata, roba, miente, pero no se arriesga a dar certificados falsos, y que ella entonces debe de ser la hija de Liliana, porque está escrito el nombre completo y el sitio en el que vivía. Supe por la televisión que el Genio de los Cárpatos, el Padre del Pueblo, el Conductor de todos nosotros, ese que nos hizo pasar hambre mientras lo exportaba todo al extranjero, el que tenía los palacios con la cubertería bañada en oro mientras el pueblo moría de inanición, ese hombre y su maldita mujer solían pedirle a la Securitate que recorriese los orfanatos cogiendo bebés para ser entrenados como asesinos por el Estado.

Sólo cogían niños, dejaban a las niñas. Puede ser verdad que sea su hija.

Miro de nuevo el certificado y me quedo pensando si decirle dónde se encuentra su madre o no. Liliana se merece ver a esta intelectual, que dice que es «una de los nuestros». Liliana se merece mirar a esta mujer frente a frente; creo que ya ha sufrido todo lo que tenía que sufrir después de traicionar a su pueblo, se acostó con un *gaje* *(N. R.: Extranjero)*, avergonzó a sus padres. Tal vez sea el momento de acabar con su infierno, que vea que su hija ha sobrevivido, que ha ganado dinero, e incluso puede ayudarla a salir de la miseria en la que se encuentra.

Tal vez yo pueda cobrar algo por la información. Y, en el futuro, nuestra tribu consiga algunos favores, porque vivimos tiempos confusos, en los que todos dicen que el Genio de los Cárpatos está muerto, incluso se exhiben escenas de su ejecución, pero puede resurgir mañana, como si todo se tratara de un excelente golpe para ver quién estaba de su lado y quién estaba dispuesto a traicionarlo.

Los músicos van a tocar dentro de un rato, mejor hablar de negocios.

—Sé dónde está esa mujer. Puedo llevarla hasta ella. Mi tono de conversación es ahora más simpático.

—Sin embargo, creo que esa información tiene un valor.

—Ya estaba preparada para eso —responde, tendiéndome mucho más dinero del que yo pensaba pedir.

—Eso no da ni para pagar el taxi hasta allí.

—Tendrá otra cantidad igual cuando yo haya llegado a mi destino.

Y siento que, por primera vez, ella vacila. Parece que tiene miedo de seguir adelante. Cojo el dinero que ha puesto en el mostrador.

—Mañana la llevo hasta Liliana.

Sus manos tiemblan. Pide otro whisky, pero de repente un hombre entra en el bar, cambia de color y va inmediatamente hacia ella; entiendo que debieron de conocerse ayer y hoy ya están hablando como si fuesen viejos amigos. Sus ojos la desean. Ella es plenamente consciente de ello, y lo provoca todavía más. El hombre pide una botella de vino, ambos se sientan a una mesa, y parece que ella se ha olvidado por completo de la historia de su madre.

Pero yo quiero la otra mitad del dinero. Cuando voy a llevar la bebida, le pregunto en qué hotel se hospeda, y le digo que estaré allí a las 10 de la mañana.

HERON RYAN,
periodista

Y a con la primera copa de vino, comentó —sin que yo le preguntase nada, claro— que tenía novio, policía de Scotland Yard. Evidentemente era mentira; debió de leer mis ojos, y estaba intentando rehuirme.

Le respondí que tenía una novia, y llegamos a un empate técnico.

Diez minutos después de haber empezado la música, ella se levantó. Habíamos hablado muy poco; nada de preguntas sobre mis investigaciones sobre vampiros, sólo cosas generales, impresiones sobre la ciudad, quejas sobre las carreteras. Pero lo que vi a partir de ahí —mejor dicho, lo que vio todo el mundo en el restaurante— fue una diosa que se mostraba en toda su gloria, una sacerdotisa que evocaba a los ángeles y a los demonios.

Sus ojos estaban cerrados, y parecía que ya no era consciente de quién era, de dónde estaba, de lo que buscaba en el mundo; era como si flotase invocando su pasado, revelando su presente, descubriendo y profetizando el futuro. Mezclaba erotismo y castidad, pornografía y revelación, adoración a Dios y a la naturaleza al mismo tiempo.

Todo el mundo dejó de comer y se puso a mirar lo que estaba ocurriendo. Ella ya no seguía la música, eran los músicos los que intentaban acompañar sus pasos, y aquel restaurante en el bajo de un antiguo edificio en la ciudad de Sibiu se convirtió en un templo egipcio, en el que las adoradoras de Isis solían reunirse para sus ritos de fertilidad. El olor de la carne asada y del vino se cambió por un incienso que nos elevaba a todos al mismo trance, a la misma experiencia de salir del mundo y entrar en una dimensión desconocida.

Los instrumentos de cuerda y de viento ya no sonaban, sólo siguió la percusión. Athena bailaba como si ya no estuviese allí, el sudor le caía por la cara, los pies descalzos golpeaban con fuerza el suelo de madera. Una mujer se levantó y, gentilmente, le ató un pañuelo cubriendo su cuello y sus senos, ya que su blusa amenazaba en todo momento con resbalarle del hombro. Pero ella pareció no notarlo, estaba en otras esferas, experimentaba las fronteras de mundos que casi tocan el nuestro, pero que nunca se dejan revelar.

La gente del restaurante empezó a dar palmadas para acompañar la música, y Athena bailaba con más velocidad, captando la energía de aquellas palmas, girando sobre sí misma, equilibrándose en el vacío, arrebatando todo lo que nosotros, pobres mortales, debíamos ofrecerle a la divinidad suprema.

Y, de repente, paró. Todos pararon, incluso los músicos que tocaban la percusión. Sus ojos seguían cerrados, pero las lágrimas rodaban por su rostro. Levantó los brazos hacia el cielo, y gritó:

—¡Cuando me muera, enterradme de pie, porque he vivido de rodillas toda mi vida!

Nadie dijo nada. Ella abrió los ojos como si despertase de un profundo sueño, y caminó hacia la mesa, como si no hubiera pasado nada. La orquesta volvió a tocar,

PAULO COELHO

∞

algunas parejas ocuparon la pista intentando divertirse, pero el ambiente del local parecía haberse transformado por completo; luego la gente pagó su cuenta y empezaron a marcharse del restaurante.

—¿Va todo bien? —le pregunté, cuando vi que ya estaba recuperada del esfuerzo físico.

—Tengo miedo. He descubierto cómo llegar a donde no quería.

—¿Quieres que te acompañe?

Ella negó con la cabeza. Pero me preguntó en qué hotel estaba. Le di la dirección.

En los dos días siguientes, acabé mis investigaciones para el documental, mandé a mi intérprete de vuelta a Bucarest con el auto alquilado y, a partir de aquel momento, me quedé en Sibiu sólo porque quería verla otra vez. Aunque siempre he sido alguien que se guía por la lógica, capaz de entender que el amor puede ser construido y no simplemente descubierto, sabía que si no volvía a verla estaría dejando para siempre en Transilvania una parte importante de mi vida, aunque no lo descubriese hasta mucho más tarde. Luché contra la monotonía de aquellas horas sin fin, más de una vez fui hasta la estación de autobuses para ver los horarios para Bucarest, gasté en llamadas a la BBC y a mi novia más de lo que mi pequeño presupuesto de productor independiente me permitía. Les explicaba que el material todavía no estaba listo, que me faltaban algunas cosas, tal vez un día más, tal vez una semana, los rumanos eran muy complicados, siempre se enfadaban cada vez que alguien asociaba la hermosa Transilvania con la horrorosa historia de Drácula. Parece que al final los productores se convencieron, y me dejaron quedarme más tiempo del necesario.

Estábamos hospedados en el único hotel de la ciudad,

124

y un día ella apareció, me vio de nuevo en la recepción, nuestro primer encuentro pareció volver a su cabeza; esta vez me invitó a salir, e intenté contener mi alegría. Tal vez yo también era importante en su vida.

Más tarde descubrí que la frase que había dicho al final de su baile era un antiguo proverbio gitano.

LILIANA, costurera,
edad y sobrenombre desconocidos

H ablo en presente porque para nosotros no existe el tiempo, sólo el espacio. Porque parece ayer.

La única costumbre tribal que no seguí fue la de tener a mi lado a mi pareja en el momento de nacer Athena. Pero las parteras vinieron, aun sabiendo que yo me había acostado con un *gaje,* un extranjero. Me soltaron el pelo, cortaron el cordón umbilical, hicieron varios nudos, y me lo dieron. En ese momento, según la tradición, el bebé tenía que ser envuelto en una prenda de su padre. Él había dejado un pañuelo, que me recordaba su perfume, que de vez en cuando yo acercaba a mi nariz para sentirlo cerca, y ahora ese perfume iba a desaparecer para siempre.

Yo la envolví en el pañuelo y la puse en el suelo, para que recibiese la energía de la Tierra. Me quedé allí sin saber qué sentir, ni qué pensar; mi decisión estaba tomada.

Me dijeron que escogiese un nombre y que no se lo dijese a nadie; sólo podía ser pronunciado después de que la niña estuviera bautizada. Me dieron aceite consagrado y los amuletos que tenía que ponerle dos semanas después. Una de ellas me dijo que no me preocupase, que la tribu entera era responsable de ella, y que debía acostumbrarme a las críticas —que pronto se acabarían—. Me aconsejaron también no salir entre el atardecer y la aurora, porque los *tsinvari (N. R.: Espíritus malignos)* podían atacarnos o poseernos, y entonces nuestra vida sería una tragedia.

Una semana después, en cuanto salió el sol, fui hasta un centro de adopción de Sibiu para dejarla en la entrada, esperando que una mano caritativa viniese y la recogiese. Cuando lo estaba haciendo, me sorprendió una enfermera y me llevó adentro. Me ofendió cuanto pudo, dijo que ya estaban preparados para ese tipo de comportamiento: siempre había alguien vigilando, no podía escapar tan fácilmente de la responsabilidad de traer a un niño al mundo.

—Claro, no se puede esperar otra cosa de una gitana: ¡abandonar a su hijo!

Me obligaron a llenar una ficha con todos mis datos, y como no sabía escribir, volvió a repetir otra vez: «Claro, una gitana. Y no intentes engañarnos dándonos datos falsos, o puedes acabar en la cárcel». Por miedo, acabé contando la verdad.

La vi por última vez, y todo lo que pude pensar fue: «Niña sin nombre, que encuentres amor, mucho amor en tu vida».

Salí y estuve caminando por el bosque durante horas. Me acordaba de las muchas noches del embarazo, en las que amaba y odiaba al bebé y al hombre que lo puso dentro de mí.

Como toda mujer, viví con el sueño de encontrar al príncipe azul, casarme, llenar mi casa de niños y colmar a mi familia de atenciones. Como gran parte de las mujeres, acabé enamorándome de un hombre que no podía darme eso, pero con el que compartí momentos que jamás olvidaré. Momentos que yo no podría hacerle comprender a la niña, ella hubiera estado siempre estigmatizada en el seno de nuestra tribu, una *gaje,* una niña sin padre. Yo podía soportarlo, pero no quería que ella pasase por el mismo sufrimiento que yo estaba pasando desde que descubrí que estaba embarazada.

Lloraba y me arañaba, pensando que tal vez el dolor me haría pensar menos, volver a la vida, a la vergüenza de la tribu; alguien se haría cargo de la niña, y yo viviría siempre con la idea de volver a verla algún día, cuando fuese mayor.

Me senté en el suelo, me agarré a un árbol sin poder parar de llorar. Pero cuando mis lágrimas y la sangre de mis heridas tocaron su tronco, una extraña tranquilidad se apoderó de mí. Me parecía oír una voz que decía que no me preocupase, que mi sangre y mis lágrimas habían purificado el camino de la niña y disminuido mi sufrimiento. Desde entonces, siempre que me desespero, recuerdo esa voz, y me tranquilizo.

Por eso, no fue una sorpresa verla llegar con el Rom Baro de nuestra tribu, que tomó café, pidió de beber, sonrió con ironía y se marchó. La voz me había dicho que ella iba a volver, y ahora está aquí, delante de mí. Guapa, parecida a su padre, no sé qué siente por mí, tal vez odio por haberla abandonado un día. No tengo que explicar por qué lo hice; nadie en el mundo podría comprenderlo.

Nos quedamos una eternidad mirándonos la una a la otra, sin decir nada, sólo mirándonos, sin sonreír, sin llorar, sin nada. Un brote de amor sale del fondo del alma, no sé si le interesa lo que siento.

—¿Tienes hambre? ¿Quieres comer algo?

El instinto. Siempre el instinto en primer lugar. Ella

dijo que sí con la cabeza. Entramos en el pequeño cuarto en el que vivo, y que al mismo tiempo hace las veces de sala, dormitorio, cocina y taller de costura. Lo mira todo, está atónita, pero finjo que no me doy cuenta: me acerco al fogón, vuelvo con dos platos de la espesa sopa de verduras y grasa animal. Preparo un café fuerte y, cuando voy a echarle el azúcar, oigo su primera frase:

—Solo, por favor. No sabía que hablabas inglés.

Iba a decirle «me enseñó tu padre», pero me he controlado. Comemos en silencio y, a medida que va pasando el tiempo, todo empieza a parecerme familiar; estoy ahí con mi hija, ella anduvo por el mundo pero ya ha vuelto, ha conocido otros caminos y vuelve a casa. Sé que es una ilusión, pero la vida me ha dado tantos momentos de dura realidad que me resulta fácil soñar un poco.

—¿Quién es esa santa? —señala un cuadro de la pared.

—Santa Sara, la patrona de los gitanos. Siempre he querido visitar su iglesia, en Francia, pero no podemos salir de aquí. Nunca conseguiría el pasaporte, ni permiso, ni...

Iba a decir: «Aunque lo consiguiese, no tendría dinero», pero interrumpo mi frase. Ella podría pensar que le estaba pidiendo algo.

—... y tengo mucho trabajo.

Vuelve el silencio. Ella termina la sopa, enciende un cigarrillo, su mirada no dice nada, ni un sentimiento.

—¿Pensaste que volverías a verme?

Le respondo que sí. Lo supe ayer, por la mujer del Rom Baro, que estaba en el restaurante.

—Se acerca una tormenta. ¿No quieres dormir un poco?

—No oigo ningún ruido. Ni el viento sopla más fuerte, ni tampoco menos que antes. Prefiero charlar.

∾

—Créeme. Tengo todo el tiempo que quieras, tengo toda la vida que me queda para estar a tu lado.

—No digas eso ahora.

—... pero estás cansada —sigo, fingiendo que no he oído su comentario.

Veo que la tormenta se acerca. Como todas las tempestades trae destrucción; pero al mismo tiempo moja los campos, y la sabiduría del cielo baja con la lluvia. Como toda tempestad, tiene que pasar. Cuanto más violenta, más rápida.

Gracias a Dios he aprendido a afrontar las tempestades.

Y, como si las santas Marías del Mar me escuchasen, empiezan a caer las primeras gotas sobre el tejado de zinc. Ella acaba su cigarrillo, yo le cojo las manos, la llevo hasta mi cama. Ella se acuesta y cierra los ojos.

No sé cuánto tiempo durmió; y yo la contemplaba sin pensar en nada, y la voz que un día había oído en el bosque me decía que todo estaba bien, que no tenía que preocuparme, que los cambios que el destino provoca en las personas son favorables si sabemos descifrar su contenido. No sé quién la había recogido del orfanato, la había educado, la había transformado en la mujer independiente que parecía ser. Recé una oración por la familia que había permitido a mi hija sobrevivir y cambiar de vida. En mitad de la oración, sentí celos, desesperación, arrepentimiento, y dejé de conversar con santa Sara; ¿era realmente importante que regresase? Allí estaba todo lo que perdí y jamás podré recuperar.

Pero allí también estaba la manifestación física de mi amor. Yo no sabía nada, pero al mismo tiempo todo me era revelado, volvían las escenas en las que pensaba en el suicidio, consideré el aborto, me imaginé dejando aquel rincón del mundo y siguiendo a pie hasta donde las fuerzas me lo permitiesen, el momento en el que vi correr la sangre y mis lágrimas por el árbol, la conversación con la naturaleza, que se intensificó a partir de ese momento y jamás me ha dejado desde entonces, aunque poca gente de mi tribu lo sepa. Mi protector, que me encontró vagando por el bosque, era capaz de entender todo eso, pero él acababa de morir.

«La luz es inestable, se apaga con el viento, se enciende con el rayo, nunca está ahí, brillando como el sol, pero vale la pena luchar por ella», decía.

El único que me había aceptado y convencido a la tribu de que yo podía volver a formar parte de aquel mundo. El único con autoridad moral suficiente para evitar que yo fuese expulsada.

E, infelizmente, el único que no iba a conocer jamás a mi hija. Lloré por él, mientras ella permanecía inmóvil en mi cama, ella, que debía de estar acostumbrada a todas las comodidades del mundo. Miles de preguntas volvieron: quiénes eran sus padres adoptivos, dónde vivía, si había ido a la universidad, si amaba a alguien, cuáles eran sus planes. Sin embargo, no era yo la que había recorrido el mundo buscándola, todo lo contrario; así que yo no estaba allí para hacer preguntas, sino para responderlas.

Ella abrió los ojos. Pensé en tocar su cabello, en darle el cariño que había guardado durante todos estos años, pero me quedé sin saber su reacción, pensé que era mejor que me controlase.

—Has venido hasta aquí para saber el motivo...

—No. No quiero saber por qué una madre abandona a su hija; no hay motivo para eso.

Sus palabras me rompen el corazón, pero no sé cómo responderle.

—¿Quién soy yo? ¿Qué sangre corre por mis venas? Ayer, después de saber que podía encontrarte, experimenté un estado completo de terror. ¿Por dónde empiezo? Tú, como todas las gitanas, debes de saber leer el futuro con las cartas, ¿no?

—No es verdad. Sólo hacemos eso con los *gajes,* los extranjeros, como medio para ganarnos la vida. Jamás leemos las cartas, ni las manos, ni intentamos prever el futuro cuando estamos con nuestra tribu. Y tú...

—... soy parte de la tribu. Aunque la mujer que me trajo al mundo me haya enviado lejos.

—Sí.

—Entonces, ¿qué hago aquí? Ya te he visto la cara, puedo volver a Londres, mis vacaciones se están acabando.

—¿Quieres saber cosas de tu padre?

—No tengo el menor interés.

Y de repente entendí en qué podía ayudarla. Fue como si una voz ajena saliese de mi boca:

—Comprende la sangre que corre por mis venas, y por tu corazón.

Era mi maestro el que hablaba a través de mí. Ella volvió a cerrar los ojos, y durmió casi doce horas seguidas.

Al día siguiente la llevé a los alrededores de Sibiu, donde habían hecho un museo con casas de toda la región. Por primera vez había tenido el placer de prepararle el desayuno. Estaba más descansada, menos tensa, y me preguntaba cosas sobre la cultura gitana, aunque jamás intentase saber cosas de mí. Me habló también un poco de su vida; ¡supe que era abuela! No habló de su marido ni de sus padres adoptivos. Dijo que vendía terrenos en un lugar muy lejano, y que pronto tendría que regresar a su trabajo.

Le expliqué que podía enseñarle a hacer amuletos para prevenir el mal, pero no mostró el menor interés. Pero cuando le hablé de hierbas que curaban, me pidió que le enseñase a reconocerlas. En el jardín por el que paseábamos intenté transmitirle todo mi conocimiento, aunque estaba segura de que lo olvidaría todo en cuanto regresase a su tierra natal, que ahora ya sabía que era Londres.

—No poseemos la tierra: es ella la que nos posee. Como antiguamente viajábamos sin parar, todo lo que nos rodeaba era nuestro: las plantas, el agua, los paisajes por los que pasaban nuestras caravanas. Nuestras leyes eran las leyes de la naturaleza: los más fuertes sobreviven, y nosotros, los débiles, los eternos exiliados, aprendemos a esconder nuestra fuerza, para usarla solamente en el momento necesario.

»Creemos que Dios no creó el universo; Dios es el universo, nosotros estamos en Él, y Él está en nosotros. Aunque...»

Paré. Pero decidí continuar, porque ésta era una manera de homenajear a mi protector.

—... en mi opinión, deberíamos llamarlo Diosa. Madre. No de la mujer que abandona a su hija en un orfanato, sino de Aquella que está en nosotros, y que nos protege cuando estamos en peligro. Estará siempre con nosotros mientras hagamos nuestras tareas con amor, alegría, entendiendo que nada es sufrimiento, todo es una manera de alabar la Creación.

Athena —ahora yo ya sabía su nombre— desvió la mirada hacia una de las casas que estaban en el jardín.

—¿Qué es aquello? ¿Una iglesia?

Las horas que había pasado a su lado me habían permitido recuperar fuerzas; le pregunté si quería cambiar de tema. Ella reflexionó durante un momento, antes de responder.

∽

—Quiero seguir escuchando lo que tengas que decir- me. Aunque, por lo que entendí después de todo lo que leí antes de venir aquí, eso que me dices no encaja con la tradición de los gitanos.

—Fue mi protector quien me lo enseñó. Porque sabía cosas que los gitanos no saben, obligó a los de la tribu a aceptarme de nuevo en su círculo. Y, a medida que apren- día con él, iba dándome cuenta del poder de la Madre; yo, que había rechazado esta bendición.

Agarré un pequeño arbusto con las manos.

—Si algún día tu hijo tiene fiebre, ponlo junto a una planta joven y sacude sus hojas: la fiebre pasará a la plan- ta. Si te sientes angustiada, haz lo mismo.

—Prefiero que me sigas hablando de tu protector.

—Él me decía que al principio la Creación era profun- damente solitaria. Entonces creó a alguien con quien ha- blar. Estos dos, en un acto de amor, hicieron una terce- ra persona, y a partir de ahí, todo se multiplicó por miles, millones. Me has preguntado sobre la iglesia que acaba- mos de ver: no sé su origen, y no me interesa, mi templo es el jardín, el cielo, el agua del lago y del riachuelo que lo alimenta. Mi pueblo son personas que comparten la misma idea conmigo, y no aquellas a quienes estoy liga- da por los lazos de sangre. Mi ritual es estar con esa gen- te celebrando todo lo que está a mi alrededor. ¿Cuándo pretendes volver a casa?

—Tal vez mañana. Siempre que no te moleste.

Otra herida en mi corazón, pero no podía decirle nada.

—Quédate el tiempo que quieras. Sólo te lo he pre- guntado porque quería celebrar tu llegada con los demás. Puedo hacerlo hoy por la noche, si estás de acuerdo.

Ella no ha dicho nada, y entiendo que es un «sí». Vol- vemos a casa, la alimento de nuevo, ella me explica que tiene que ir hasta el hotel de Sibiu para coger alguna ropa; cuando vuelve, ya lo tengo todo organizado. Nos vamos a una colina al sur de la ciudad, nos sentamos alrededor de la hoguera que acaba de ser encendida, tocamos instrumentos, cantamos, bailamos, contamos historias. Ella asiste a todo sin participar en nada, aunque el Rom Baro haya dicho que era una excelente bailarina. Por primera vez en todos estos años, estoy alegre, por poder preparar un ritual para mi hija y celebrar con ella el milagro de estar vivas, con salud, sumergidas en el amor de la Gran Madre.

Al final, dice que esa noche se va a dormir al hotel. Le pregunto si es una despedida, ella dice que no. Volverá mañana.

Durante toda una semana, mi hija y yo compartimos la adoración del Universo. Una de esas noches, ella trajo a un amigo, pero me explicó que no era un novio, ni el padre de su hija. El hombre, que debía de tener diez años más que ella, preguntó a quién estábamos adorando en nuestros rituales. Le expliqué que adorar a alguien significaba —según mi protector— poner a esa persona fuera de nuestro mundo. No estamos adorando nada, sólo comulgando con la Creación.

—¿Pero rezáis?

—Personalmente, yo le rezo a santa Sara. Pero aquí somos parte de todo, celebramos en vez de rezar.

Pensé que Athena se había sentido orgullosa con mi respuesta. En realidad, yo estaba repitiendo las palabras de mi protector.

—¿Y por qué lo hacéis juntas si podemos celebrar solos nuestro contacto con el Universo?

—Porque los otros son yo. Y yo soy los otros.

En ese momento, Athena me miró, y yo sentí que esa vez fui yo la que le rompí el corazón.

—Me voy mañana —dijo.

—Antes de irte, ven a despedirte de tu madre.

Fue la primera vez, a lo largo de todos esos días, que usé ese término. Mi voz no tembló, mi mirada se mantuvo firme, y yo sabía que, a pesar de todo, allí estaba la sangre de mi sangre, el fruto de mi vientre. En aquel momento me comporté como una niña que acaba de comprender que el mundo no está lleno de fantasmas y de maldiciones, como nos han enseñado los adultos; está lleno de amor, independientemente de cómo se manifieste. Un amor que perdona los errores, y que redime tus pecados.

Ella me abrazó durante un rato largo. Después, me arregló el velo que llevo para cubrirme el pelo (aunque no tuviese un marido, la tradición gitana decía que tenía que usarlo, porque ya no era virgen). ¿Qué me reservaba el mañana, además de la partida de un ser al que siempre he amado y temido en la distancia? Yo era todos, y todos eran yo y mi soledad.

Al día siguiente, Athena apareció con un ramo de flores, ordenó mi habitación, me dijo que debería usar gafas porque mis ojos se desgastaban con la costura. Me preguntó si los amigos con los que celebraba no acababan teniendo problemas con la tribu, y le dije que no, que mi protector era un hombre respetado, había aprendido cosas que los demás no sabíamos, tenía discípulos en todo el mundo. Le expliqué que había muerto poco antes de que ella llegase.

—Un día, se le acercó un gato y lo tocó con su cuerpo. Para nosotros, eso significaba muerte, y nos preocupamos; pero hay un ritual para cortar el maleficio.

»Sin embargo, mi protector dijo que ya era el momento de partir, tenía que viajar por los mundos que él sa-

∾

bía que existían, volver a nacer como niño, y antes reposar un poco en brazos de la Madre. Su funeral fue sencillo, en un bosque aquí cerca, pero asistió gente de todo el mundo.»

—¿Entre ellos, una mujer de pelo negro, de unos treinta y cinco años?

—No me acuerdo bien, pero es posible que sí. ¿Por qué quieres saberlo?

—Conocí a alguien en un hotel de Bucarest que me dijo que había venido al funeral de un amigo. Creo que dijo algo como «su maestro».

Me pidió que le hablase más de los gitanos, pero no había mucho que no supiera. Sobre todo porque, además de los hábitos y las tradiciones, casi no conocemos nuestra historia. Le sugerí que un día fuera hasta Francia, y llevase en mi nombre una falda para la imagen de Sara a la aldea francesa de Saintes-Maries-de-la-Mer.

—Vine hasta aquí porque me faltaba algo en la vida. Tenía que rellenar los espacios en blanco, y creí que sólo con verte la cara sería suficiente. Pero no; también tenía que entender que... había sido amada.

—Eres amada.

Hice una pausa larga: por fin había podido poner en palabras lo que me habría gustado decir desde que la dejé marchar. Para evitar que se quedase conmovida, seguí:

—Me gustaría pedirte una cosa.

—Lo que quieras.

—Quiero pedirte perdón.

Ella se mordió los labios.

—Siempre he sido una persona muy nerviosa. Trabajo mucho, cuido a mi hijo, bailo como una loca, he aprendido caligrafía, frecuento cursos de perfeccionamiento de ventas, leo un libro tras otro. Todo para evitar esos momentos en los que no pasa nada, porque esos espacios en blanco me daban la sensación de un vacío absoluto, en el que no hay ni una migaja de amor. Mis padres siempre lo han hecho todo por mí, y creo que no dejo de decepcionarlos.

»Pero aquí, mientras estábamos juntas, en los momentos en los que celebré la naturaleza y a la Gran Madre contigo, entendí que esos espacios en blanco empezaban a llenarse. Se convirtieron en pausas: el momento en el que el hombre levanta la mano del tambor, antes de tocarlo de nuevo con fuerza. Creo que me puedo marchar; no digo que vaya a ir en paz, porque mi vida necesita un ritmo al que estoy acostumbrada. Pero tampoco me voy amargada. ¿Creen todos los gitanos en la Gran Madre?

—Si se lo preguntas, ninguno te dirá que sí. Han adoptado las creencias y las costumbres de los lugares en los que se han ido instalando. Sin embargo, lo único que nos une en la religión es adorar a santa Sara, y peregrinar por lo menos una vez en la vida a su tumba, en Saintes-Maries-de-la-Mer. Algunas tribus la llaman Sarah-Kali, Sara la Negra. O Virgen de los Gitanos, como se la conoce en Lourdes.

—Tengo que ir —dijo Athena después de un rato—. El amigo que conociste el otro día me va a acompañar.

—Parece un buen hombre.

—Hablas como una madre.

—Soy tu madre.

—Soy tu hija.

Me abrazó, esta vez con lágrimas en los ojos. Atusé su pelo, mientras la tenía entre mis brazos como siempre había soñado, desde que un día el destino —o mi miedo— nos separó. Le pedí que se cuidase, y ella me respondió que había aprendido mucho.

—Vas a aprender más todavía porque, aunque hoy todos estemos sujetos a casas, ciudades, empleos, todavía me corre por la sangre el tiempo de las caravanas, los viajes y las enseñanzas que la Gran Madre ponía en nuestro camino para que pudiéramos sobrevivir. Aprende, pero aprende siempre con gente a tu lado. No vayas sola en esta búsqueda: si das un paso equivocado, no tendrás a nadie para ayudarte a corregirlo.

Ella seguía llorando, abrazada a mí, casi pidiéndome quedarse. Le imploré a mi protector que no me dejase verter ni una lágrima, porque quería lo mejor para Athena, y su destino era seguir adelante. Aquí, en Transilvania, aparte de mi amor, no iba a encontrar nada más. Y aunque yo crea que el amor es suficiente para justificar toda una existencia, tenía la absoluta certeza de que no podía pedirle que sacrificase su futuro para quedarse a mi lado.

Athena me dio un beso en la frente y se fue sin decir adiós, pensando que tal vez un día volvería. Todas las Navidades me enviaba el suficiente dinero para pasar todo el año sin tener que coser; jamás fui al banco para cobrar sus cheques, aunque todos los de la tribu pensaban que me comportaba como una ignorante.

Hace seis meses, dejó de mandar dinero. Debió de entender que necesito la costura para llenar aquello que ella llamaba los «espacios blancos».

Por más que desease verla una vez más, sé que no va a volver nunca; en este momento debe de ser una gran ejecutiva, casada con un hombre que ama, debo de tener muchos nietos, y mi sangre perdurará en esta tierra, y mis errores serán perdonados.

SAMIRA R. KHALIL,
ama de casa

E n cuanto Sherine entró en casa dando gritos y abrazando a un asustado Viorel, entendí que todo había ido mejor de lo que me imaginaba. Sentí que Dios había escuchado mis oraciones, y ahora ya no tenía nada más que descubrir sobre sí misma. Por fin podía adaptarse a una vida normal, criar a su hijo, casarse otra vez y apartarse de toda aquella ansiedad que la ponía eufórica y depresiva al mismo tiempo.

—Te quiero, mamá.

Fue mi turno para agarrarla y estrecharla en mis brazos. Durante algunas de aquellas noches en las que estuvo fuera, confieso que me aterrorizaba la idea de que mandase a alguien a buscar a Viorel, y que no volviesen nunca más.

Después de comer, ducharse, contarme su encuentro con su madre biológica, describirme los paisajes de Transilvania (yo no me acordaba bien, ya que sólo fui en busca de un orfanato), le pregunté cuándo volvía a Dubai.

—La semana que viene. Antes tengo que ir a Escocia a ver a una persona.

¡Un hombre!

—Una mujer —continuó ella, notando posiblemente mi sonrisa de complicidad—. Siento que tengo una misión. He descubierto cosas que no creía que existiesen mientras celebraba la vida y la naturaleza. Lo que creí que sólo podía encontrar en el baile está en todas partes. Y tiene rostro de mujer: yo la vi en...

Me asusté. Le dije que su misión era cuidar a su hijo, intentar ser mejor en su trabajo, ganar más dinero, casarse de nuevo, respetar a Dios tal y como lo conocemos.

Pero Sherine no me estaba escuchando.

—Fue una noche en la que estábamos sentados alrededor de la hoguera, bebiendo, riendo con historias, escuchando música. Salvo una vez en el restaurante, todos los días que pasé allí no sentí la necesidad de bailar, como si estuviese acumulando energía para algo diferente. De repente sentí que todo a mi alrededor estaba vivo, latiendo; la Creación y yo éramos una sola cosa. Lloré de alegría cuando las llamas de la hoguera parecieron convertirse en el rostro de una mujer, llena de compasión, que me sonreía.

Sentí un escalofrío; hechicería gitana, seguro. Y al mismo tiempo me volvió la imagen de la niña en el colegio, que decía que había visto a «una mujer de blanco».

—No te dejes llevar por esas cosas, que son del demonio. Siempre has tenido un buen ejemplo en nuestra familia, ¿es que no puedes llevar una vida normal?

Por lo visto, me había precipitado al creer que el viaje en busca de su madre biológica le había sentado bien. Pero, en vez de reaccionar con la agresividad de siempre, ella continuó sonriendo:

—¿Qué es normal? ¿Por qué papá vive sobrecargado de trabajo, si ya tenemos dinero suficiente como para mantener a tres generaciones? Es un hombre honesto, se merece lo que gana, pero siempre dice, con cierto orgullo, que tiene demasiado trabajo. ¿Para qué? ¿Adónde quiere llegar?

∞

—Es un hombre que dignifica su vida.

—Cuando vivía con vosotros, siempre que llegaba a casa me preguntaba por los deberes, me daba unos cuantos ejemplos de lo necesario que era su trabajo para el mundo, ponía la televisión, hacía comentarios sobre la situación política en el Líbano, antes de dormir se leía uno u otro libro técnico, estaba siempre ocupado.

»Y contigo, lo mismo; yo era la mejor vestida en el colegio, me llevabas a fiestas, cuidabas de las cosas de casa, siempre has sido buena, cariñosa, y me has dado una educación impecable. Pero ahora que se acerca la vejez, ¿qué pensáis hacer en la vida, ahora que ya he crecido y soy independiente?

—Vamos a viajar. Recorrer el mundo, disfrutar de nuestro merecido descanso.

—¿Por qué no lo hacéis ya, mientras todavía tenéis salud?

Ya me había preguntado lo mismo. Pero sentía que mi marido necesitaba su trabajo; no por el dinero, sino por la necesidad de ser útil, de demostrar que un exiliado cumple con sus compromisos. Cuando cogía vacaciones y se quedaba en la ciudad, siempre hacía lo posible por ir al despacho, hablar con sus amigos, tomar una u otra decisión que podría esperar. Intentaba forzarlo a ir al teatro, al cine, a los museos, hacía todo lo que yo le pedía, pero sentía que se aburría; lo único que le interesaba era la firma, el trabajo, los negocios.

Por primera vez hablé con ella como si fuera una amiga, y no mi hija, pero usando un lenguaje que no me comprometiese, y que ella pudiese entender fácilmente.

—¿Crees que tu padre también intenta llenar eso que tú llamas «espacios en blanco»?

—El día que se retire, aunque yo creo que ese día no

va a llegar nunca, puedes estar segura de que se va a deprimir. ¿Qué hacer con esa libertad tan arduamente conquistada? Todos lo felicitarán por su brillante carrera, por la herencia que nos dejó, por la integridad con la que ha dirigido su firma. Pero nadie tendrá tiempo para él: la vida sigue su curso, y todos están inmersos en ella. Papá se sentirá un exiliado de nuevo, sólo que esta vez no tendrá un país para refugiarse.

—¿Tienes alguna idea mejor?

—Sólo tengo una: no quiero que eso me pase a mí. Soy demasiado nerviosa, y no me entiendas mal, no estoy echándole la culpa al ejemplo que me habéis dado. Pero necesito cambiar.

»Cambiar rápido.»

DEIDRE O'NEILL, conocida como Edda

S entada en completa oscuridad.
El niño, está claro, salió inmediatamente de la sala —la noche es el reino del terror, de los monstruos del pasado, de la época en la que andábamos como los gitanos, como mi antiguo maestro—, que la Madre tenga compasión de su alma, y que esté siendo cuidado con cariño hasta el momento de volver.

Athena no sabe qué hacer desde que apagué la luz. Pregunta por su hijo, le digo que no se preocupe, que lo deje de mi cuenta. Salgo, enciendo la televisión, pongo un canal de dibujos animados, le quito el sonido; el niño se queda hipnotizado, y en seguida el problema está resuelto. Me pongo a pensar cómo sería en el pasado, porque las mujeres iban al mismo ritual que Athena, llevaban a sus hijos, pero no había televisión. ¿Qué hacía la gente que estaba allí para enseñar?

Bueno, no es mi problema.

Lo que el niño está experimentando frente a la televisión —una puerta a una realidad diferente— es lo mismo que voy a provocar en Athena. ¡Es todo tan simple, y al mismo tiempo, tan complicado! Simple, porque basta con cambiar de actitud. No voy a buscar más la felicidad. A partir de ahora soy independiente, veo la vida

144

con mis propios ojos, y no con los de los demás. Voy a buscar la aventura de estar viva.

Y complicado: ¿por qué no voy a buscar la felicidad si la gente me ha enseñado que es el único objetivo que merece la pena? ¿Por qué me voy a arriesgar a tomar un camino que otros no se arriesgaron a tomar?

Después de todo, ¿qué es la felicidad?

Amor, responden. Pero el amor no da, y nunca ha dado felicidad. Todo lo contrario, siempre es una angustia, un campo de batalla, muchas noches en vela, preguntándonos si estamos haciendo lo correcto. El verdadero amor está hecho de éxtasis y agonía.

Paz, entonces. ¿Paz? Si miramos a la Madre, ella nunca está en paz. El invierno lucha con el verano, el sol y la luna nunca se ven, el tigre persigue al hombre, que tiene miedo del perro, que persigue al gato, que persigue al ratón, que asusta al hombre.

El dinero da la felicidad. Muy bien: entonces todas las personas que tienen el dinero suficiente para vivir con un altísimo tren de vida podrían dejar de trabajar. Pero siguen más nerviosas que antes, como si temieran perderlo todo. El dinero da más dinero, eso es verdad. La pobreza puede provocar la infelicidad, pero al contrario no es cierto.

He buscado la felicidad durante mucho tiempo de mi vida; ahora lo que quiero es alegría. La alegría es como el sexo: empieza y acaba. Yo quiero placer. Quiero estar contenta, ¿pero felicidad? Ya no caigo en esa trampa.

Cuando estoy con un grupo de personas y decido provocarlas mediante una de las cuestiones más importantes de nuestra existencia, todas dicen: «Soy feliz».

Sigo: «¿Pero no quieres tener más, no quieres seguir creciendo?» Todos responden: «Claro».

∞

Insisto: «Entonces no eres feliz». Todos cambian de tema.

Es mejor que vuelva a la sala en la que está Athena ahora. Oscura. Ella escucha mis pasos, el fósforo que se rasca y se enciende una vela.

—Todo lo que nos rodea es el Deseo Universal. No es la felicidad; es un deseo. Y los deseos siempre son incompletos: cuando se realizan, dejan de ser deseos, ¿no?

—¿Dónde está mi hijo?

—Tu hijo está bien, viendo la tele. Sólo quiero que mires esta vela, que no hables, que no digas nada. Sólo cree.

—Creer que...

—Te he pedido que no dijeras nada. Estás viva, y esta vela es el único punto de tu universo, tienes que creer en eso. Olvida para siempre esa idea de que el camino es una manera de llegar a un destino: en realidad, siempre estamos llegando, a cada paso. Repítelo todas las mañanas: «He llegado». Verás que es mucho más fácil estar en contacto con cada segundo del día.

Hice una pausa.

—La llama de la vela está iluminando tu mundo. Pregúntale: ¿Quién soy yo?

Esperé un poco más. Y seguí:

—Imagino tu respuesta: soy fulana de tal, he vivido estas y aquellas experiencias. Tengo un hijo, trabajo en Dubai. Ahora vuelve a preguntarle a la vela: ¿Quién no soy yo?

Esperé de nuevo. Y de nuevo seguí:

—Debes de haber respondido: no soy una persona alegre. No soy una típica madre de familia que sólo se preocupa de su hijo, de su marido, de tener una casa con jardín y un sitio en el que pasar las vacaciones todo el verano. ¿He acertado? Puedes hablar.

—Has acertado.

—Entonces estamos en el camino correcto. Eres, igual que yo, una persona insatisfecha. Tu «realidad» no encaja con la «realidad» de los demás. Y te da miedo que tu hijo siga el mismo camino, ¿no?

—Sí.

—Aun así, sabes que no puedes parar. Luchas, pero no eres capaz de controlar tus dudas. Mira bien esta vela: en este momento, es tu universo; concentra tu atención, ilumina un poco a tu alrededor. Respira hondo, retén el aire en los pulmones el máximo tiempo posible, y expira. Repítelo cinco veces.

Ella obedeció.

—Este ejercicio debería haber calmado tu alma. Ahora recuerda lo que te he dicho. Tienes que creer. Tienes que creer que eres capaz, que ya has llegado a donde querías. En un determinado momento de tu vida, como me contaste esta tarde mientras tomábamos té, dijiste que había cambiado el comportamiento de la gente del banco en el que trabajabas, porque les habías enseñado a bailar. No es verdad.

»Lo cambiaste todo, porque cambiaste tu realidad con el baile. Creíste en esa historia del Vértice, que me parece interesante, aunque jamás haya oído hablar de ella. Te gustaba bailar, creías en lo que estabas haciendo. No se puede creer en algo que no nos gusta, ¿entiendes?»

Athena asintió con la cabeza, manteniendo los ojos fijos en la llama de la vela.

—La fe no es un deseo. La fe es una Voluntad. Los deseos siempre son cosas que se rellenan, la Voluntad es una fuerza. La Voluntad cambia el espacio que está a nuestro alrededor, como hiciste con tu trabajo en el banco. Pero, para ello, es necesario el Deseo. ¡Por favor, concéntrate en la vela!

»Tu hijo salió de aquí y se fue a ver la tele porque la oscuridad le da miedo. ¿Por qué motivo? En la oscuridad podemos proyectar cualquier cosa, y generalmente sólo proyectamos nuestros fantasmas. Eso vale para los niños y para los adultos. Levanta el brazo derecho lentamente.»

El brazo se movió hasta lo alto. Le pedí que hiciera lo mismo con el izquierdo. Pude ver bien sus senos, mucho más bonitos que los míos.

—Puedes bajarlos, pero también lentamente. Cierra los ojos, respira hondo, voy a encender la luz. Ya está: se acabó el ritual. Vamos a la sala.

Se levantó con dificultad; las piernas se le habían dormido por culpa de la postura que le había mandado adoptar.

Viorel ya se había dormido; yo apagué la tele, fuimos a la cocina.

—¿Para qué ha servido todo eso? —preguntó.

—Sólo para sacarte de la realidad cotidiana. Podría haber sido cualquier cosa en la que pudieses fijar tu atención, pero a mí me gusta la oscuridad y la llama de una vela. Bueno, te refieres adónde quiero llegar, ¿no?

Athena me comentó que había viajado casi tres horas en el tren, con su hijo en brazos, cuando tenía que estar haciendo la maleta para volver al trabajo; podría haberse quedado mirando una vela en su habitación, no hacía falta venir hasta Escocia.

—Sí que hacía falta —respondí—. Para saber que no estás sola, que hay otras personas que están en contacto con lo mismo que tú. El simple hecho de entender eso te permite creer.

—¿Creer en qué?

—Que estás en el camino correcto. Y como te he dicho antes, llegando a cada paso.

—¿Qué camino? Pensé que, al ir a buscar a mi madre a Rumania, por fin encontraría la paz de espíritu que tanto necesitaba, pero no fue así. ¿De qué camino estás hablando?

—De eso no tengo la menor idea. No lo descubrirás hasta que no empieces a enseñar. Cuando vuelvas a Dubai, busca un discípulo o una discípula.

—¿Enseñar baile o caligrafía?

—De eso ya sabes. Tienes que enseñar aquello que no sabes. Aquello que la Madre desea revelar a través de ti.

Ella me miró como si yo me hubiese vuelto loca.

—Eso mismo —insistí—. ¿Por qué te pedí que levantases los brazos y que respiraras hondo? Para que pensaras que sabía algo más que tú. Pero no es cierto; no era más que una manera de sacarte del mundo al que estás acostumbrada. No te pedí que le dieras las gracias a la Madre, que dijeras lo maravillosa que es, ni que su rostro brilla en las llamas de una hoguera. Sólo te pedí el gesto absurdo e inútil de levantar los brazos, y que concentrases tu atención en una vela. Eso es suficiente; intentar siempre que sea posible, hacer algo que no encaja con la realidad que nos rodea.

»Cuando empieces a crear rituales para que los haga tu discípulo, serás guiada. Ahí es donde comienza el aprendizaje, eso es lo que decía mi protector. Si quieres escuchar mis palabras, muy bien. Si no quieres, sigue tu vida como hasta este momento, y acabarás dando con una pared llamada "insatisfacción".»

Llamé a un taxi, hablamos un poco de moda y de hombres, y Athena se fue. Estaba segura de que me escucharía, sobre todo porque formaba parte de ese tipo de personas que nunca renuncian a un desafío.

—Enséñale a la gente a ser diferente. ¡Sólo eso! —le grité mientras el taxi se alejaba.

Eso es la alegría. La felicidad sería estar satisfecha con todo lo que tenía: un amor, un hijo, un empleo. Y Athena, al igual que yo, no había nacido para ese tipo de vida.

C laro que yo no admitía estar enamorado; tenía una novia que me amaba, que me completaba, que compartía conmigo los momentos difíciles y las horas de alegría.

Todas las citas y los acontecimientos de Sibiu formaban parte de un viaje; no era la primera vez que sucedía cuando estaba fuera de casa. La gente, cuando se aleja de su mundo, suele ser más aventurera, ya que las barreras y los prejuicios quedan lejos.

Al volver a Inglaterra, lo primero que hice fue decir que el documental sobre el Drácula histórico era una tontería; un simple libro de un irlandés loco había sido capaz de dar una imagen pésima de Transilvania, uno de los lugares más bonitos del planeta. Evidentemente, los productores no estaban satisfechos en absoluto, pero en ese momento no me importaba su opinión: dejé la televisión, y me fui a trabajar a uno de los periódicos más importantes del mundo.

Fue entonces cuando me di cuenta de que me gustaría ver de nuevo a Athena.

La llamé, quedamos de dar un paseo antes de que ella volviese a Dubai. Ella aceptó, pero me dijo que le gustaría ser mi guía por Londres.

∽

Entramos en el primer autobús que llegó a la parada, sin preguntar en qué dirección iba, escogimos a una señora que estaba allí por casualidad y dijimos que nos bajaríamos en el mismo sitio que ella. Bajamos en Temple, pasamos junto a un mendigo que nos pidió limosna, pero no se la dimos, y seguimos adelante mientras escuchábamos sus insultos, entendiendo que no era más que una forma de comunicarse con nosotros.

Vimos a alguien que intentaba destrozar una cabina telefónica; pensé en llamar a la policía, pero Athena me lo impidió; tal vez acababa de terminar una relación con el amor de su vida y necesitaba descargar todo lo que sentía. O, quién sabe, puede que no tuviera con quién hablar, y no podía permitir que los demás lo humillasen, utilizando aquel teléfono para hablar de negocios o de amor.

Me mandó cerrar los ojos y que le describiese exactamente la ropa que llevábamos puesta; para mi sorpresa, sólo acerté algunos detalles.

Me preguntó qué recordaba de mi mesa de trabajo; le dije que sobre ella había papeles que me daba pereza ordenar.

—¿Ya has pensado que esos papeles tienen vida, sentimientos, peticiones, historias que contar? Creo que no le prestas a la vida la atención que se merece.

Le prometí que los revisaría uno por uno cuando volviese al periódico al día siguiente.

Una pareja de extranjeros, con un mapa, nos pidió información sobre un monumento turístico. Athena les dio indicaciones precisas pero completamente equivocadas.

—¡Les has dado una dirección diferente!

—No importa. Se perderán, y no hay nada mejor para descubrir sitios interesantes. Haz un esfuerzo por llenar de nuevo tu vida con un poco de fantasía; sobre nuestras cabezas hay un cielo al que toda la humanidad, en miles de años de observación, le ha dado una serie de explicaciones razonables. Olvida lo que aprendiste de las estrellas, y volverán a transformarse en ángeles, o en niños, o en cualquier cosa que quieras creer en este momento. Eso no te hará más estúpido: no es más que un juego, pero puede enriquecer tu vida.

Al día siguiente, cuando volví al periódico, me encargué de cada papel como si fuese un mensaje directamente dirigido a mí, y no a la institución a la que represento. A mediodía, fui a hablar con el secretario de redacción, y le sugerí hacer un reportaje sobre el tema de una Diosa a la que veneran los gitanos. Pensaron que era una idea excelente, y me designaron para ir a las fiestas a la meca de los gitanos, Saintes-Maries-de-la-Mer.

Por increíble que parezca, Athena no mostró interés alguno por acompañarme. Decía que a su novio —el policía ficticio, que usaba para mantenerme a distancia— no le gustaría saber que se iba de viaje con otro hombre.

—¿Pero no le prometiste a tu madre llevarle un manto a la santa?

—Se lo prometí, en el caso de que la ciudad me quedara de camino. Pero no es así. Si algún día paso por allí, cumplo la promesa.

Como iba a volver a Dubai al domingo siguiente, se fue con su hijo a Escocia, a ver a una mujer que ambos habíamos conocido en Bucarest. Yo no recordaba a nadie, pero, igual que había un «novio fantasma», puede que la «mujer fantasma» fuese otra disculpa, y decidí no presionarla mucho. Sin embargo, sentí celos, como si prefiriese estar con otra gente.

Me extrañó ese sentimiento. Y decidí que, si era nece-

sario ir hasta Oriente Medio para hacer un reportaje sobre el *boom* inmobiliario que alguien de la sección de
economía del periódico decía que estaba ocurriendo, me
pondría a estudiarlo todo sobre terrenos, economía, política y petróleo, siempre que eso me acercase a Athena.

Saintes-Maries-de-la-Mer dio para un excelente artículo. Según la tradición, Sara era una gitana que vivía en
la pequeña ciudad costera, cuando la tía de Jesús, María
Salomé, junto a otros refugiados, llegó allí escapando de
las persecuciones romanas. Sara los ayudó y acabó convirtiéndose al cristianismo.

En la fiesta a la que pude asistir, las partes del esque-
leto de dos mujeres que están enterradas bajo el altar son
sacadas del relicario y levantadas para bendecir la multitud de caravanas que llegan de todos los rincones de
Europa con sus ropas de colores, su música y sus instrumentos. Después, la imagen de Sara con hermosos man-
tos, se saca de un lugar cerca de la iglesia, ya que el Vaticano jamás la canonizó, y es llevada en procesión hasta
el mar a través de las callejuelas cubiertas de rosas. Cuatro gitanos, con las ropas tradicionales, ponen las reli-
quias en un barco lleno de flores, entran en el agua y re-
piten la llegada de las fugitivas y el encuentro con Sara.
A partir de ahí, todo es música, fiesta, cantos y demos-
traciones de coraje delante de un toro.

Un historiador, Antoine Locadour, me ayudó a completar el reportaje con información interesante respecto
a la Divinidad Femenina. Envié a Dubai las dos páginas
escritas para la sección de turismo del periódico. Todo
lo que recibí fue una respuesta amable, agradeciéndome
la intención, sin ningún otro comentario.

Por lo menos, había confirmado que su dirección existía.

**ANTOINE LOCADOUR, 74 años,
historiador, I. C. P., Francia**

E s fácil identificar a Sara como una más de las muchas vírgenes negras que hay en el mundo. Sarah-Kali, dice la tradición, procedía de un noble linaje, y conocía los secretos del mundo. Era, a mi entender, una más de las muchas manifestaciones de lo que llaman la Gran Madre, la Diosa de la Creación.

Y no me sorprende que cada vez más la gente se interese por las tradiciones paganas. ¿Por qué? Porque el Dios Padre siempre está asociado con el rigor y la disciplina del culto.

El fenómeno no es una novedad: siempre que la religión recrudece sus formas, un grupo significativo de gente tiende a ir en busca de más libertad en el contacto espiritual. Sucedió en la Edad Media, cuando la Iglesia católica se limitaba a poner impuestos y a construir conventos llenos de lujo; como reacción, asistimos al surgimiento de un fenómeno llamado «hechicería» que, a pesar de ser reprimido por culpa de su carácter revolucionario, dejó raíces y tradiciones que han conseguido sobrevivir durante todos estos siglos.

En las tradiciones paganas, el culto a la naturaleza es más importante que la reverencia a los libros sagrados; la Diosa está en todo, y todo forma parte de la Diosa. El mundo es una expresión de su bondad. Existen muchas doctrinas filosóficas —como el taoísmo o el budismo— que eliminan la idea de la distinción entre el creador y la criatura. La gente ya no intenta descifrar el misterio de la vida, sino formar parte de él; en el taoísmo y en el budismo, incluso sin la figura femenina, el principio central también afirma que «todo es la misma cosa».

En el culto a la Gran Madre, lo que llamamos «pecado», generalmente una transgresión de códigos morales arbitrarios, no existe; el sexo y las costumbres son más libres, porque forman parte de la naturaleza, y no se pueden considerar frutos del mal.

El nuevo paganismo demuestra que el hombre es capaz de vivir sin una religión instituida, y al mismo tiempo continuar la búsqueda espiritual para justificar su existencia. Si Dios es madre, entonces todo lo que hay que hacer es unirse y adorarla a través de ritos que procuran satisfacer su alma femenina, como la danza, el fuego, el agua, el aire, la tierra, los cantos, la música, las flores, la belleza.

La tendencia ha ido creciendo a pasos agigantados en los últimos años. Tal vez estemos ante un momento muy importante de la historia del mundo, en el que por fin el Espíritu se integra en la Materia, se unifican y se transforman. Al mismo tiempo, creo que se producirá una reacción muy violenta por parte de las instituciones religiosas organizadas, que empiezan a perder fieles. El fundamentalismo crecerá y se instalará en todas partes.

Como historiador, me contento con recoger datos y analizar esta confrontación entre la libertad de adorar y la obligación de obedecer. Entre el Dios que controla el mundo y la diosa que es parte del mundo. Entre la gente que se une en grupos en los que la celebración se hace de modo espontáneo y aquellas que se van cerrando en círculos en los que aprenden lo que se debe y lo que no se debe hacer.

Me gustaría ser optimista, creer que finalmente el ser humano ha encontrado su camino hacia el mundo espiritual. Pero las señales no son así de positivas: una nueva persecución conservadora, como ya sucedió muchas veces en el pasado, puede sofocar de nuevo el culto a la Madre.

Andrea McCain, actriz de teatro

E s muy difícil intentar ser imparcial, contar una historia que empezó con admiración y que terminó con rencor. Pero voy a intentarlo, voy a hacer un esfuerzo sincero por describir a la Athena que vi la primera vez en un apartamento de Victoria Street.

Acababa de volver de Dubai, con dinero y con ganas de compartir todo lo que sabía sobre los misterios de la magia. Esta vez, sólo se había quedado cuatro meses en Oriente Medio: vendió terrenos para la construcción de dos supermercados, ganó una enorme comisión, dijo que había ganado el dinero suficiente para vivir ella y su hijo los tres años siguientes, y que podría volver a trabajar siempre que quisiera; ahora era el momento de aprovechar el presente, de vivir lo que le quedaba de juventud, y de enseñar todo lo que había aprendido.

Me recibió sin mucho entusiasmo:

—¿Qué quieres?

—Hago teatro y vamos a representar una obra sobre el lado femenino de Dios. Supe por un amigo periodista que habías estado en el desierto y en las montañas de los Balcanes, con los gitanos, y que tienes información al respecto.

—¿Has venido hasta aquí para aprender sobre la Madre sólo porque vas a hacer una obra?

—¿Y tú por qué razón aprendiste?

Athena paró, me miró de arriba abajo y sonrió:

—Tienes razón. Ésa fue mi primera lección como maestra: enseña a quien quiera aprender. El motivo no importa.

—¿Cómo?

—Nada.

—El origen del teatro es sagrado. Empezó en Grecia, con himnos a Dionisos, el dios del vino, del renacimiento, y de la fertilidad. Pero se cree que desde épocas remotas los seres humanos hacían un ritual en el que fingían ser otras personas, y de esa manera intentaban la comunicación con lo sagrado.

—Segunda lección, gracias.

—No entiendo. He venido aquí a aprender, no a enseñar —aquella mujer estaba empezando a enfurecerme. Puede que estuviese siendo irónica.

—Mi protectora...

—¿Protectora?

—... otro día te lo explico. Mi protectora me dijo que sólo aprenderé lo que necesito, si me provocan. Y, desde que volví de Dubai, tú has sido la primera persona que me lo ha demostrado. Tiene sentido lo que ella me dijo.

Le expliqué que en el proceso de investigación para la obra de teatro había ido de un maestro a otro. Pero no había nada excepcional en sus enseñanzas, salvo el hecho de que mi curiosidad iba aumentando a medida que progresaba en la cuestión. También le dije que la gente que trataba el tema parecía confusa, y no sabía exactamente lo que quería.

—¿Como por ejemplo?

El sexo, por ejemplo. En algunos sitios a los que fui,

∞

estaba totalmente prohibido. En otros, no sólo era totalmente libre, sino que a veces se organizaban orgías. Me pidió más detalles, y no entendí si lo hacía para ponerme a prueba, o si no sabía nada de lo que estaba pasando.

Athena siguió antes de que yo pudiese responder a su pregunta.

—¿Cuando bailas sientes deseo? ¿Sientes que estás provocando una energía superior? ¿Cuando bailas, hay momentos en los que dejas de ser tú?

Me quedé sin saber qué decir. En realidad, en las discotecas y en las fiestas de amigos, la sensualidad estaba siempre presente en el baile. Yo empezaba provocando, me gustaba ver la mirada de deseo de los hombres, pero a medida que la noche avanzaba, parecía entrar más en contacto conmigo, el hecho de estar seduciendo a alguien o no dejaba de importarme...

Athena siguió:

—Si el teatro es un ritual, el baile también. Además, es una manera ancestral de acercarse a la pareja. Como si los hilos que nos conectan con el resto del mundo quedasen limpios de prejuicios y de miedos. Cuando bailas, puedes permitirte el lujo de ser tú mismo.

Empecé a escucharla con respeto.

—Después, volvemos a ser lo que éramos antes; personas asustadas, que intentan ser más importantes de lo que creen que son.

Exactamente igual como me sentía yo. ¿O es que todo el mundo experimenta lo mismo?

—¿Tienes novio?

Recordé que, en uno de los lugares a los que había ido para aprender la «Tradición de Gaia», uno de los «druidas» me había pedido que hiciera el amor delante de él.

Ridículo y de temer, ¿cómo esa gente osaba utilizar la búsqueda espiritual para sus propósitos más siniestros?

—¿Tienes novio? —repitió.

—Sí.

Athena no dijo nada más. Sólo se puso la mano en los labios, pidiéndome que guardase silencio.

Y de repente me di cuenta de que me resultaba tremendamente difícil estar en silencio delante de alguien a quien acabas de conocer. La tendencia es hablar sobre cualquier cosa: el tiempo, los problemas de tráfico, los mejores restaurantes. Estábamos las dos sentadas en el sofá de su sala totalmente blanca, con un reproductor de CD y una pequeña estantería en la que estaban guardados los discos. No veía libros por ninguna parte, ni cuadros en las paredes. Como había viajado, esperaba encontrarme objetos y recuerdos de Oriente Medio.

Pero estaba vacío, y ahora el silencio.

Sus ojos grises estaban fijos en los míos, pero permanecí firme y no aparté la mirada. Instinto, tal vez. Maneras de decir que no estamos asustados, sino afrontando el desafío. Sólo que, con el silencio y la sala blanca, el ruido del tráfico allá fuera, todo empezó a parecer irreal. ¿Cuánto tiempo íbamos a estar allí, sin decir nada?

Empecé a acompañar mis pensamientos; ¿había ido allí en busca de material para mi obra, o quería el conocimiento, la sabiduría, los... poderes? No era capaz de definir lo que me había llevado a una...

¿A una qué? ¿Una bruja?

Mis sueños de adolescente volvieron a la superficie: ¿a quién no le gustaría encontrarse con una bruja de verdad, aprender magia, ser vista con respeto y temor por sus amigas? ¿Quién, siendo joven, no ha sentido la injusticia de los siglos de represión de la mujer, y sentía que

∾

ésa era la mejor manera de rescatar la identidad perdida? Aunque ya hubiese pasado esta fase, era independiente, hacía lo que me gustaba en un terreno tan competitivo como el teatro, ¿por qué nunca estaba contenta, tenía que poner siempre a prueba mi... curiosidad?

Debíamos de tener más o menos la misma edad... ¿o era mayor? ¿Tendría ella también un novio?

Athena se dirigió hacia mí. Ahora estábamos separadas por menos de un brazo, y empecé a sentir miedo. ¿Sería lesbiana?

Sin desviar los ojos, sabía dónde estaba la puerta y podía salir en el momento que quisiera. Nadie me había obligado a ir a aquella casa, a buscar a alguien que no había visto en mi vida, y quedarme allí perdiendo el tiempo, sin decir nada, sin aprender absolutamente nada. ¿Adónde quería llegar?

Al silencio, tal vez. Mis músculos empezaron a ponerse tensos. Estaba sola, desprotegida. Necesitaba desesperadamente hablar, o hacer que mi mente dejase de decirme que todo me estaba amenazando. ¿Cómo podía saber quién soy? ¡Somos lo que decimos!

¿No me hizo preguntas sobre mi vida? Quiso saber si tenía novio, ¿no? Yo intenté hablar más de teatro, pero no fui capaz. ¿Y las historias que oí, de su ascendencia gitana, de su encuentro en Transilvania, la tierra de los vampiros?

Mi cabeza no paraba: ¿cuánto me iba a costar aquella consulta? Me entró el pavor, debería haber preguntado antes. ¿Una fortuna? ¿Y si no pagaba, me iba a lanzar un hechizo que acabaría destruyéndome?

Sentí el impulso de levantarme, darle las gracias y decirle que no había ido allí para quedarme en silencio. Si vas al psiquiatra tienes que hablar. Si vas a una iglesia, oyes un sermón. Si buscas la magia, encuentras un maestro que quiere explicarte el mundo y te hace una serie de rituales. ¿Pero silencio? ¿Y por qué me hacía sentir tan incómoda?

Era una pregunta tras otra, y yo no era capaz de dejar de pensar, de querer descubrir una razón para estar allí las dos, sin decir nada. De repente, tal vez después de unos largos cinco o diez minutos sin que nada se moviese, ella sonrió.

Yo también sonreí y me relajé.

—Intenta ser diferente. Sólo eso.

—¿Sólo eso? ¿Quedarse en silencio es ser diferente? Me imagino que en este momento hay miles de almas aquí en Londres que darían lo que fuese por tener a alguien con quien hablar, ¿y todo lo que me dices es que el silencio es diferente?

—Ahora que estás hablando y reorganizando el universo, acabarás convenciéndote de que tienes razón y de que yo estoy equivocada. Pero lo has visto: quedarse en silencio es diferente.

—Es desagradable. No se aprende nada.

A ella pareció no importarle mi reacción.

—¿En qué teatro trabajas?

¡Por fin mi vida parecía interesarle! Yo volvía a la condición de ser humano, ¡con profesión y todo! La invité a ir a ver la obra que estábamos representando en ese momento; fue la única manera que encontré de vengarme, demostrándole que era capaz de hacer cosas que Athena no sabía hacer. Aquel silencio me había dejado un sabor a humillación en la boca.

Me preguntó si podía llevar a su hijo, y le respondí que no: era para adultos.

—Bien, puedo dejarlo con mi madre; hace mucho tiempo que no voy al teatro.

No me cobró nada por la consulta. Cuando me vi con los otros miembros de mi equipo, les conté mi encuèntro con la misteriosa criatura; tenían curiosidad por conocer a alguien que, en el primer contacto, todo lo que te pide es que estés en silencio.

Athena apareció el día señalado. Vio la obra, fue al camerino a felicitarme, no dijo si le había gustado o no. Mis compañeros sugirieron que la invitase al bar al que solíamos ir después del espectáculo. Allí, en vez de quedarse callada, empezó a hablar de una pregunta que había quedado sin contestar en nuestro primer encuentro:

—Nadie, ni incluso la Madre, desearía nunca que la actividad sexual se practicase sólo por celebración; el amor tiene que estar presente. Dijiste que habías conocido a gente de esta clase, ¿no? Ten cuidado.

Mis amigos no entendieron nada, pero les gustó el tema, y empezaron a bombardearla con preguntas. Algo me hacía sentir incómoda: sus respuestas eran muy técnicas, como si no tuviese mucha experiencia en el tema. Habló del juego de la seducción, de los ritos de fertilidad, y acabó con una leyenda griega; seguro que porque en nuestro primer encuentro yo le había dicho que en Grecia estaban los orígenes del teatro. Debía de haberse pasado toda la semana leyendo sobre el tema.

—Después de milenios de dominación masculina, estamos volviendo al culto de la Gran Madre. Los griegos la llamaban Gaia, y cuenta el mito que ella nació del caos, el vacío que imperaba antes del universo. Con ella, vino Eros, el dios del amor, y después creó el Mar y el Cielo.

—¿Quién fue el padre? —preguntó uno de mis amigos.

—Nadie. Hay un término técnico, llamado partenogénesis, que significa ser capaz de dar a luz sin la interferencia masculina. También hay un término místico, al que estamos más acostumbrados: la Inmaculada Concepción.

»De Gaia vinieron todos los dioses que más tarde poblarían los Campos Elíseos de Grecia, incluido nuestro querido Dionisos, vuestro ídolo. Pero, a medida que el hombre se iba afirmando como el principal elemento político en las ciudades, Gaia fue cayendo en el olvido, siendo sustituida por Júpiter, Marte, Apolo, Saturno, todos muy competentes, pero sin el mismo encanto que la Madre que todo lo creó.»

Después, hizo un verdadero cuestionario respecto a nuestro trabajo. El director le preguntó si le gustaría darnos algunas clases.

—¿Sobre qué?

—Sobre lo que tú sabes.

—A decir verdad, he estado estudiando sobre los orígenes del teatro durante esta semana. Lo aprendo todo a medida que lo necesito, eso fue lo que me dijo Edda.

¡Confirmado!

—Pero puedo compartir con vosotros otras cosas que la vida me ha enseñado.

Todos estuvieron de acuerdo. Nadie preguntó quién era Edda.

DEIDRE O'NEILL,
conocida como Edda

Y o le decía a Athena: No tienes que venir aquí a cada momento sólo para preguntarme tonterías. Si un grupo ha decidido aceptarte como profesora, ¿por qué no aprovechas la oportunidad para convertirte en maestra?

Haz lo que yo siempre he hecho.

Procura sentirte bien cuando pienses que eres la última de las criaturas. No creas que está mal: deja que la Madre posea tu cuerpo y tu alma, entrégate a través del baile o del silencio, o de las cosas comunes de la vida, como llevar a tu hijo al colegio, preparar la cena, ver si la casa está ordenada. Todo es adoración, si tienes la mente concentrada en el momento presente.

No intentes convencer a nadie respecto de nada. Cuando no sepas, pregunta o investiga. Pero, a medida que actúes, tienes que ser como el río que fluye, silencioso, entregándose a una energía mayor. Tienes que creer —fue lo primero que te dije en nuestro primer encuentro.

Tienes que creer que eres capaz.

Al principio te sentirás confundida, insegura. Después, pensarás que todos creen que los estás engañando. No es nada de eso: lo sabes, sólo tienes que ser consciente de ello. Todas las mentes del planeta son fácilmente sugestionables para lo peor, temen la enfermedad, la invasión, el asalto, la muerte: intenta darles la alegría perdida.

Tienes que ser clara.

Reprográmate cada minuto del día con pensamientos que te hagan crecer. Cuando estés enfadada, confusa, intenta reírte de ti misma. Ríete alto, ríete mucho de esa mujer que se preocupa, que se angustia porque cree que sus problemas son los más importantes del mundo. Ríete de esa situación patética, porque eres la manifestación de la Madre, y también tienes que creer que Dios es hombre, lleno de reglas. En el fondo, la mayoría de nuestros problemas se reducen a eso: seguir reglas.

Concéntrate.

Si no encuentras nada en qué centrar tu interés, concéntrate en la respiración. Por ahí, por tu nariz, entra el río de luz de la Madre. Escucha los latidos de tu corazón, sigue los pensamientos que no eres capaz de controlar, controla las ganas de levantarte inmediatamente y hacer algo «útil». Quédate sentada algunos minutos todos los días sin hacer nada, aprovecha lo máximo que puedas.

Cuando estés lavando platos, reza. Da las gracias por tener platos que lavar; eso significa que en ellos hubo comida, que alimentó a alguien, que cuidó de una o más personas con cariño; cocinaste, pusiste la mesa. Piensa cuántos millones de personas en este momento no tienen nada que lavar, o a nadie a quien prepararle la mesa.

Evidentemente, otras mujeres dicen: Yo no voy a lavar los platos, que los laven los hombres. Pues que los laven si quieren, pero no veas en ello una igualdad de condiciones. No hay nada de malo en hacer cosas simples, aunque, si mañana yo publico un artículo con todo lo que pienso, dirían que estoy en contra de la causa femenina.

¡Qué tontería! Como si lavar platos, usar sujetador o abrir y cerrar puertas fuese algo que humillase mi condición de mujer. En realidad, me encanta cuando un hombre me abre la puerta: en la etiqueta está escrito «Ella necesita que yo lo haga, porque es frágil», pero en mi alma está escrito: «Me trata como una diosa, soy una reina».

Yo no estoy aquí para trabajar por la causa femenina, porque tanto los hombres como las mujeres son una manifestación de la Madre, la Unidad Divina. Nadie puede ser más que eso.

Me encantaría poder verte dando clases sobre lo que estás aprendiendo; ése es el objetivo de la vida, ¡la revelación! Te conviertes en un canal, te escuchas a ti misma, te sorprendes de lo que eres capaz. ¿Recuerdas el trabajo en el banco? Puede que no lo hayas entendido, pero era la energía que fluía por tu cuerpo, por tus ojos, por tus manos.

Dirás: «No era exactamente eso, era el baile».

El baile funciona simplemente como un ritual. ¿Qué es un ritual? Es transformar lo que es monótono en algo que sea diferente, rítmico, que pueda canalizar la Unidad. Por eso insisto: tienes que ser diferente incluso lavando los platos. Mueve las manos de modo que no repitan nunca el mismo gesto, aunque mantengan la cadencia.

Si crees que te ayuda, intenta visualizar imágenes: flores, pájaros, árboles de un bosque. No pienses en cosas aisladas, como la vela en la que concentraste tu atención la primera vez que viniste aquí. Procura pensar en algo que sea colectivo. ¿Y sabes lo que vas a notar? Que no decidiste tu pensamiento.

Te voy a poner un ejemplo con los pájaros: imagina

una bandada de pájaros volando. ¿Cuántos pájaros ves? ¿Once, diecinueve, cinco? Tienes una idea, pero no sabes el número exacto. Entonces, ¿de dónde salió ese pensamiento? Alguien lo ha puesto ahí. Alguien que sabe el número exacto de pájaros, árboles, piedras, flores. Alguien que, en estas fracciones de segundo, se apodera de ti y muestra Su poder.

Eres lo que crees ser.

No te repitas, como esa gente que cree en el «pensamiento positivo», que eres amada, fuerte, ni capaz. No tienes que decirlo, porque ya lo sabes. Y cuando dudas —y creo que debe de pasarte con mucha frecuencia en esta fase de la evolución—, haz lo que te he sugerido. En vez de intentar demostrar que eres mejor de lo que crees, simplemente ríete. Ríete de tus preocupaciones, de tus inseguridades. Tómate con humor tu angustia. Al principio es difícil, pero poco a poco te acostumbrarás.

Ahora vuelve y busca a toda esa gente que cree que lo sabes todo. Convéncete de que tienen razón, porque todos nosotros lo sabemos todo, es cuestión de creerlo.

Tienes que creer.

Los grupos son muy importantes, te comenté en Bucarest, la primera vez que nos vimos. Porque nos obligan a mejorar; si estás sola, lo único que puedes hacer es reírte de ti misma, pero si estás con otros, te reirás y actuarás en seguida. Los grupos nos desafían. Los grupos nos permiten seleccionar nuestras afinidades. Los grupos provocan una energía colectiva en la que el éxtasis es mucho más fácil, porque unos contagian a otros.

Evidentemente, los grupos también pueden destruirnos. Pero eso forma parte de la vida, es la condición humana: vivir con los demás. Y si una persona no ha sido capaz de desarrollar bien su instinto de supervivencia, entonces es que no ha entendido nada de lo que dice la Madre.

Tienes suerte, chica. Un grupo acaba de pedirte que le enseñes algo, y eso te va a convertir en maestra.

HERON RYAN,
periodista

A ntes de la primera clase con los actores, Athena vino a mi casa. Desde que había publicado el artículo sobre Sara, estaba convencida de que entendía su mundo, lo cual no es verdad en absoluto. Mi único interés era llamar su atención. Aunque yo intentase aceptar que podía haber una realidad invisible capaz de interferir en nuestras vidas, el único motivo que me llevaba a eso era un amor que yo no aceptaba, pero que seguía evolucionando de manera sutil y devastadora.

Y yo estaba satisfecho con mi universo, no quería cambiarlo bajo ningún concepto, aunque me viese empujado a ello.

—Tengo miedo —me dijo en cuanto entró—. Pero debo seguir adelante, hacer lo que me piden. Tengo que creer.

—Tienes una gran experiencia de vida. Has aprendido con los gitanos, con los derviches en el desierto, con...

—En primer lugar, no es exactamente así. ¿Qué significa aprender: acumular conocimiento? ¿O transformarlo en vida?

Le sugerí que saliésemos esa noche a cenar y a bailar un poco. Aceptó la cena, pero rechazó el baile.

—Respóndeme —insistió, mirando mi apartamento—.

¿Aprender es colocar las cosas en la estantería o deshacerse de todo lo que no sirve y seguir el camino más fácil?

Allí estaban las obras que tanto me había costado comprar, leer, subrayar. Allí estaba mi personalidad, mi formación, mis verdaderos maestros.

—¿Cuántos libros tienes? Más de mil, imagino. Y, sin embargo, la mayoría de ellos no los vas a abrir nunca más. Guardas todo esto porque no crees.

—¿No creo?

—No crees, y punto. El que cree leerá sobre teatro como hice yo cuando Andrea me preguntó al respecto. Pero después, es cuestión de dejar que la Madre hable por ti y, a medida que hablas, descubres. Y, a medida que descubres, puedes completar los espacios en blanco que dejaron los escritores a propósito, para provocar la imaginación del lector. Y, cuando completas esos espacios, empiezas a creer en tu propia capacidad.

»¿A cuánta gente le gustaría leer los libros que tienes aquí pero no tienen dinero para comprarlos? Mientras tanto, tú te quedas con esta energía estancada, para impresionar a los amigos que te visitan. O porque no crees que hayas aprendido nada con ellos y vas tener que consultarlos de nuevo.»

Pensé que estaba siendo dura conmigo. Y eso me fascinaba.

—¿Crees que no necesito esta biblioteca?

—Creo que tienes que leer, pero no tienes que guardar todo esto. ¿Sería mucho pedir que salgamos ahora, y antes de ir al restaurante, repartiésemos la mayoría de ellos entre la gente que nos crucemos por el camino?

—No caben en mi auto.

—Alquilamos un camión.

—En ese caso, nunca llegaríamos al restaurante a tiem-

∞

po para cenar. Además, has venido aquí porque te sientes insegura, y no para decirme lo que tengo que hacer con mis libros. Sin ellos, me sentiría desnudo.

—Ignorante, quieres decir.

—Inculto, si buscas la palabra correcta.

—Entonces, tu cultura no está en tu corazón, sino en las estanterías de tu casa.

Ya era suficiente. Cogí el teléfono, reservé la mesa, dije que llegaría al cabo de quince minutos. Athena quería huir del asunto que la había llevado allí: su profunda inseguridad la hacía ponerse a la defensiva, en vez de mirarse a sí misma. Necesitaba un hombre a su lado, y quién sabe si no me estaba tanteando para ver hasta dónde podía llegar yo, usando esos artificios femeninos para descubrir que estaba dispuesto a hacer cualquier cosa por ella.

Cada vez que estaba con ella, mi existencia parecía justificada. ¿Era eso lo que ella quería oír? Pues bien, hablaría con ella durante la cena. Podría hacer cualquier cosa, incluso dejar a la mujer con la que estaba ahora, pero, por supuesto, no iba a repartir mis libros nunca.

Volvimos al tema del grupo de teatro en el taxi, aunque en aquel momento yo estaba dispuesto a decir lo que nunca había dicho: hablar de amor, un tema que para mí era mucho más complicado que Marx, Jung, el Partido Laborista de Inglaterra o los problemas cotidianos de las redacciones de los periódicos.

—No tienes que preocuparte —le dije, sintiendo ganas de cogerle la mano—. Todo irá bien. Háblales de caligrafía. Háblales del baile. Háblales de cosas que tú sabes.

—Si lo hago, nunca descubriré lo que no sé. Cuando esté allí, tengo que dejar que mi mente esté callada, y que mi corazón empiece a hablar. Pero es la primera vez que lo hago, y tengo miedo.

—¿Te gustaría que fuese contigo?

Ella aceptó al momento. Llegamos al restaurante, pedimos vino y empezamos a beber. Yo, porque necesitaba coraje para decir lo que pensaba que estaba sintiendo, aunque me pareciese absurdo amar a alguien a quien no conocía bien. Ella, porque tenía miedo de decir lo que no sabía.

A la segunda copa, me di cuenta de que sus nervios estaban a flor de piel. Intenté coger su mano, pero ella la retiró delicadamente.

—No puedo tener miedo.

—Claro que puedes, Athena. Muchas veces siento miedo. Y aun así, cuando es necesario, sigo adelante y me enfrento a todo.

Noté que mis nervios también estaban a flor de piel. Llené nuestras copas de nuevo; el camarero venía a cada momento a preguntar por la comida, y yo le decía que ya escogeríamos más tarde.

Hablaba compulsivamente sobre cualquier tema que me viniera a la cabeza, Athena escuchaba con educación, pero parecía estar lejos, en un universo oscuro, lleno de fantasmas. En un determinado momento me habló de nuevo de la mujer de Escocia, y me contó lo que ella le había dicho. Le pregunté si tenía sentido enseñar lo que no se sabe.

—¿Alguien te ha enseñado a amar alguna vez? —fue su respuesta.

¿Acaso estaba leyendo mis pensamientos?

—Y aun así, como cualquier ser humano, sabes hacerlo. ¿Cómo aprendiste? No aprendiste: crees. Crees, por tanto, amas.

—Athena...

Vacilé, pero conseguí acabar la frase, aunque mi intención era decir algo diferente.

—... tal vez sea hora de pedir la comida.

Me di cuenta de que todavía no estaba preparado para hablar de cosas que perturbaban mi mundo. Llamé al camarero, le mandé traer los entrantes, más entrantes, plato principal, postre, y otra botella de vino. Cuanto más tiempo, mejor.

—Estás raro. ¿Es por mi comentario sobre tus libros? Haz lo que quieras, no estoy aquí para cambiar tu mundo. Siempre me meto donde no me llaman.

Yo había pensado en esa historia de «cambiar el mundo» unos segundos antes.

—Athena, siempre me dices... mejor, tengo que decirte algo que sucedió en aquel bar de Sibiu, con la música gitana...

—En el restaurante, quieres decir.

—Sí, en el restaurante. Antes estábamos hablando de libros, cosas que se acumulan y que ocupan espacio. Tal vez tengas razón. Hay algo que deseo darte desde que te vi bailando aquel día. Se hace cada vez más pesado en mi corazón.

—No sé a qué te refieres.

—Claro que lo sabes. Hablo de un amor que estoy descubriendo ahora y haciendo todo lo posible por destruirlo antes de que se manifieste. Me gustaría que lo recibieses; es lo poco que tengo de mí mismo, pero que no poseo. No es exclusivamente tuyo, porque hay alguien en mi vida, pero me haría feliz si lo aceptases, de todos modos.

»Dice un poeta árabe de tu tierra, Khalil Gibran: "Es bueno dar cuando alguien pide, pero es mejor todavía poder dárselo todo al que nada pidió". Si no digo todo lo que estoy diciendo esta noche, seguiré siendo aquel que simplemente es testigo de lo que pasa, no seré el que vive.»

Respiré hondo: el vino me había ayudado a liberarme.

Ella apuró la copa y yo hice lo mismo. El camarero apareció con la comida, haciendo algunos comentarios respecto a los platos, diciéndonos los ingredientes y la manera de cocinarlos. Nosotros dos manteníamos los ojos fijos el uno en el otro (Andrea me había comentado que Athena se había comportado así la primera vez que se habían visto, y estaba convencida de que era una manera de intimidar a los demás).

El silencio era horrible. Yo la imaginaba levantándose de la mesa, hablando de su famoso e invisible novio de Scotland Yard, o comentando que se sentía muy halagada, pero que estaba muy preocupada por las clases del día siguiente.

—«¿Y hay algo que se pueda guardar? Todo lo que poseemos un día será dado. Los árboles dan su fruto para seguir viviendo, pues guardarlo es poner fin a sus existencias.»

Su voz, aunque baja y un poco pausada por culpa del vino, lo calaba todo a nuestro alrededor.

—«Y el mayor mérito no es el del que ofrece, sino el del que recibe sin sentirse deudor. El hombre da poco cuando sólo dispone de los bienes materiales que posee; pero da mucho cuando se entrega a sí mismo.»

Decía todo eso sin sonreír. Me parecía estar hablando con una esfinge.

—Es del mismo poeta que acabas de citar; lo aprendí en el colegio, pero no necesito el libro en el que lo escribió; guardé sus palabras en mi corazón.

Bebió un poco más. Yo hice lo mismo. Ahora ya no

creí oportuno preguntarle si lo había aceptado o no; me sentía mejor.

—Puede que tengas razón; voy a donar mis libros a una biblioteca pública, sólo conservaré algunos que realmente vuelvo a releer.

—¿Quieres hablar de eso ahora?

—No. No sé cómo seguir la conversación.

—Pues entonces cenemos y degustemos la comida. ¿Te parece una buena idea?

No, no me parecía buena idea; yo quería oír algo diferente. Pero me daba miedo preguntar, de modo que seguí hablando de bibliotecas, de libros, de poetas, hablando compulsivamente, arrepentido de haber pedido tantos platos; era yo el que deseaba salir corriendo, porque no sabía cómo seguir aquella cita.

Al final, me hizo prometerle que iría al teatro para asistir a su primera clase, y aquello fue para mí una señal. Ella me necesitaba, había aceptado lo que yo inconscientemente soñaba con ofrecerle desde que la vi bailando en un restaurante en Transilvania, pero no lo había comprendido hasta esa noche.

O creer, como decía Athena.

C laro que soy culpable. Si no hubiese sido por mi culpa, Athena nunca habría ido al teatro aquella mañana, ni habría reunido al grupo, ni nos hubiera pedido que nos acostásemos todos en el suelo del escenario, para empezar una relajación completa, que incluía respiración y conciencia de cada parte del cuerpo.

«Ahora relajad las piernas...»

Todos obedecíamos, como si estuviésemos ante una diosa, ante alguien que sabía más que todos nosotros juntos, aunque ya hubiésemos hecho este ejercicio cientos de veces.

«Ahora relajad la cara, respirad profundamente», etc.

¿Creía que nos estaba enseñando algo nuevo? Esperábamos una conferencia, ¡una charla! Tengo que controlarme, volvamos al pasado; nos relajamos, y llegó aquel silencio, que nos desorientó por completo. Hablando después con algunos compañeros, todos tuvimos la sensación de que el ejercicio se había acabado; era hora de sentarse, de mirar a nuestro alrededor, pero nadie lo hizo. Permanecimos acostados, en una especie de meditación forzada, durante quince interminables minutos.

Entonces su voz se hizo oír de nuevo:

—Habéis tenido tiempo de dudar de mí. Alguno se ha

∞

mostrado impaciente. Pero ahora os voy a pedir sólo una cosa: cuando cuente hasta tres, levantaos y sed diferentes.

»No digo: sed otra persona, un animal, una casa. Evitad hacer todo lo que habéis aprendido en los cursos de teatro; no os estoy pidiendo que seáis actores y que demostréis vuestras cualidades. Os estoy ordenando que dejéis de ser humanos, y que os transforméis en algo que no conocéis.

Estábamos con los ojos cerrados, tumbados en el suelo, sin saber cómo estaban reaccionando los demás. Athena jugaba con esa inseguridad.

—Voy a decir algunas palabras, y vais a asociar imágenes a ellas. Recordad que estáis intoxicados por conceptos, y si yo digo «destino», tal vez empecéis a imaginar vuestras vidas en el futuro. Si yo digo «rojo», haréis una interpretación psicoanalítica. No es eso lo que quiero. Quiero que seáis diferentes, como he dicho.

Ni siquiera era capaz de explicar bien lo que quería. Como nadie protestó, tuve la certeza de que estaban intentando ser educados, pero, cuando acabase la «conferencia», no volverían a invitarla. Y me dirían lo ingenua que había sido por haberla buscado.

—La primera palabra es: sagrado.

Para no morirme de aburrimiento, decidí formar parte del juego: imaginé a mi madre, a mi novio, a mis futuros hijos, una carrera brillante.

—Haced un gesto que signifique «sagrado».

Crucé mis brazos en el pecho, como si estuviera abrazando a todos los seres queridos. Supe más tarde que la mayoría habían abierto los brazos en cruz, y una de las chicas abrió las piernas, como si estuviera haciendo el amor.

—Volved a relajaros. Olvidadlo todo otra vez, y mantened los ojos cerrados. Mi intención no es criticaros, pero, por los gestos que he visto, le estáis dando una forma a lo que consideráis sagrado. Y no quiero eso: os pido que la próxima palabra no intentéis definirla como se manifiesta en este mundo. Abrid vuestros canales, dejad que esa intoxicación de realidad se aleje. Sed abstractos y así estaréis entrando en el mundo al que os estoy guiando.

La última frase sonó con tal autoridad que sentí cómo cambiaba la energía del lugar. Ahora la voz sabía a qué lugar deseaba conducirnos. Una maestra, en vez de una conferenciante.

—Tierra —dijo.

De repente, entendí a qué se refería. Ya no era mi imaginación, sino mi cuerpo en contacto con el suelo. Yo era la Tierra.

—Haced un gesto que represente la Tierra.

No me moví; yo era el suelo de aquel escenario.

—Perfecto —dijo ella—. Nadie se ha movido. Todos, por primera vez, habéis experimentado el mismo sentimiento; en vez de describir algo, os habéis transformado en la idea.

Se quedó de nuevo en silencio durante lo que yo imaginé que serían unos largos cinco minutos. El silencio nos dejaba perdidos, incapaces de distinguir si ella no sabía cómo continuar o si no conocía nuestro intenso ritmo de trabajo.

—Voy a decir una tercera palabra.

Hizo una pausa.

—Centro.

Yo sentí —y eso fue un movimiento inconsciente— que toda mi energía vital se iba al ombligo, y allí brillaba como si fuese una luz amarilla. Aquello me dio miedo: si alguien lo tocaba, podría morirme.

—¡Gesto de centro!

La frase llegó como una orden. Inmediatamente, puse las manos en el vientre, para protegerme.

—Perfecto —dijo Athena—. Podéis sentaros.

Abrí los ojos y noté las luces del escenario allá arriba, distantes, apagadas. Me froté la cara, me levanté del suelo, notando que mis compañeros estaban sorprendidos.

—¿Es esto la conferencia? —dijo el director.

—Puedes llamarlo conferencia.

—Gracias por haber venido. Ahora, si no te importa, tenemos que empezar el ensayo de la próxima obra.

—Pero todavía no he terminado.

—Lo dejamos para otro momento.

Todos parecían confusos con la reacción del director. Después de la duda inicial, creo que a todos nos estaba gustando: era algo diferente, nada de representar personas o cosas, nada de imaginar imágenes como manzanas o velas. Nada de sentarse en círculo, de la mano, y fingir que se está practicando un ritual sagrado. Era simplemente algo absurdo, y queríamos saber adónde iba a parar.

Athena, sin mostrar ninguna emoción, se agachó para coger su bolso. En ese momento, oímos una voz en la platea:

—¡Qué maravilla!

Heron había venido con ella. Y el director le temía, porque conocía a los críticos de teatro del periódico en el que trabajaba, y tenía excelentes relaciones en los medios.

—¡Habéis dejado de ser individuos para ser ideas! Qué pena que estéis tan ocupados, pero no te preocupes, Athena, encontraremos otro grupo en el que yo pueda ver cómo termina tu conferencia. Tengo mis contactos.

Yo aún me acordaba de la luz viajando por todo mi

cuerpo y concentrándose en mi ombligo. ¿Quién era aquella mujer? ¿Habrían experimentado mis compañeros lo mismo?

—Un momento —dijo el director, viendo la cara de sorpresa de todos los que estaban allí—. A lo mejor podemos retrasar los ensayos de hoy, y...

—No podéis. Porque yo tengo que volver al periódico ahora, para escribir sobre esta mujer. Seguid haciendo lo que siempre habéis hecho: acabo de descubrir una excelente historia.

Si Athena estaba confundida en medio de la discusión de los dos hombres, no lo demostró. Bajó del escenario y acompañó a Heron. Nosotros nos volvimos hacia el director, preguntándole por qué había reaccionado así.

—Con todos mis respetos por Andrea, creo que nuestra conversación sobre sexo en el restaurante fue mucho más enriquecedora que todas estas tonterías que acabamos de hacer. ¿Os habéis dado cuenta de cómo se quedaba en silencio? ¡No tenía ni la menor idea de cómo seguir!

—Pero yo he sentido algo extraño —dijo uno de los actores mayores—. En el momento en el que dijo «centro», me pareció que toda mi fuerza vital se concentraba en mi ombligo. Nunca había experimentado algo así.

—¿Estás... seguro? —era una actriz que, por el tono de sus palabras, había sentido lo mismo.

—Esa mujer parece una bruja —dijo el director, interrumpiendo la conversación—. Volvamos al trabajo.

Empezamos con estiramientos, calentamiento, meditación, todo según el manual. Luego, algunas improvisaciones, y después nos pusimos a leer el nuevo texto. Poco a poco, la presencia de Athena parecía ir disolviéndose, todo volvía a ser lo que era: un teatro, un ritual

creado por los griegos hacía miles de años, en el que solíamos fingir que éramos gente diferente.

Pero no era más que una representación. Athena era
diferente, y yo estaba dispuesta a volver a verla, sobre todo después de lo que el director había dicho de ella.

HERON RYAN,
periodista

S in que lo supiese, yo había seguido los mismos pasos que ella les había sugerido a los actores, obedeciendo a todo lo que había mandado, con la única diferencia de que mantenía los ojos abiertos para seguir lo que ocurría en el escenario. En el momento en el que había dicho «gesto de centro», yo puse la mano en mi ombligo y, para mi sorpresa, vi que todos, incluso el director, habían hecho lo mismo. ¿Qué era aquello?

Aquella tarde tenía que escribir un artículo aburridísimo sobre la visita de un jefe de estado a Inglaterra, una verdadera prueba de paciencia. En el intervalo de las llamadas, para distraerme, decidí preguntarles a mis colegas de redacción qué gesto harían si les pidiera que designasen el «centro». La mayor parte bromearon, haciendo comentarios sobre partidos políticos. Uno señaló hacia el centro del planeta. Otro puso la mano en el corazón. Nadie, absolutamente nadie, entendía el ombligo como el centro de nada.

Finalmente, una de las personas con las que pude hablar aquella tarde me contó algo interesante. Al volver a casa, Andrea ya se había duchado, había puesto la mesa y me esperaba para cenar. Abrió una botella de vino carísimo, llenó dos copas y me ofreció una.

∾

—Entonces, ¿cómo fue la cena de anoche?

¿Durante cuánto tiempo puede vivir un hombre con una mentira? No quería perder a la mujer que tenía frente a mí, que me hacía compañía en las horas difíciles, que siempre estaba a mi lado cuando me sentía incapaz de darle un sentido a mi vida. Yo la amaba, pero, en la locura de mundo en el que estaba sumergido sin saberlo, mi corazón estaba distante, intentando adaptarse a algo que tal vez conociera, pero que no podía aceptar: ser lo suficientemente grande para dos personas.

Como yo nunca me arriesgaría a dejar lo seguro por la duda, intenté minimizar lo que había pasado en el restaurante. Sobre todo porque no había pasado absolutamente nada, aparte de los intercambios de versos de un poeta que había sufrido mucho por amor.

—Athena es una persona difícil de llevar.

Andrea se rió.

—Y justamente por eso debe de ser muy interesante para los hombres; despierta ese instinto de protección que tenéis vosotros, y que cada vez usáis menos.

Mejor cambiar de asunto. Siempre he tenido la seguridad de que las mujeres tienen una capacidad sobrenatural para saber lo que pasa en el alma de un hombre. Son todas hechiceras.

—He estado haciendo algunas averiguaciones sobre lo que sucedió hoy en el teatro. Tú no lo sabes, pero yo tenía los ojos abiertos durante los ejercicios.

—Tú siempre tienes los ojos abiertos; creo que forma parte de tu profesión. Y vas a hablarme de los momentos en los que todos nos comportamos de la misma manera. Hablamos mucho de eso en el bar, después de salir de los ensayos.

—Un historiador me dijo que, en el templo de Grecia

en el que se profetizaba el futuro *(N. R.: Delfos, dedica-do a Apolo),* había una piedra de mármol, precisamente llamada «ombligo». Los relatos de la época cuentan que allí estaba el centro del planeta. Fui a los archivos del periódico para hacer algunas averiguaciones: en Petra, en Jordania, hay otro «ombligo cónico», que no sólo simboliza el centro del planeta, sino de todo el universo. Tanto el de Delfos como el de Petra intentan mostrar el eje por el que transita la energía del mundo, marcando de manera visible algo que sólo se manifiesta en el plano, digamos, «invisible». Jerusalén también es llamada ombligo del mundo, como una isla en el océano Pacífico, y otro sitio que he olvidado, porque nunca he asociado una cosa con otra.

—¡El baile!

—¿Qué dices?

—Nada.

—Sé a qué te refieres: las danzas orientales del vientre, las más antiguas de las que se tiene noticia, y en las que todo gira en torno al ombligo. Quisiste evitar el asunto, porque te conté que en Transilvania había visto bailar a Athena. Ella estaba vestida, aunque...

—... aunque el movimiento empezase en el ombligo, para después extenderse por el resto del cuerpo.

Tenía razón.

Mejor cambiar de asunto de nuevo, hablar sobre teatro, sobre las cosas aburridas del periodismo, beber un poco, acabar en la cama haciendo el amor mientras se pone a llover allá fuera. Me di cuenta de que, en el momento del orgasmo, el cuerpo de Andrea giraba en torno al ombligo: ya lo había visto cientos de veces, pero nunca le había prestado atención.

ANTOINE LOCADOUR, historiador

H eron empezó a gastar una fortuna en llamadas a Francia, pidiéndome que le consiguiera todo el material posible hasta aquel fin de semana, insistiendo en esa historia del ombligo, que me parecía la cosa menos interesante y menos romántica del mundo. Pero, en fin, los ingleses no acostumbran a ver lo mismo que los franceses, y, en vez de hacer preguntas, intenté investigar lo que la ciencia decía al respecto.

Después me di cuenta de que los conocimientos históricos no eran suficientes: podía localizar un monumento aquí, un dolmen allá, pero lo curioso es que las culturas antiguas parecían concordar en torno al mismo tema, y usar la misma palabra para definir los lugares que consideraban sagrados. Nunca le había prestado atención a eso, y el asunto empezó a interesarme. Cuando vi el exceso de coincidencias, fui en busca de algo complementario: el comportamiento humano y sus creencias.

La primera explicación, más lógica, en seguida fue descartada: nos alimentamos a través del cordón umbilical, es el centro de la vida. Después un psicólogo me dijo que esta teoría no tenía sentido alguno: la idea central del hombre siempre es «cortar» el cordón, y a partir de ahí el cerebro o el corazón se convierten en símbolos más importantes.

Cuando nos interesa un asunto, todo a nuestro alrededor parece referirse a ello (los místicos lo llaman «señales», los escépticos «coincidencia», y los psicólogos «foco concentrado», aunque yo aún tenga que definir cómo deben referirse al tema los historiadores). Una noche, mi hija adolescente apareció en casa con un *piercing* en el ombligo.

—¿Por qué lo has hecho?

—Porque me ha dado la gana.

Explicación absolutamente natural y verdadera, incluso para un historiador que tiene que encontrar un motivo para todo. Cuando entré en su habitación, vi un póster de su cantante favorita: tenía el vientre descubierto, y el ombligo; también aquella foto de la pared parecía ser el centro del mundo.

Llamé a Heron y le pregunté por qué estaba tan interesado. Me contó por primera vez lo que había ocurrido en el teatro, cómo las personas habían reaccionado de manera espontánea, pero inesperada, a una orden. Imposible sacarle más información a mi hija, de modo que decidí consultar con especialistas.

Nadie parecía prestarle mucha atención al asunto, hasta que conocí a François Shepka, un psicólogo indio *(N. R.: Nombre y nacionalidad cambiados por expreso deseo del científico)* que estaba empezando a revolucionar las terapias utilizadas actualmente: según él, esta historia de volver a la infancia para resolver los traumas nunca había llevado al ser humano a ningún lugar (muchos problemas que ya habían sido superados por la vida acababan volviendo, y la gente adulta volvía a culpar a sus padres por los fracasos y las derrotas). Shepka estaba en plena guerra con las sociedades psicoanalíticas francesas, y una conversación sobre temas absurdos —como el ombligo— pareció relajarlo.

Se entusiasmó con el tema, pero no lo abordó inmediatamente. Dijo que para uno de los más respetados psicoanalistas de la historia, el suizo Carl Gustav Jung, todos bebemos de la misma fuente. Se llama «alma del mundo»; aunque siempre intentemos ser individuos independientes, una parte de nuestra memoria es la misma. Todos buscan el ideal de la belleza, de la danza, de la divinidad, de la música.

La sociedad, sin embargo, se encarga de definir cómo se van a manifestar estos ideales en el plano real. Así, por ejemplo, hoy en día el ideal de belleza es ser delgada, mientras que hace miles de años las imágenes de las diosas eran gordas. Lo mismo sucede con la felicidad: hay una serie de reglas que, si no las sigues, tu subconsciente no aceptará la idea de que es feliz.

Jung solía clasificar el progreso individual en cuatro etapas: la primera era la Persona, máscara que usamos todos los días, fingiendo lo que somos. Creemos que el mundo depende de nosotros, que somos excelentes padres y que nuestros hijos no nos comprenden, que los jefes son injustos, que el sueño del ser humano es no trabajar nunca y pasarse la vida entera viajando. Mucha gente se da cuenta de que hay un error en esta historia, pero como no quieren cambiar nada, acaban por apartar rápidamente el asunto de sus cabezas. Unas pocas intentan entender cuál es el error, y acaban encontrando la Sombra.

La Sombra es nuestro lado negro, que nos dice cómo debemos reaccionar y comportarnos. Cuando intentamos librarnos de la Persona, encendemos una luz dentro de nosotros, y vemos las telas de araña, la cobardía, la mezquindad. La Sombra está ahí para impedir nuestro progreso, y generalmente lo consigue, volvemos inmediatamente a ser quienes éramos antes de dudar. Sin embargo, algunos sobreviven a este combate con sus telas de araña, diciendo: «Sí, tengo una serie de defectos, pero soy digno, y quiero seguir adelante».

En ese momento, Jung no está definiendo nada religioso; habla de un regreso a esa Alma del Mundo, fuente de conocimiento. Los instintos empiezan a agudizarse, las emociones son radicales, las señales de vida son más importantes que la lógica, la percepción de la realidad ya no es tan rígida. Empezamos a enfrentarnos a cosas a las que no estamos acostumbrados, reaccionamos de manera inesperada para nosotros mismos.

Y descubrimos que, si somos capaces de canalizar todo ese chorro de energía continua, lo organizaremos en un centro muy sólido, que Jung llama el Viejo Sabio para los hombres, o la Gran Madre para las mujeres.

Permitir esta manifestación es algo peligroso. Generalmente, el que llega ahí tiene tendencia a considerarse santo, domador de espíritus, profeta. Hace falta mucha madurez para entrar en contacto con la energía del Viejo Sabio o de la Gran Madre.

—Jung enloqueció —dijo mi amigo, después de explicarme las cuatro etapas descritas por el psicoanalista suizo—. Cuando entró en contacto con su Viejo Sabio, empezó a decir que lo guiaba un espíritu llamado Philemon.

—Y finalmente...

—... llegamos al símbolo del ombligo. No sólo las personas, sino también las sociedades están constituidas por estos cuatro pasos. La civilización occidental tiene una Persona, ideas que nos guían.

∞

»En su tentativa de adaptarse a los cambios, entra en contacto con la Sombra. Hay grandes manifestaciones de masas en las que la energía colectiva puede ser manipulada tanto para el bien como para el mal. De repente, por alguna razón, ni la Persona ni la Sombra satisfacen al ser humano, y llega el momento de un salto, en el que hay una conexión inconsciente con el Alma. Empiezan a surgir nuevos valores.»

—Lo he notado. Me he dado cuenta del resurgimiento del culto a la parte femenina de Dios.

—Excelente ejemplo. Y, al final de este proceso, para que estos nuevos valores se instalen, toda la raza empieza a entrar en contacto con los símbolos, el lenguaje cifrado con el que las generaciones actuales se comunican con el conocimiento ancestral. Uno de estos símbolos de renacimiento es el ombligo. En el ombligo de Vishnú, divinidad india responsable de la creación y de la destrucción, se sienta el dios que regirá cada ciclo. Los yoguis lo consideran como uno de los chacras, puntos sagrados del cuerpo humano. Las tribus más primitivas solían poner monumentos en el lugar en el que creían que se encontraba el ombligo del planeta. En Sudamérica, las personas en trance dicen que la verdadera forma del ser humano es un huevo luminoso que se conecta con los otros a través de filamentos que salen de su ombligo.

»El mandala, dibujo que estimula la meditación, es una representación simbólica de eso.»

Mandé toda esa información a Inglaterra antes de la fecha que habíamos marcado. Le dije que una mujer que es capaz de despertar en un grupo la misma reacción absurda debe de tener un poder enorme, y no me sorprendería que fuese una especie de algo paranormal. Le sugerí que intentase estudiarla más de cerca.

Nunca había pensado en el tema, e intenté olvidarlo inmediatamente; mi hija me dijo que me estaba comportando de manera extraña, sólo pensaba en mí mismo, ¡sólo me miraba el ombligo!

DEIDRE O'NEILL,
conocida como Edda

T odo salió mal: ¿cómo has podido meterme en la cabeza que yo sabría enseñar? ¿Por qué humillarme delante de los demás? Debería olvidar que existes. Cuando me enseñaron a bailar, bailé. Cuando me enseñaron a escribir letras, aprendí. Pero tú has sido perversa: me has pedido que intente algo que está más allá de mis límites. Por eso he cogido un tren, por eso he venido hasta aquí, ¡para que pudieras ver mi odio!

Ella no dejaba de llorar. Menos mal que había dejado al niño con sus padres, porque hablaba demasiado alto, y su aliento tenía un... un aroma a vino. Le pedí que entrase, montar aquel escándalo en la puerta de mi casa no iba a ayudar nada a mi reputación, ya bastante comprometida porque decían que yo recibía a hombres, mujeres, y organizaba grandes orgías sexuales en el nombre de Satanás.

Pero ella seguía allí, gritando:

—¡La culpa es tuya! ¡Me has humillado!

Se abrió una ventana, después otra. Bueno, quien está dispuesta a cambiar el eje del mundo también tiene que estar dispuesta a saber que los vecinos no siempre estarán contentos. Me acerqué a Athena e hice exactamente lo que ella quería que hiciese: la abracé.

∾

Ella siguió llorando sobre mi hombro. Con mucho cuidado, la hice subir los peldaños y entramos en casa. Preparé una infusión cuya fórmula no comparto con nadie, porque fue mi protector el que me la enseñó; la puse delante de ella y se la bebió de un solo trago. Al hacerlo, me demostró que su confianza en mí todavía estaba intacta.

—¿Por qué soy así? —continuó.

Yo sabía que el efecto del alcohol se había cortado.

—Tengo hombres que me aman. Tengo un hijo que me adora y que me ve como modelo de vida. Tengo unos padres adoptivos a los que considero mi verdadera familia, y serían capaces de morir por mí. Rellené los espacios en blanco de mi pasado cuando fui en busca de mi madre. Tengo el dinero suficiente como para vivir tres años sin hacer nada, sólo disfrutar de la vida, ¡y no estóy contenta!

»Me siento miserable, culpable, porque Dios me bendijo con tragedias que he conseguido superar, y milagros que he honrado, ¡y nunca estoy contenta! Siempre quiero más. No debería haber ido a aquel teatro, y añadir una frustración más a mi lista de victorias!»

—¿Crees que has hecho mal?

Ella paró y me miró, atónita.

—¿Por qué lo preguntas?

Yo simplemente esperé la respuesta.

—Hice lo correcto. Estaba con un periodista cuando entré allí, sin tener la menor idea de lo que iba a hacer, y de repente las cosas empezaron a surgir como si viniesen de la nada. Sentía la presencia de la Gran Madre a mi lado, guiándome, instruyéndome, haciendo que mi voz tuviese una seguridad que, en lo más íntimo, yo no poseía.

—¿Entonces por qué te quejas?

—¡Porque nadie lo entendió!

—¿Y eso es importante? ¿Tan importante que te hace venir hasta Escocia a insultarme delante de todo el mundo?

—¡Claro que es importante! Si eres capaz de todo, si sabes que estás haciendo lo correcto, ¿cómo es que no consigues al menos ser amada y admirada por eso?

Ése era el problema. La cogí de la mano y la conduje a la habitación en la que, semanas antes, había contemplado la vela. Le pedí que se sentase y que intentase calmarse un poco, aunque estaba segura de que la infusión estaba surtiendo efecto. Fui a mi habitación, cogí un espejo circular y lo puse delante de su cara.

—Lo tienes todo, y has luchado por cada pulgada de tu territorio. Ahora mira tus lágrimas. Mira tu cara, y la amargura que refleja. Intenta mirar a la mujer que está en el espejo; esta vez no te rías, intenta comprenderla.

Le di el tiempo suficiente para que pudiera seguir mis instrucciones. Cuando noté que estaba entrando en el trance deseado, seguí adelante:

—¿Cuál es el secreto de la vida? Llamémosle «gracia», o «bendición». Todo el mundo intenta estar satisfecho con lo que tiene. Menos yo. Menos tú. Menos unas cuantas personas que, desgraciadamente, tendremos que sacrificarnos un poco, en nombre de algo mayor.

»Nuestra imaginación es mayor que el mundo que nos rodea, vamos más allá de nuestros límites. Antiguamente, lo llamaban "brujería", pero menos mal que las cosas han cambiado, o ahora ya estaríamos en la hoguera. Cuando dejaron de quemar a las mujeres, la ciencia encontró una explicación, normalmente llamada "histeria femenina"; aunque no cause la muerte por el fuego, acaba provocando una serie de problemas, sobre todo en el trabajo.

∞

»Sin embargo, no te preocupes, pronto la llamarán "sabiduría". Mantén los ojos fijos en el espejo: ¿a quién ves?»

—A una mujer.

—¿Y qué más, además de la mujer?

Ella vaciló un poco. Yo insistí, y acabó respondiendo:

—A otra mujer. Más verdadera, más inteligente que yo. Como si fuese un alma que no me pertenece, pero que forma parte de mí.

—Eso mismo. Ahora te voy a pedir que pienses en uno de los símbolos más importantes de la alquimia: una serpiente que hace un círculo y devora su propia cola. ¿Eres capaz de visualizarlo?

Ella asintió con la cabeza.

—Así es la vida de las personas como tú y como yo. Se destruyen y se construyen todo el tiempo. Todo en tu vida ha ocurrido de esa manera: del abandono al encuentro, del divorcio al nuevo amor, de la filial del banco al desierto. Sólo una cosa permanece intacta: tu hijo. Él es el hilo conductor de todo, respétalo.

Empezó a llorar de nuevo. Pero era un tipo diferente de lágrimas.

—Viniste hasta aquí porque viste un rostro femenino en la hoguera. Ese rostro es el mismo que está en el espejo ahora, procura honrarlo. No te dejes oprimir por lo que piensen los demás, ya que, dentro de algunos años, o de algunas décadas, o de algunos siglos, ese pensamiento va a cambiar. Vive ahora lo que la gente no vivirá hasta el futuro.

»¿Qué quieres? No puedes querer ser feliz, porque eso es fácil y aburrido. No puedes querer sólo amar, porque eso es imposible. ¿Qué quieres? Quieres justificar tu vida, vivirla de la manera más intensa posible. Eso es, al mismo tiempo, una trampa y un éxtasis. Intenta estar atenta al peligro, y vive la alegría, la aventura de ser la Mujer que está más allá de la imagen reflejada en el espejo.

Sus ojos se cerraron, pero yo sabía que mis palabras habían penetrado en su alma y permanecerían allí.

—Si quieres arriesgarte y seguir enseñando, hazlo. Si no quieres, debes saber que ya has llegado mucho más lejos que la mayoría de la gente.

Su cuerpo empezó a relajarse. La agarré por los brazos antes de que se cayese, y durmió con su cabeza apoyada en mis senos.

Intenté susurrarle algunas cosas, porque yo ya había pasado por las mismas etapas, y sabía lo difícil que era (así me lo había dicho mi protector, y así lo había experimentado yo en mis propias carnes). Pero el hecho de ser difícil no hacía que esta experiencia fuese menos interesante.

¿Qué experiencia? Vivir como ser humano y como divinidad. Pasar de la tensión a la relajación. De la relajación al trance. Del trance al contacto más intenso con la gente. De ese contacto, de nuevo a la tensión, y así sucesivamente, como la serpiente que se muerde su propia cola.

Nada fácil, sobre todo porque exige un amor incondicional, que no teme el sufrimiento, el rechazo, la pérdida.

Pero al que bebe una vez de esta agua le es imposible volver a matar su sed en otras fuentes.

ANDREA McCAIN,
actriz

El otro día hablaste de Gaia, que se creó a sí misma, y que tuvo un hijo sin necesidad de un hombre. Dijiste, con toda la razón, que la Gran Madre acabó cediéndoles lugar a los dioses masculinos. Pero olvidaste a Hera, una de las descendientes de tu diosa favorita.

»Hera es más importante, porque es más práctica. Gobierna los cielos y la tierra, las estaciones del año y las tempestades. Según los mismos griegos que citaste, la Vía Láctea que vemos en el cielo es la leche que salió de su pecho. Un hermoso pecho, dicho sea de paso, porque el todopoderoso Zeus cambió de forma, se convirtió en pájaro, sólo para poder besarla sin ser rechazado.

Caminábamos por un gran centro comercial de Knightsbridge. La llamé y le dije que me gustaría charlar un poco, y ella me invitó a ir a las rebajas de invierno; habría sido mucho más agradable tomar un té juntas, o comer en un restaurante tranquilo.

—Tu hijo puede perderse entre esta multitud.

—No te preocupes. Sigue con lo que me estabas contando.

—Hera descubrió el truco, y obligó a Zeus a casarse. Pero, después de la ceremonia, el gran rey del Olimpo volvió a su vida de *playboy*, seduciendo a todas la diosas o humanas con las que se cruzaba. Hera permaneció fiel: en vez de echarle la culpa a su marido, decía que las mujeres deberían comportarse mejor.

—¿No es eso lo que hacemos todas?

No sabía adónde quería llegar, así que seguí como si no la hubiera oído:

—Hasta que decidió pagarle con la misma moneda, encontrar un dios o un hombre y llevárselo a la cama. ¿No podríamos parar un rato y tomar un café?

Pero Athena acababa de entrar en una tienda de lencería.

—¿Te gusta? —me preguntó, enseñándome un provocativo conjunto de braguita y sujetador de color carne, hecho de encaje.

—Mucho. Cuando lo uses, ¿va a verlo alguien?

—Claro, ¿o acaso crees que soy una santa? Pero sigue con lo que me estabas contando de Hera.

—Zeus se asustó con su comportamiento. Pero ahora, ya independiente, Hera se preocupaba poco por su matrimonio. ¿Tienes novio?

Ella miró a un lado y a otro. Hasta que vio que el niño no podía oírnos, no me respondió de forma monosilábica:

—Sí.

—Nunca lo he visto.

Fue hasta la caja, pagó la lencería y la metió en el bolso.

—Viorel tiene hambre y estoy segura de que no le interesan las leyendas griegas. Acaba la historia de Hera.

—Tiene un final medio loco: por miedo a perder a su amada, fingió que se casaba de nuevo. Cuando Hera lo supo, se dio cuenta de que las cosas estaban yendo demasiado lejos: aceptaba amantes, pero el divorcio era impensable.

—Nada original.

—Decidió ir hasta el lugar en el que se iba a celebrar la ceremonia, armar un escándalo, y entonces se dio cuenta de que él le estaba pidiendo la mano a una estatua.

—¿Qué hizo Hera?

—Se rió mucho. Eso rompió el hielo entre los dos, y volvió a ser la reina de los cielos.

—Excelente. Si te pasa algún día...

—¿... el qué?

—Si tu pareja se va con otra mujer, no te olvides de reírte.

—Yo no soy una diosa. Sería mucho más destructiva. ¿Por qué nunca he visto a tu novio?

—Porque siempre está muy ocupado.

—¿Dónde lo conociste?

Ella se detuvo con el bolso en la mano.

—Lo conocí en el banco en el que trabajaba, tenía una cuenta allí. Y ahora, si me perdonas, mi hijo me está esperando. Tienes razón, puede perderse entre toda esta gente si no le presto la atención necesaria. Vamos a reunirnos en casa la semana que viene; por supuesto, estás invitada.

—Sé quién lo ha organizado.

Athena me dio dos besos cínicos en la cara y se fue; por lo menos había entendido mi mensaje.

Aquella tarde, en el teatro, el director me dijo que estaba enfadado por mi comportamiento: yo había organizado un grupo para ir a ver a aquella mujer. Le expliqué que la idea no había sido mía: Heron se había quedado fascinado con aquella historia del ombligo y me preguntó si algunos actores estarían dispuestos a seguir la conferencia que había sido interrumpida.

—Pero él no manda en ti.

∞

Claro que no, pero lo que menos deseaba en este mundo era que fuese él solo a casa de Athena.

Los actores ya estaban reunidos, pero, en vez de otra lectura de la nueva obra, el director decidió cambiar el programa.

—Hoy vamos a hacer otro ejercicio de psicodrama *(N. R.: Técnica en la que las personas dramatizan experiencias personales)*.

No había necesidad; ya sabíamos todos cómo se iban a comportar los personajes en las situaciones creadas por el autor.

—¿Puedo sugerir el tema?

Todos se volvieron hacia mí. Él parecía sorprendido.

—¿Qué es esto, una rebelión?

—Escucha hasta el final: crearemos una situación en la que un hombre, después de luchar mucho, consigue reunir a un grupo de gente para celebrar un rito importante dentro de la comunidad. Por ejemplo, algo que tenga que ver con la cosecha del otoño siguiente. Sin embargo, llega una extranjera a la ciudad, y a causa de su belleza y de los rumores que corren acerca de ella (dicen que es una diosa disfrazada), el grupo que el buen hombre había reunido para mantener las tradiciones de su aldea se dispersa en seguida y va a reunirse con la recién llegada.

—¡Pero eso no tiene nada que ver con la obra que estamos ensayando! —dijo una de las actrices.

El director, sin embargo, había entendido el mensaje.

—Es una idea excelente. Podemos empezar.

Y volviéndose hacia mí:

—Andrea, tú serás la recién llegada. Así, puedes comprender mejor la situación de la aldea. Yo seré el buen hombre que intenta mantener las costumbres intactas. Y el grupo estará formado por parejas que frecuentan la iglesia, se reúnen los sábados para hacer trabajos comunitarios y se ayudan mutuamente.

Nos acostamos en el suelo, nos relajamos, y empezamos el ejercicio, que en realidad es muy simple: el personaje central (en este caso, yo misma) va creando situaciones, y los otros reaccionan a medida que son provocados.

Al terminar la relajación, me convertí en Athena. En mi fantasía, ella recorría el mundo como Satanás en busca de súbditos para su reino, pero se disfrazaba de Gaia, la diosa que todo lo sabe y todo lo creó. Durante quince minutos, se formaron las «parejas», se conocieron, inventaron una historia en común en la que había hijos, casas, comprensión y amistad. Cuando sentí que el universo estaba listo, me senté en una esquina del escenario y empecé a hablar de amor.

—Estamos aquí, en esta pequeña aldea, y vosotros pensáis que soy extranjera, por eso os interesa lo que tengo que contaros. Nunca habéis ido de viaje, no sabéis lo que pasa más allá de las montañas, pero puedo deciros: no hace falta alabar a la tierra. Ella siempre será generosa con esta comunidad. Lo importante es alabar al ser humano. ¿Decís que queréis viajar? Estáis usando la palabra equivocada: el amor es una relación entre las personas.

»¿Deseáis que la cosecha sea fértil y por eso habéis decidido amar la tierra? Otra tontería: el amor no es deseo, no es conocimiento, no es admiración. Es un desafío, un fuego que arde sin que podamos verlo. Por eso, si pensáis que soy una extraña en esta tierra, estáis equivocados: todo me es familiar, porque vengo con esta fuerza, con esta llama, y cuando me vaya, ya nadie será el mismo. Traigo el amor verdadero, no el que enseñan los libros y los cuentos de hadas.

El «marido» de una de las «parejas» empezó a mirarme. La mujer se quedó perdida con su reacción.

Durante el resto del ejercicio, el director —mejor dicho, el buen hombre— hacía lo posible por explicarle a la gente la importancia de mantener las tradiciones, alabar a la tierra, pedirle que fuese generosa este año como había sido el año anterior. Yo simplemente hablaba de amor.

—¿Dice que la tierra quiere ritos? Pues yo os garantizo que si hay el amor suficiente entre vosotros, la cosecha será abundante, porque éste es un sentimiento que todo lo transforma. ¿Pero qué veo? Amistad. La pasión ya se ha extinguido hace mucho tiempo, porque os habéis acostumbrado los unos a los otros. Es por eso por lo que la tierra sólo da lo mismo que dio el año anterior, ni más ni menos. Y es por eso por lo que, en la oscuridad de vuestras almas, os quejáis silenciosamente de que en vuestras vidas no cambia nada. ¿Por qué? Porque habéis intentado controlar la fuerza que todo lo transforma, para que vuestras vidas pudieran continuar sin grandes desafíos.

El buen hombre explicaba:

—Nuestra comunidad siempre ha sobrevivido porque ha respetado las leyes, e incluso el amor es guiado por ellas. El que se apasiona sin tener en cuenta el bien común vivirá siempre en constante angustia: por herir a su compañero, por enfadar a su nueva pasión, por perder todo lo que ha construido. Una extranjera sin lazos y sin historia puede decir lo que quiera, pero no sabe las dificultades que hemos tenido antes de llegar hasta donde hemos llegado. No sabe el sacrificio que hicimos por nuestros hijos. Desconoce el hecho de que trabajamos sin descanso para que la tierra sea generosa, que la paz esté con nosotros, que las provisiones se puedan almacenar para el día de mañana.

Durante una hora yo defendí la pasión que todo lo devora, mientras el buen hombre hablaba del sentimiento que trae la paz y la tranquilidad. Al final, me quedé hablando sola, mientras la comunidad entera se reunía en torno a él.

Había representado mi papel con un entusiasmo y una fe que nunca creí que tuviese; a pesar de todo, la extranjera partía de la pequeña aldea sin haber convencido a nadie.

Y eso me ponía muy, muy contenta.

U n viejo amigo mío solía decir: «Aprendemos un 25 por ciento con el maestro, un 25 por ciento escuchando, un 25 por ciento con los amigos y el otro 25 con el tiempo». En la primera reunión en casa de Athena, en la que ella pretendía terminar la clase interrumpida en el teatro, todos aprendimos con... no sé.

Nos esperaba en la pequeña sala de su apartamento, con su hijo. Vi que el lugar era totalmente blanco, vacío, salvo por un mueble sobre el que había un reproductor, y un montón de CD. Me extrañó la presencia del niño, que debía de aburrirse con una conferencia; esperaba que siguiese en el momento en el que había parado (órdenes a través de palabras). Pero ella tenía otros planes; nos explicó que iba a poner una música procedente de Siberia, y simplemente teníamos que escuchar.

Nada más.

—Yo no soy capaz de llegar a ningún sitio a través de la meditación —dijo—. Veo a esa gente sentada con los ojos cerrados, una sonrisa en los labios, sus caras serias, la postura arrogante, concentradísima en absolutamente nada, convencida de que está en contacto con Dios o con la Diosa. Por lo menos, escucharemos música juntos.

Otra vez, aquella sensación de malestar, como si Athena no supiese exactamente lo que hacía. Pero casi todos los actores de teatro estaban allí, incluso el director, que según Andrea había ido a inspeccionar el campo enemigo.

La música terminó.

—Esta vez, bailad a un ritmo que no tenga nada, absolutamente nada que ver con la melodía.

Athena la puso de nuevo, con el volumen bastante más alto, y empezó a mover su cuerpo sin ninguna armonía. Sólo el hombre más viejo, que en la obra representaba a un rey borracho, hizo lo que nos habían mandado. Nadie más se movió; la gente parecía un poco perdida. Alguien miró el reloj: no habían pasado más que diez minutos.

Athena paró y miró a su alrededor:

—¿Por qué estáis parados?

—Me parece... un poco ridículo hacer eso —se oyó la tímida voz de una actriz—. Aprendemos armonía, no lo opuesto.

—Pues haced lo que os digo. ¿Necesitáis una explicación intelectual? Os la doy: los cambios sólo se dan cuando hacemos algo que va en contra, totalmente en contra de todo a lo que estamos acostumbrados.

Y volviéndose hacia el «rey borracho»:

—¿Por qué has aceptado seguir la música fuera del ritmo?

—Muy fácil: nunca he aprendido a bailar.

Todos se rieron, y la nube oscura que acechaba el lugar pareció desaparecer.

—Muy bien, empezaré de nuevo, y vosotros podéis hacer lo que digo, o marcharos; esta vez soy yo la que decide a qué hora termina la conferencia. Una de las cosas más agresivas en el ser humano es ir en contra de lo que piensa que es bonito, y eso es lo que vamos a hacer hoy. Vamos a bailar mal. Todo el mundo.

No era más que otra experiencia, y para no hacer que la dueña de la casa se sintiese incómoda, todo el mundo bailó mal. Yo luchaba conmigo mismo, porque la tendencia era seguir aquella percusión maravillosa, misteriosa. Me sentía como si estuviese agrediendo a los músicos que la tocaban, al compositor que la imaginó. Mi cuerpo quería luchar contra la falta de armonía, y yo lo obligaba a comportarse como nos habían mandado. El niño también bailaba, riéndose todo el tiempo, pero en un determinado momento se detuvo y se sentó en el sofá, tal vez exhausto por el esfuerzo que estaba haciendo. El CD se apagó en medio de un acorde.

—Esperad.

Todos esperaron.

—Voy a hacer algo que nunca he hecho.

Cerró los ojos y puso la cabeza entre las manos.

—Nunca he bailado sin seguir el ritmo...

Entonces, la prueba parecía haber sido peor para ella que para cualquiera de nosotros.

—Estoy mal...

Tanto el director como yo nos levantamos. Andrea me miró con cierta furia, aun así, me acerqué a Athena. Antes de que la tocase, nos pidió que volviésemos a nuestros sitios.

—¿Alguien quiere decir algo? —su voz parecía frágil, trémula, y no apartaba las manos de su cara.

—Yo sí.

Era Andrea.

—Antes, coge a mi hijo y dile que su madre está bien. Pero tengo que seguir así mientras sea necesario.

Viorel parecía asustado; Andrea lo sentó en su regazo y lo acarició.

—¿Qué quieres decir?

—Nada. He cambiado de idea.

—El niño te ha hecho cambiar de idea. Pero sigue. Lentamente, Athena fue descubriendo su cara, levantando la cabeza; su fisonomía era la de una extraña.

—No voy a hablar.

—Está bien. Entonces, tú —señaló al actor viejo—, vete al médico mañana. Eso de no poder dormir, de ir al baño toda la noche, es serio. Es un cáncer de próstata.

El hombre se puso pálido.

—Y tú —señaló al director—, asume tu identidad sexual. No tengas miedo. Acepta que detestas a las mujeres, y que te gustan los hombres.

—Lo que estás...

—No me interrumpas. No lo digo por culpa de Athena. Me refiero simplemente a tu sexualidad: te gustan los hombres, y no creo que haya nada de malo en eso.

¿No lo digo por culpa de Athena? ¡Pero si Athena era ella!

—Y tú —me señaló a mí—, ven aquí. Arrodíllate delante de mí.

Con miedo por Andrea, con vergüenza por todos, hice lo que me pedía.

—Baja la cabeza. Déjame tocar tu nuca.

Sentí la presión de sus dedos, nada más aparte de eso. Nos quedamos así casi un minuto, luego me mandó levantar y volver a mi sitio.

—Ya no necesitarás tomar más pastillas para dormir. A partir de hoy, el sueño vuelve.

Miré a Andrea, creía que iba a decir algo, pero su mirada parecía tan atónita como la mía.

Una de las actrices, tal vez la más joven, levantó la mano.

—Quiero hablar. Pero necesito saber a quién me estoy dirigiendo.

—Santa Sofía.

—Quiero saber si...

Era la actriz más joven de nuestro grupo. Miró a su alrededor, avergonzada, pero el director le hizo una seña con la cabeza, pidiéndole que siguiera.

—... si mi madre está bien.

—Está a tu lado. Ayer, cuando saliste de casa, ella hizo que te olvidaras el bolso. Volviste a recogerlo y descubriste que la llave estaba dentro de casa, no podías entrar. Perdiste una hora buscando a un cerrajero, aunque podrías haber ido a tu cita, haberte encontrado con el hombre que te esperaba y haber conseguido el empleo que querías. Pero si todo hubiese ocurrido tal y como lo habías planeado por la mañana, dentro de seis meses habrías muerto en un accidente de tránsito. Ayer, al olvidarte el bolso, cambió tu vida.

La chica se echó a llorar.

—¿Alguien más quiere preguntar algo?

Levantaron otra mano; era el director.

—¿Él me ama?

Entonces era verdad. La historia de la madre de aquella chica había provocado un torbellino de emociones en la sala.

—Tu pregunta es equivocada. Lo que necesitas saber es si estás en condiciones de darle el amor que él necesita. Y lo que venga, o no venga, será igual de gratificante. Saberse capaz de amar ya es bastante.

»Si no es él, será otro. Porque has descubierto una fuente, la dejaste correr y ella inundará tu mundo. No intentes mantener una distancia segura para ver lo que pasa; tampoco intentes estar seguro antes de dar el paso. Lo que des, recibirás, aunque a veces venga del lugar de donde menos te lo esperas.»

∞

Aquellas palabras también valían para mí. Y Athena —o quien fuera— se volvió hacia Andrea.

—¡Tú!

Se me heló la sangre.

—Tienes que estar preparada para perder el universo que has creado.

—¿Qué es el «universo»?

—Es lo que crees que ya tienes. Has hecho prisionero tu mundo, pero sabes que tienes que liberarlo. Sé que entiendes lo que estoy diciendo, aunque no deseases oírlo.

—Comprendo.

Estaba seguro de que estaban hablando de mí. ¿Sería todo aquello una representación de Athena?

—Se acabó —dijo—. Tráeme al niño.

Viorel no quería ir, estaba asustado con la transformación de su madre; pero Andrea lo cogió cariñosamente de la mano y lo llevó hasta ella.

Athena —o Santa Sofía, o Sherine, no importa quién estuviera allí— hizo lo mismo que había hecho conmigo, tocando con firmeza la nuca del niño.

—No te asustes con las cosas que ves, hijo mío. No intentes apartarlas, porque se van a ir en cualquier caso; aprovecha la compañía de los ángeles mientras puedas. En este momento tienes miedo, pero no tienes tanto miedo como deberías, porque sabes que somos muchos en esta sala. Dejaste de reír y de bailar cuando viste que abrazaba a tu madre, y le pedía que me dejase hablar a través de su boca. Que sepas que ella me dio permiso, o yo no lo habría hecho. Siempre me he aparecido en forma de luz, y sigo siendo esa luz, pero hoy he decidido hablar.

El niño la abrazó.

—Podéis salir. Dejadme a solas con él.

Uno a uno, fuimos saliendo del apartamento, dejándola con el niño. En el taxi que nos llevaba a casa, intenté hablar con Andrea, pero ella me pidió que, si teníamos que hablar de algo, no debíamos referirnos a lo que acababa de ocurrir.

Me quedé callado. Mi alma se llenó de tristeza: perder a Andrea era muy difícil. Por otro lado, sentí una paz inmensa; los acontecimientos habían provocado los cambios, y yo no tenía que sentarme delante de esa mujer a la que tanto amaba y decirle que también estaba enamorado de otra.

En ese caso, escogí quedarme callado. Llegué a casa, puse la tele, Andrea fue a ducharse. Cerré los ojos y, cuando los abrí, la sala estaba inundada de luz; ya era de día, había dormido casi diez horas seguidas. A mi lado había una nota, en la que Andrea decía que no quería despertarme, que había ido directamente al teatro, pero que había dejado el café preparado. La nota era romántica, adornada con la marca del lápiz labial y un pequeño corazón.

Ella no estaba dispuesta ni por asomo a «soltar su universo». Iba a luchar. Y mi vida se iba a convertir en una pesadilla.

Aquella tarde, ella llamó, y su voz no dejaba entrever ninguna emoción especial. Me contó que el actor había ido al médico, lo habían explorado, y habían descubierto que su próstata estaba anormalmente inflamada. El paso siguiente fue un análisis de sangre, con el que detectaron un aumento significativo de un tipo de proteína llamada PSA. Le extrajeron muestras de tejido para una biopsia, pero, por el cuadro clínico, las posibilidades de que tuviera un tumor maligno eran grandes.

—El médico le dijo: tiene suerte, aunque la situación se presenta peliaguda, todavía es posible operar, y hay un 99 por ciento de posibilidades de que se cure.

DEIDRE O'NEILL, conocida como Edda

Q ué Santa Sofía, ni qué nada! Era ella misma, Athena, pero tocando la parte más profunda del río que corre por su alma, entrando en contacto con la Madre.

Todo lo que hizo fue ver lo que estaba ocurriendo en otra realidad. La madre de la chica, al estar muerta, vive en un lugar sin tiempo, y en este caso puede desviar el curso de un acontecimiento, pero nosotros, los seres humanos, siempre estaremos limitados a conocer el presente. No es poco, dicho sea de paso: descubrir una enfermedad incubada antes de que se agrave, tocar centros nerviosos y desbloquear energías, eso está a nuestro alcance.

Claro que muchos murieron en la hoguera, otros se exiliaron, y muchos acabaron escondiendo y suprimiendo la centella de la Gran Madre en nuestra alma. Yo nunca induje a Athena a entrar en contacto con el Poder. Lo decidió ella misma, porque la Madre ya le había hecho varias señales: era una luz mientras bailaba, se convirtió en letras mientras aprendía caligrafía, apareció en una hoguera o en un espejo. Lo que mi discípula no sabía era cómo convivir con Ella, hasta que hizo algo que provocó toda esa sucesión de acontecimientos.

∽

Athena, que siempre les decía a todos que tenían que ser diferentes, en el fondo era una persona igual que el resto de los mortales. Tenía un ritmo, una velocidad de crucero. ¿Era más curiosa? Tal vez. ¿Había conseguido superar sus problemas de creerse una víctima? Seguro. ¿Sentía necesidad de compartir con los demás, fueran empleados de banca o actores, aquello que iba aprendiendo? En algunos casos, la respuesta es sí; en otros, yo intenté estimularla, porque no estamos destinados a la soledad, y nos conocemos cuando nos vemos en la mirada de los demás.

Pero mi interferencia termina ahí.

Porque la Madre quería manifestarse aquella noche, posiblemente le susurró algo al oído: «Ve en contra de todo lo que has aprendido hasta ahora; tú, que eres una maestra del ritmo, deja que pase por tu cuerpo, pero no lo obedezcas». Fue por eso por lo que Athena sugirió el ejercicio: su subconsciente ya estaba preparado para convivir con la Madre, pero ella vibraba siempre en la misma sintonía, y con eso no permitía que los elementos externos pudieran manifestarse.

Conmigo ocurría lo mismo: la mejor manera de meditar, de entrar en contacto con la luz, era haciendo calceta, algo que mi madre me había enseñado cuando era niña. Sabía contar los puntos, mover las agujas, hacer cosas bonitas a través de la repetición y de la armonía. Un día, mi protector me pidió que tejiese ¡de una manera completamente irracional!, algo muy violento para mí, que había aprendido el trabajo con cariño, paciencia y dedicación. Aun así, insistió para que hiciese un pésimo trabajo.

Durante dos horas pensé que aquello era ridículo, absurdo, me dolía la cabeza, pero no podía dejar que las

∞

agujas guiasen mis manos. Todo el mundo es capaz de hacer algo mal, ¿por qué me pedía eso? Porque conocía mi obsesión por la geometría y las cosas perfectas.

Y de repente, ocurrió; detuve las agujas, sentí un vacío inmenso, que se llenó con una presencia cálida, cariñosa, compañera. A mi alrededor, todo era diferente, y tenía ganas de decir cosas que jamás me habría atrevido en mi estado normal. Pero no perdí la conciencia: sabía que era yo misma, aunque —aceptemos la paradoja— no era la persona con la que estaba acostumbrada a convivir.

Así que puedo «ver» lo que ocurrió, aunque no estuviera allí; el alma de Athena siguiendo los sonidos de la música, y su cuerpo yendo en dirección contraria. Después de algún tiempo, el alma se desligó del cuerpo, se abrió un espacio, y la Madre finalmente pudo entrar.

Mejor dicho: una centella de la Madre apareció allí. Vieja, pero con apariencia de joven. Sabia, pero no omnipotente. Especial, pero sin arrogancia. La percepción cambió, y empezó a ver las mismas cosas que cuando era niña, los universos paralelos que pueblan este mundo. En este momento podemos ver no sólo el cuerpo físico, sino las emociones de la gente. Dicen que los gatos tienen el mismo poder, y yo lo creo.

Entre el mundo físico y el espiritual hay una especie de manto que varía de color, intensidad, luz, y que los místicos llaman «aura». A partir de ahí, todo es fácil: el aura cuenta lo que está pasando. Si yo estuviese presente, ella vería un color violeta con algunas manchas amarillas alrededor de mi cuerpo. Eso significa que todavía me queda un largo camino por delante, y que mi misión en la tierra todavía no está cumplida.

Mezclada con las auras humanas, aparecen formas

transparentes, que la gente suele llamar «fantasmas». Fue el caso de la madre de la chica, el único caso, por cierto, en el que el destino debía ser cambiado. Estoy casi segura de que, incluso antes de preguntar, sabía que su madre estaba a su lado, y la única sorpresa fue la historia del bolso.

Antes de esa danza sin seguir el ritmo, todos se sentían intimidados. ¿Por qué? Porque todos estamos acostumbrados a hacer las cosas «como hay que hacerlas». A nadie le gusta dar pasos equivocados, sobre todo cuando somos conscientes de ello. Incluso Athena: no debió de resultarle fácil sugerir algo que iba en contra de todo lo que amaba.

Me alegra que, en aquel momento, la Madre ganara la batalla. Que un hombre se haya salvado del cáncer, que otro aceptase su sexualidad, y que un tercero haya dejado de tomar pastillas para dormir. Todo porque Athena rompió el ritmo, frenando el auto, que iba a muchísima velocidad, y desordenándolo todo.

Volviendo a mi calceta: utilicé este procedimiento durante algún tiempo, hasta que conseguí provocar esta presencia sin ningún artificio, ya que la conocía, y me estaba acostumbrando a ella. Con Athena sucedió lo mismo; una vez que sabemos dónde están las Puertas de la Percepción, es facilísimo abrirlas y cerrarlas, siempre que nos acostumbremos a nuestro comportamiento «extraño».

Y se puede añadir: mi calceta se hizo más rápida y mejor, de la misma manera que Athena empezó a bailar con mucha más alma y ritmo después de atreverse a romper las barreras.

Andrea McCain,
actriz

L a historia se extendió como el fuego; el lunes siguiente, día de descanso en el teatro, la casa de Athena estaba llena. Todos nosotros habíamos llevado amigos. Ella repitió lo mismo, nos obligó a bailar sin ritmo, como si necesitase la energía colectiva para llegar al encuentro de Santa Sofía. El niño estaba presente otra vez, y yo me dediqué a observarlo. Cuando se sentó en el sofá, se paró la música y empezó el trance.

Y empezaron las consultas. Como era de esperar, las tres primeras preguntas estaban relacionadas con el amor: si fulano va seguir conmigo, si mengano me ama, si me están engañando. Athena no decía nada. La cuarta persona que quedó sin respuesta decidió reclamar:

—¿Entonces me están engañando?

—Soy Santa Sofía, la sabiduría universal. He venido a crear el mundo sin compañía de nadie, excepto del Amor. Yo soy el principio de todo, y antes de mí estaba el caos.

»Así que si alguno de vosotros quiere controlar las fuerzas que dominaron el caos, no le preguntéis a Santa Sofía. Para mí, el amor lo llena todo. No puede ser deseado, porque es un fin en sí mismo. No puede engañar, porque no está relacionado con la posesión. No puede estar encarcelado, porque es como un río, y se desborda-

216

rá. El que intente encarcelar el amor tiene que cortar la fuente que lo alimenta, y en ese caso, el agua que ha conseguido juntar acabará estancada y podrida.»

Los ojos de Sofía recorrieron el grupo —la mayoría estaban allí por primera vez—, y empezó a señalar las cosas que veía: amenazas de enfermedad, problemas en el trabajo, problemas de relación entre padres e hijos, sexualidad, potenciales que existían pero que no estaban siendo explotados. Recuerdo que se dirigió a una mujer de aproximadamente treinta años:

—Tu padre te dijo cómo debían ser las cosas, y cómo debería comportarse una mujer. Siempre has vivido luchando en contra de tus sueños, y el «querer» nunca se ha manifestado. Lo sustituías siempre por el «deber» o «esperar» o «necesitar». Pero eres una cantante excelente. Un año de experiencia y habrá una gran diferencia en tu trabajo.

—Tengo un hijo y un marido.

—Athena también tiene un hijo. Tu marido al principio se va a enfadar, pero acabará aceptándolo. Y no hay que ser Santa Sofía para saber eso.

—Tal vez ya sea demasiado mayor.

—Te estás negando a aceptar lo que eres. Ése ya no es mi problema; he dicho lo que tenía que decir.

Poco a poco, todas las personas que estaban en aquella pequeña sala sin poder sentarse porque no había sitio, sudando a mares a pesar de que todavía estábamos al final del invierno, sintiéndose ridículas por haber ido a un evento de ésos, fueron llamadas para recibir los consejos de Santa Sofía.

La última fui yo:

—Tú quédate, si quieres dejar de ser dos, y empezar a ser una.

Esta vez yo no tenía a su hijo en el regazo; él asistía a todo, y parecía que la conversación que habían mantenido al terminar la primera sesión había sido suficiente para que perdiese el miedo.

Asentí con la cabeza. Al contrario que en la sesión anterior, cuando la gente había salido al pedir que la dejasen con el niño, esta vez Santa Sofía dijo un sermón antes de terminar el ritual.

—No estáis aquí para obtener respuestas seguras; mi misión es provocaros. En el pasado, gobernantes y gobernados acudían a los oráculos para que adivinasen el futuro. El futuro, sin embargo, es caprichoso, porque se guía por las decisiones tomadas aquí, en el presente. Mantened la bicicleta acelerada porque, si el movimiento se acaba, os caeréis.

»Aquellos que en este momento estáis en el suelo, que habéis venido a conocer a Santa Sofía y que sólo queréis que ella confirme lo que os gustaría que fuese verdad, por favor, no volváis a aparecer. O empezad a bailar y haced que los que os rodean también se muevan. El destino será implacable con los que quieren vivir en un universo que ya se ha terminado. El nuevo mundo es de la Madre, que ha venido con el Amor a separar los cielos y las aguas. Quien crea que ha fracasado fracasará siempre. El que haya decidido que no puede ser de manera diferente, será destruido por la rutina. El que haya decidido impedir los cambios, se convertirá en polvo. ¡Malditos sean los que no bailan e impiden que los demás bailen!»

Sus ojos escupían fuego.

—Podéis iros.

Salieron todos, yo podía ver la confusión reflejada en la mayoría de las caras. Habían venido en busca de conforte y habían encontrado provocación. Habían llegado

∞

porque querían oír hablar sobre cómo el amor puede ser controlado y oyeron que la llama que todo lo devora jamás podrá dejar de incendiarlo todo. Querían tener la seguridad de que sus decisiones eran acertadas —sus maridos, sus mujeres, sus jefes, estaban satisfechos—, y lo único que encontraron fueron palabras de duda.

Algunas personas, sin embargo, sonreían. Habían entendido la importancia del baile y seguro que iban a dejar que sus cuerpos y sus almas flotasen a partir de aquella noche, incluso teniendo que pagar un precio, como siempre ocurre.

En la sala, sólo quedamos el niño, Santa Sofía, Heron y yo.

—He pedido que te quedases sola.

Sin decir nada, él cogió su abrigo y se fue.

Santa Sofía me miraba. Y, poco a poco, la vi convertirse en Athena. La única manera de describir cómo sucedió esto es intentando compararla con un niño; cuando está contrariado, podemos ver el enfado en sus ojos, pero en cuanto se distrae, y cuando la rabia se va, parece que el niño ya no es el mismo que estaba llorando. El «ente», si es que podemos llamarlo así, parecía haberse disipado en el aire cuando su instrumento perdió la concentración.

Ahora estaba ante una mujer que parecía exhausta.

—Prepárame un té.

¡Me estaba dando una orden! Ya no era la sabiduría universal, sino alguien por quien mi pareja estaba interesado, o enamorado. ¿Adónde íbamos a parar con esa relación?

Pero una infusión no iba a destruir mi amor propio: fui hasta la cocina, calenté agua, puse un poco de manzanilla dentro, y volví a la sala. El niño estaba durmiendo en su regazo.

—Yo no te gusto.

No respondí.

—Tampoco tú me gustas a mí —siguió—. Eres guapa, elegante, una excelente actriz, dueña de una cultura y de una educación que yo jamás he tenido, aunque mi familia haya insistido mucho. Pero eres insegura, arrogante, desconfiada. Como dijo Santa Sofía, tú eres dos, cuando podrías ser solamente una.

—No sabía que recordaras lo que dices mientras estás en trance, porque en ese caso tú también eres dos: Athena y Santa Sofía.

—Puede que tenga dos nombres, pero soy sólo una, o soy todas las personas del mundo. Y es ahí precisamente te adonde quiero llegar: porque soy una y todas, la centella que surge cuando entro en trance me da instrucciones precisas. Claro que estoy semiconsciente todo el tiempo, pero digo cosas que vienen de un punto desconocido dentro de mí misma; como si me estuviese alimentando en el seno de la Madre, de esa leche que corre por todas nuestras almas, y que transporta el conocimiento por la Tierra.

»Desde la semana pasada, la primera vez que entré en contacto con esta nueva forma, lo primero que me dijo me pareció un absurdo: yo debía enseñarte.»

Hizo una pausa.

—Es evidente que creí que estaba delirando, ya que no siento la menor simpatía por ti.

Hizo otra pausa, más larga que la primera.

—Pero hoy la fuente insistió. Y te estoy dando la oportunidad de elegir.

—¿Por qué la llamas Santa Sofía?

—Fui yo quien la bautizó; es el nombre de una mezquita que vi en un libro y que me pareció muy bonita.

»Si quieres puedes ser mi discípula. Fue eso lo que te trajo aquí el primer día. Todo este nuevo momento en mi vida, incluso el descubrimiento de Santa Sofía dentro de mí, fue provocado porque un día entraste por esa puerta y dijiste: "Hago teatro y vamos a hacer una obra sobre el lado femenino de Dios. Sé que estuviste en el desierto y en las montañas de los Balcanes, con los gitanos, y que tienes información al respecto".»

—¿Me vas a enseñar todo lo que sabes?

—Todo lo que no sé. Aprenderé a medida que esté en contacto contigo, como te dije la primera vez que nos vimos, y te repito ahora. Después de aprender lo que necesito, seguiremos separadas nuestros caminos.

—¿Puedes enseñarle a alguien que no te gusta?

—Puedo amar y respetar a alguien que no me gusta. Las dos veces que estuve en trance, vi tu aura; era la más evolucionada que he visto en toda mi vida. Puedes hacer algo en este mundo, si aceptas mi proposición.

—¿Me vas a enseñar a ver auras?

—Ni yo misma sabía que era capaz de eso, hasta que te vi por primera vez. Si está en tu camino, acabarás aprendiendo también esa parte.

Entendí que también podía amar a alguien que no me gustaba. Le dije que sí.

—Entonces vamos a convertir esta aceptación en un ritual. Un rito nos lanza a un mundo desconocido, pero sabemos que con las cosas que hay allí no podemos jugar. No basta con decir que sí; tienes que poner tu vida en juego. Y sin pensarlo mucho. Si eres la mujer que imagino que eres, no vas a decir: «Tengo que reflexionar un poco». Dirás...

—Estoy preparada. Hagamos el ritual. ¿Dónde aprendiste ese ritual?

—Lo voy a aprender ahora. Ya no tengo que salir de mi ritmo para entrar en contacto con la centella de la Madre porque, una vez que ella se instala, es fácil volver a encontrarse con ella. Ya sé cuál es la puerta que tengo que abrir, aunque estuviera escondida en medio de muchas entradas y salidas. Todo lo que necesito es un poco de silencio.

¡Silencio otra vez!

Nos quedamos allí, con los ojos bien abiertos, fijos, como si fuésemos a empezar un duelo mortal. ¡Rituales! Incluso antes de tocar el timbre de la casa de Athena por primera vez, ya había participado en algunos. Todo aquello para, al final, sentirme usada, disminuida, ante una puerta que siempre estaba al alcance de mis ojos, pero que no era capaz de abrir. ¡Rituales!

Todo lo que Athena hizo fue tomar un poco de la infusión que yo había preparado.

—El ritual está hecho. Te pedí que me hicieras algo, y lo hiciste. Yo lo acepté. Ahora es tu turno de pedirme algo.

Pensé inmediatamente en Heron. Pero no era el momento.

—Sácate la ropa.

Ella no preguntó la razón. Miró al niño, comprobó que dormía, y empezó a sacarse el jersey.

—No hace falta —la interrumpí—. No sé por qué te he pedido eso.

Pero ella siguió desnudándose. La blusa, los vaqueros, el sujetador; me fijé en sus senos, los más hermosos que había visto hasta entonces. Finalmente se quitó las bragas. Y allí estaba, ofreciéndome su desnudez.

—Bendíceme —dijo Athena.

¿Bendecir a mi «maestra»? Pero yo ya había dado el

∞

primer paso, no podía parar entonces, y, mojando mis manos en la infusión, salpiqué un poco de la bebida por su cuerpo.

—De la misma manera que esta planta fue transformada en bebida, de la misma manera que esta agua se mezcló con la planta, yo te bendigo, y le pido a la Gran Madre que la fuente de la que vino esta agua jamás deje de correr, y que la tierra de la que vino esta planta sea siempre fértil y generosa.

Me sorprendieron mis palabras; no habían salido ni de dentro, ni de fuera de mí. Era como si las conociera de siempre y hubiese hecho aquello infinidad de veces.

—Estás bendecida, puedes vestirte.

Pero ella siguió desnuda, con una sonrisa en los labios. ¿Qué deseaba? Si Santa Sofía era capaz de ver auras, sabía que yo no tenía el menor deseo de tener relaciones con una mujer.

—Un momento.

Cogió al niño en brazos, lo llevó a su habitación y volvió en seguida.

—Quítate la ropa tú también.

¿Quién me lo pedía? ¿Santa Sofía, que me hablaba de mi potencial y de que era la discípula perfecta? ¿O Athena, a la que apenas conocía, que parecía capaz de cualquier cosa, una mujer a la que la vida había educado para ir más allá de sus límites, para saciar cualquier curiosidad?

Habíamos entrado en un tipo de confrontación que no permitía retrocesos. Me desvestí con la misma desenvoltura, la misma sonrisa y la misma mirada.

Me cogió de la mano y nos sentamos en el sofá.

Durante la siguiente media hora, Athena y Santa Sofía se manifestaron; querían saber cuáles iban a ser mis siguientes pasos. A medida que las dos me preguntaban, yo veía que todo estaba realmente escrito delante de mí, las puertas siempre estuvieron cerradas porque no entendía que yo era la única persona del mundo autorizada a abrirlas.

E l secretario de redacción me entrega un video y vamos hasta la sala de proyección para verlo.
Fue filmado la mañana del día 26 de abril de 1986, y muestra una vida normal en una ciudad normal. Un hombre sentado tomando café. Una madre que pasea a su bebé por la calle. Gente atareada, yendo al trabajo, una o dos personas que esperan en la parada el autobús. Un hombre leyendo el periódico en un banco de una plaza.

Pero el video está mal. Aparecen varias rayas horizontales, como si hubiese que darle al botón de *tracking*. Me levanto para hacerlo, el secretario me interrumpe:

—Es así. Sigue mirando.

Imágenes de la pequeña ciudad del interior siguen pasando, sin absolutamente nada interesante además de las escenas de la vida cotidiana.

—Es posible que algunas de esas personas sepan que ha habido un accidente a dos kilómetros de allí —dice mi superior—. También es posible que sepan que ha habido treinta muertes; un gran número, pero no el suficiente como para cambiar la rutina de los habitantes.

Ahora se ven escenas de autobuses escolares aparcando. Se quedarán ahí durante muchos días, sin que ocurra nada. Las imágenes están muy mal.

∽

—No es el *tracking*. Es la radiación. El video lo filmó la KGB, la policía secreta de la Unión Soviética.

»En la noche del día 26 de abril, a la 1:23 de la mañana, el peor desastre creado por la mano del hombre ocurrió en Chernobyl, Ucrania. Con la explosión de un reactor nuclear, la gente del área fue sometida a una radiación noventa veces superior a la de la bomba de Hiroshima. Había que evacuar inmediatamente la región, pero nadie, absolutamente nadie, dijo nada; después de todo, el gobierno no comete errores. Hasta una semana después no apareció en la página 32 del periódico local una pequeña nota de cinco líneas, hablando de la muerte de los trabajadores, y sin dar mayores explicaciones. En ese intervalo de tiempo, se celebró el Día del Trabajador en toda la ex Unión Soviética, y en Kiev, capital de Ucrania, la gente desfilaba sin saber que la muerte invisible estaba en el aire.

Y concluye:

—Quiero que vayas hasta allí a ver cómo está hoy Chernobyl. Acabas de ser ascendido a corresponsal especial. Tendrás un aumento del 20 por ciento, además de poder sugerir qué tipo de artículo debemos publicar.

Debería haber dado saltos de alegría, pero me poseyó una tristeza inmensa que tenía que disimular. Imposible argumentárselo a él, decirle que en ese momento había dos mujeres en mi vida; yo no quería salir de Londres, era mi vida y mi equilibrio mental lo que estaba en juego. Le pregunto cuándo tengo que salir de viaje, responde que lo antes posible, porque corren rumores de que otros países están aumentando significativamente la producción de energía nuclear.

Consigo negociar una salida honrosa, explicándole que primero debo escuchar a especialistas, entender bien el

∞

asunto y, una vez recogido el material necesario, embarcar sin demora.

Él está de acuerdo, estrecha mi mano y me felicita. No tengo tiempo de hablar con Andrea; cuando llego a casa todavía no ha vuelto del teatro. Me quedo dormido, y de nuevo me despierto con una nota que dice que se ha ido a trabajar, y que el café está en la mesa.

Me voy al trabajo, intento agradar al jefe, que «ha mejorado mi vida», llamo a especialistas en radiación y energía. Descubro que en total fueron nueve millones de personas en todo el mundo las afectadas directamente por el desastre, tres o cuatro millones de las cuales eran niños. Las treinta muertes se convirtieron, según el especialista John Gofmans, en 475.000 casos de cáncer mortal, y un número igual de cáncer no mortal.

Un total de dos mil ciudades y aldeas fueron simplemente borradas del mapa. Según el Ministerio de Sanidad de Bielorrusia, el índice de cáncer de tiroides en el país aumentará considerablemente entre 2005 y 2010, como consecuencia de la radiactividad que aún sigue haciendo efecto. Otro especialista me explica que, además de estos nueve millones de personas directamente expuestas a la radiación, otros sesenta y cinco millones fueron indirectamente afectadas a través del consumo de alimentos contaminados, en muchos países del mundo.

Es un asunto serio, que merece ser tratado con respeto. Al final del día vuelvo a la sala del secretario de redacción y le sugiero no ir a visitar la ciudad hasta el día del aniversario del accidente; hasta entonces puedo investigar más, escuchar a más especialistas, y ver cómo el gobierno inglés siguió la tragedia. Él está de acuerdo.

Llamo a Athena; después de todo, dice que sale con alguien de Scotland Yard, y éste es el momento de pe-

∞

dirle un favor, ya que Chernobyl no es un asunto clasifi-
cado como secreto, y la Unión Soviética ya no existe. Me
promete que hablará con su «novio», pero que no me garantiza que vaya a obtener las respuestas que quiero.

Me dice también que se va a Escocia al día siguiente
y que no vuelve hasta el día de la reunión con el grupo.

—¿Qué grupo?

El grupo, responde. Entonces, ¿se va a convertir en algo rutinario? ¿Cuándo podemos vernos, para hablar, para aclarar las cosas?

Pero ya ha colgado. Vuelvo a casa, veo las noticias, ce-
no solo, voy a buscar a Andrea al teatro. Llego a tiempo para asistir al final de la obra y, para mi sorpresa, parece que la persona que está en el escenario no es la
misma con la que he convivido durante casi dos años;
hay algo mágico en sus gestos, los monólogos y los diá-
logos tienen una intensidad a la que no estoy acostumbrado. Veo a una extraña, a una mujer que me gustaría
tener a mi lado, y me doy cuenta de que la tengo a mi
lado, no es de ninguna manera una extraña para mí.

—¿Cómo fue tu conversación con Athena? —le pregunto de camino a casa.

—Fue bien. ¿Y qué tal en el trabajo?

Ha cambiado de tema. Le cuento que me han ascendido, le hablo de Chernobyl, pero ella no muestra mucho
interés. Empiezo a creer que estoy perdiendo el amor que
tenía, pero no he conseguido el amor que esperaba. Sin
embargo, en cuanto llegamos al apartamento me invita a
darnos una ducha juntos y acabamos entre las sábanas.
Antes, ella pone a todo volumen la música esa de percusión (me explica que ha conseguido una copia), y me dice que no piense en los vecinos: nos preocupábamos demasiado de ellos, y no vivíamos nunca nuestras vidas.

∞

Lo que ocurre, de ahí en adelante, es algo que sobrepasa mi comprensión. ¿Acaso la mujer que, en este momento, hace el amor conmigo de una manera absolutamente salvaje ha descubierto finalmente su sexualidad, y se lo ha enseñado o se lo ha provocado otra mujer?

Porque, mientras me agarraba con una violencia nunca vista, decía sin parar:

—Hoy yo soy tu hombre, y tú eres mi mujer.

Y allí estuvimos durante casi una hora, y probé cosas que nunca antes me había atrevido. En determinados momentos sentí vergüenza, tuve ganas de pedirle que parase, pero ella parecía dominar totalmente la situación, me entregué, porque no tenía elección. Y lo que es peor, sentía mucha curiosidad.

Al final, estaba exhausto, pero Andrea parecía tener más energía que antes.

—Antes de dormir, quiero que sepas una cosa —dijo—. Si sigues adelante, el sexo te dará la oportunidad de hacer el amor con los dioses y las diosas. Es eso lo que has experimentado hoy. Quiero que te duermas sabiendo que yo he despertado la Madre que había en ti.

Quise preguntarle si lo había aprendido con Athena, pero no tuve coraje.

—Dime que te ha gustado ser mujer por una noche.

—Me ha gustado. No sé si me gustará siempre, pero ha sido algo que me ha asustado y me ha alegrado al mismo tiempo.

—Dime que siempre has querido probar lo que has probado hoy.

Una cosa es dejarse llevar por la situación y otra es comentar fríamente el asunto. Yo no dije nada, aunque no tenía dudas de que ella sabía la respuesta.

—Pues bien —siguió Andrea—, todo esto estaba dentro de mí y no lo sabía. Y estaba dentro de mí la máscara que cayó hoy cuando estaba en el escenario: ¿notaste algo diferente?

—Claro. Irradiabas una luz especial.

—Carisma: la fuerza divina que se manifiesta en el hombre y en la mujer. El poder sobrenatural que no tenemos que demostrarle a nadie, porque todo el mundo lo ve, incluso los menos sensibles. Pero no ocurre hasta que nos quedamos desnudos, morimos para el mundo y renacemos para nosotros mismos. Anoche, yo morí. Hoy, cuando pisé el escenario y vi que hacía exactamente lo que había elegido, renací de mis cenizas.

»Porque siempre he intentado ser quien era, pero no era capaz. Siempre intentaba impresionar a los demás, tenía conversaciones inteligentes, agradaba a mis padres y al mismo tiempo utilizaba todos los artificios posibles para conseguir hacer las cosas que quería. Yo siempre he abierto mi camino con sangre, lágrimas, fuerza de voluntad, pero ayer me di cuenta de que he escogido el proceso equivocado. Mi sueño no requiere nada de eso, sólo que me entregue a él, y que apriete los dientes si creo que estoy sufriendo, porque el sufrimiento pasa.»

—¿Por qué me estás diciendo esto?

—Déjame terminar. En este recorrido en el que el sufrimiento parecía ser la única regla, luché por cosas por las que no vale de nada luchar. Como el amor, por ejemplo: o lo sientes, o no hay fuerza en el mundo que consiga provocarlo.

»Podemos fingir que amamos. Podemos acostumbrarnos al otro. Podemos vivir una vida entera de amistad, complicidad, crear una familia, practicar el sexo todas las noches, tener orgasmos, y aun así, sentir que hay un vacío patético en todo eso, falta algo importante. En nombre de lo que había aprendido sobre las relaciones entre un hombre y una mujer, intenté luchar por cosas que no merecían tanto la pena. Y eso te incluye a ti, por ejemplo.

»Hoy, mientras hacíamos el amor, mientras yo lo daba todo, y me daba cuenta de que tú también estabas dando lo mejor de ti, entendí que tu "mejor" ya no me interesa. Voy a dormir a tu lado, y mañana me iré. El teatro es mi ritual, en él puedo expresar y desarrollar lo que quiero.»

Empecé a arrepentirme de todo: de haber ido a Transilvania para conocer a una mujer que podía estar destruyendo mi vida, de haber provocado la primera reunión del «grupo», de haberle confesado mi amor en un restaurante. En ese momento odié a Athena.

—Sé lo que estás pensando —dijo Andrea—. Que tu amiga me ha hecho un lavado de cerebro; no es nada de eso.

—Soy un hombre, aunque hoy haya hecho de mujer en la cama. Soy una especie en extinción, porque no veo muchos hombres a mi alrededor. Poca gente se arriesga lo que yo me arriesgo.

—Estoy segura, y eso hace que te admire. ¿Pero no me vas a preguntar quién soy, lo que quiero, lo que deseo?

Se lo pregunté.

—Lo quiero todo. Quiero lo salvaje y la ternura. Quiero molestar a los vecinos e intentar calmarlos. No quiero mujeres en la cama, pero quiero hombres, verdaderos hombres, como tú, por ejemplo. Que me amen o que me utilicen, eso no tiene importancia; mi amor es más grande que eso. Quiero amar libremente, y quiero dejar que la gente a mi alrededor haga lo mismo.

»Para acabar: con Athena hablé sobre cosas simples

que despiertan la energía reprimida. Como hacer el amor, por ejemplo. O andar por la calle repitiendo "estoy aquí y ahora". Nada especial, ningún ritual secreto; lo único que hacía que nuestra reunión no fuera relativamente común es que las dos estábamos desnudas. A partir de ahora, nos vamos a ver todos los lunes, y si tengo algo que comentar, lo haré después de la sesión; no tengo la menor intención de ser su amiga.

»De la misma manera, cuando ella tiene ganas de compartir algo, va a Escocia a hablar con esa tal Edda, a la que por lo visto tú también conoces, y nunca me lo has contado.»

—¡Pero si no me acuerdo!

Sentí que Andrea se estaba calmando poco a poco. Preparó dos tazas de café y lo tomamos juntos. Ella volvió a sonreír, me preguntó de nuevo por mi ascenso; dijo que le preocupaban las reuniones de los lunes, porque aquella mañana se había enterado de que los amigos de los amigos estaban invitando a otras personas, y el sitio era pequeño. Yo hacía un esfuerzo descomunal por fingir que aquello no había sido más que un ataque de nervios, una tensión premenstrual, una crisis de celos.

La abracé, ella se acurrucó en mi hombro; esperé a que se durmiera, aunque estaba exhausto. Esa noche no soñé absolutamente nada, no tuve ningún presentimiento.

Y a la mañana siguiente, cuando me desperté, vi que su ropa ya no estaba allí; la llave de casa estaba encima de la mesa, sin una nota de despedida.

DEIDRE O'NEILL, conocida como Edda

L a gente lee muchas historias sobre brujas, hadas, cosas paranormales, niños poseídos por espíritus malignos. Ven películas con rituales en los que se hacen pentagramas, espadas e invocaciones. Vale, hay que dejar que la imaginación funcione, vivir esas etapas, y el que pasa por ellas sin dejarse engañar acaba entrando en contacto con la Tradición.

La verdadera Tradición es eso: el maestro jamás le dice a su discípulo lo que debe hacer. Sólo son compañeros de viaje, que comparten la misma y difícil sensación de «extrañeza» ante las percepciones que cambian sin parar, los horizontes que se abren, las puertas que se cierran, los ríos que a veces parecen entorpecer el camino —pero que en realidad no deben ser atravesados, sino recorridos.

La diferencia entre el maestro y el discípulo es sólo una: el primero tiene un poco menos de miedo que el segundo. Entonces, cuando se sientan alrededor de una mesa o de una hoguera para charlar, el más experimentado sugiere: «¿Por qué no haces eso?» Nunca dice: «Ve por ahí y llegarás a donde yo he llegado», ya que cada camino es único, y cada destino es personal.

El verdadero maestro provoca en el discípulo la valen-

∽

tía para desequilibrar su mundo, aunque también recele de las cosas que ha encontrado, y recele todavía más de lo que le reserva la siguiente curva.

Yo era una médica joven y entusiasmada, que viajó al interior de Rumania en un programa de intercambio del gobierno inglés, para intentar ayudar al prójimo. Me fui llevando medicamentos en el equipaje, y prejuicios en la cabeza: tenía las ideas claras respecto a cómo deben comportarse las personas, a lo que es necesario para ser feliz, a los sueños que debemos mantener encendidos dentro de nosotros, a cómo hay que desarrollar las relaciones humanas. Desembarqué en Bucarest durante aquella sangrienta y delirante dictadura, fui a Transilvania como parte de un programa de vacunación en masa de los habitantes del lugar.

No entendía que no era más que otra pieza en un complicado tablero de ajedrez, en el que manos invisibles manipulaban mi ideal, y todo aquello que creía estar haciendo por la humanidad tenía segundas intenciones: estabilizar el gobierno del hijo del dictador, permitir que Inglaterra vendiese armas en un mercado dominado por los soviéticos.

Mis buenas intenciones en seguida cayeron por tierra cuando empecé a ver que sólo las vacunas no eran suficiente, había otras enfermedades que diezmaban la región. Yo escribía sin parar pidiendo recursos, pero no los conseguía; decían que no me preocupara más que por aquello que me habían pedido.

Me sentí impotente, indignada. Conocí la miseria de cerca, habría podido hacer algo si por lo menos alguien me hubiera dado unas cuantas libras, pero no les interesaban tanto los resultados. Nuestro gobierno sólo quería noticias en el periódico, para poder decirles a sus partidos políticos y a sus electores que habían enviado grupos a diversos lugares del mundo en misión humanitaria. Tenían buenas intenciones, además de vender armas, claro.

Me desesperé; ¿qué demonios era este mundo? Una noche, me fui al bosque congelado blasfemando contra Dios, que era injusto con todo y con todos. Cuando estaba sentada al pie de un roble, apareció mi protector. Me dijo que podía morirme de frío. Le respondí que era médica, que conocía los límites del cuerpo, y en el momento en que me estuviera acercando a esos límites volvería al campamento. Le pregunté qué hacía allí.

—Hablo con una mujer que me escucha, ya que los hombres se han quedado sordos.

Creí que se refería a mí, pero no, la mujer era el propio bosque. Después de ver a aquel hombre andando por el bosque, haciendo gestos extraños y diciendo cosas que era incapaz de comprender, una cierta paz se instaló en mi corazón; después de todo, yo no era la única en el mundo que hablaba sola. Cuando me disponía a regresar, él volvió a acercarse a mí.

—Sé quién eres —dijo—. En la aldea tienes fama de buena persona, siempre de buen humor y dispuesta a ayudar a los demás, pero yo veo algo diferente: veo rabia y frustración.

Sin saber si estaba ante un espía del gobierno, decidí decirle todo lo que sentía: tenía que desahogarme, aun a riesgo de ir a la cárcel. Caminamos juntos hacia el hospital de campaña en el que yo trabajaba; lo llevé al dormitorio, que en aquel momento estaba vacío (mis compañeros se divertían en una fiesta anual que se celebraba en la ciudad), y lo invité a tomar algo. Él sacó una botella de una bolsa que llevaba:

—Palinka —dijo, refiriéndose a la bebida tradicional

∞

del país, con una altísima graduación alcohólica—. Soy yo el que invita.

Bebimos juntos, no me di cuenta de que cada vez estaba más borracha; no lo noté hasta que quise ir al baño, tropecé con algo y me caí al suelo.

—No te muevas —dijo él—. Fíjate en lo que está delante de tus ojos.

Una fila de hormigas.

—Todo el mundo piensa que son muy sabias. Tienen memoria, inteligencia, capacidad de organización, espíritu de sacrificio. Buscan alimento en el verano, lo guardan para el invierno, y ahora salen de nuevo, en esta primavera helada, para trabajar. Si mañana el mundo fuese destruido por una guerra atómica, las hormigas sobrevivirían.

—¿Y por qué sabe usted todo eso?

—Estudié biología.

—¿Y por qué demonios no trabaja para mejorar el estado de su pueblo? ¿Qué hace en medio del bosque, hablando solo con los árboles?

—En primer lugar, no estaba solo; además de los árboles, tú me estabas escuchando. Pero respondiendo a tu pregunta: dejé la biología para dedicarme al trabajo de herrero.

Me levanté con mucho esfuerzo. La cabeza seguía dándome vueltas, aunque estaba lo suficientemente consciente para entender la situación de aquel pobre infeliz. A pesar de haber ido a la universidad, no había conseguido encontrar empleo. Le dije que en mi país pasaba lo mismo.

—No se trata de eso; dejé la biología porque quería trabajar de herrero. Desde niño he sentido fascinación por esos hombres que martillan el acero, que componen una música extraña, esparciendo chispas a su alrededor, poniendo el hierro al rojo vivo en el agua, haciendo nubes de vapor. Yo era un biólogo infeliz, porque mi sueño era hacer que el metal rígido adoptase formas suaves. Hasta que un día apareció un protector.

—¿Un protector?

—Digamos que, al ver a estas hormigas haciendo exactamente lo que están programadas para hacer, tú exclames: ¡Qué fantástico! Las guardianas están genéticamente preparadas para sacrificarse por la reina, las obreras transportan hojas diez veces más pesadas que ellas, las ingenieras preparan túneles que resisten tempestades e inundaciones. Entran en batallas mortales con sus enemigos, sufren por la comunidad, y jamás se preguntan: ¿Qué estamos haciendo aquí?

»Los hombres intentan imitar la sociedad perfecta de las hormigas, y yo, como biólogo, estaba cumpliendo mi papel, hasta que apareció alguien y me hizo esta pregunta:

»—¿Estás contento con lo que haces?

»Yo dije: "Pues claro, soy útil para mi pueblo".

»—¿Y eso es suficiente?

»Yo no sabía si era suficiente, pero le dije que me parecía una persona arrogante y egoísta.

»Él respondió: "Puede ser, pero todo lo que vas a conseguir es seguir repitiendo lo que se viene haciendo desde que el hombre es hombre: mantener las cosas organizadas".

»—Pero el mundo ha progresado —respondí.

»Me preguntó si sabía historia.

»—Claro que sí.

»Hizo otra pregunta: ¿No éramos ya capaces, hace miles de años, de construir edificios como las pirámides?

¿No éramos capaces de adorar a dioses, de tejer, de hacer fuego, de conseguir amantes y esposas, de transportar mensajes escritos? Claro que sí. Pero, aunque en la actualidad nos hayamos organizado para sustituir a los esclavos gratuitos por esclavos con salario, todos los avances se han dado sólo en el campo de la ciencia. Los seres humanos todavía se hacen las mismas preguntas que sus ancestros. O sea, no han evolucionado absolutamente nada. A partir de ese momento entendí que aquella persona que me hacía esas preguntas era alguien enviado por el cielo, un ángel, un protector.»

—¿Por qué le llama protector?

—Porque me dijo que había dos tradiciones: una que nos hace repetir lo mismo a lo largo de los siglos, y otra que nos abre la puerta de lo desconocido. Pero esta segunda tradición es incómoda, desagradable y peligrosa, porque, si tiene muchos adeptos, acabará destruyendo la sociedad que ha costado tanto organizar tomando como ejemplo las hormigas. Por eso, esa segunda tradición se hizo secreta, y ha conseguido sobrevivir tantos siglos porque sus adeptos crearon un lenguaje oculto, a través de símbolos.

—¿Le preguntó algo más?

—Claro, porque, aunque yo lo negase, él sabía que no estaba satisfecho con lo que hacía. Mi protector comentó: «Tengo miedo de dar pasos que no están en el mapa, pero, a pesar de mis miedos, al final del día la vida me parece mucho más interesante».

»Insistí en el tema de la tradición y él me dijo algo como "mientras Dios siga siendo un simple hombre, siempre tendremos alimentos y una casa en la que vivir. Cuando la Madre finalmente reconquiste su libertad, tal vez tengamos que dormir a la intemperie y vivir de amor, o tal vez seamos capaces de encontrar el equilibrio entre la emoción y el trabajo".

»El hombre que iba a ser mi protector me preguntó: "¿Si no fueras biólogo, qué serías?"

»Yo dije: "Herrero, pero eso no da dinero".

»Él respondió: "Pues cuando te canses de ser lo que no eres, diviértete y celebra la vida, golpeando un hierro con un martillo. Con el tiempo descubrirás que eso te dará más que placer: te dará un sentido".

»—¿Cómo sigo esa tradición de la que me ha hablado?

»—Ya te lo he dicho, por los símbolos —respondió él—. Empieza por hacer lo que quieres, y todo lo demás te será revelado. Tienes que creer que Dios es madre, cuida de tus hijos, jamás dejes que les pase nada malo.

»Yo lo hice y sobreviví. Descubrí que también hay otras personas que lo hacen, pero las confunden con locos, irresponsables, supersticiosos. Buscan en la naturaleza la inspiración que está en ella, desde que el mundo es mundo. Construimos pirámides, pero también desarrollamos símbolos.

»Una vez dicho eso, se fue y no volví a verlo nunca más.

»Sólo sé que, a partir de ese momento, los símbolos empezaron a aparecer porque mis ojos se habían abierto gracias a aquella conversación. Me costó mucho, pero una tarde le dije a mi familia que, aunque tuviera todo lo que un hombre puede soñar, era infeliz: en realidad, había nacido para ser herrero. Mi mujer protestó, diciendo: "Tú, que naciste gitano, que tuviste que enfrentarte a tantas humillaciones para llegar a donde has llegado, ¿ahora quieres volver atrás?" Mi hijo se puso muy contento, porque también le gustaba ver a los herreros de nuestra aldea y detestaba los laboratorios de las grandes ciudades.

∞

»Empecé a repartir mi tiempo entre las investigaciones biológicas y el trabajo de ayudante de herrero. Estaba siempre cansado, pero más alegre que antes. Un día, dejé mi empleo y monté mi propia herrería, que fue muy mal al principio; justo cuando yo empezaba a creer en la vida, las cosas empeoraban sensiblemente. Un día, estaba trabajando y noté que allí, delante de mí, había un símbolo.

»Recibía el acero sin trabajar y tenía que convertirlo en piezas para autos, máquinas agrícolas, útiles de cocina. ¿Cómo se hace? Primero, caliento la chapa de acero en un calor infernal, hasta que se ponga roja. Después, sin piedad, cojo el martillo más pesado, y le doy varios golpes, hasta que la pieza adquiere la forma deseada.

»Luego, se sumerge en un caldero de agua fría, y todo el taller se llena con el ruido del vapor, mientras la pieza estalla y grita debido al súbito cambio de temperatura.

»Tengo que repetir este proceso hasta conseguir la pieza perfecta: sólo una vez no es suficiente.»

El herrero hizo una larga pausa, encendió un cigarrillo y siguió:

—A veces, el acero que llega a mis manos no puede aguantar ese tratamiento. El calor, los martillazos y el agua fría terminan agrietándolo todo. Y sé que jamás se transformará en una buena lámina para el arado, ni en el eje de un motor. Entonces, simplemente lo pongo en el montón del hierro viejo que has visto a la entrada de mi herrería.

Otra pausa, y el herrero concluyó:

—Sé que Dios me está poniendo a prueba. He aceptado los martillazos que me da la vida, y a veces me siento tan frío como el agua que hace sufrir al acero. Pero lo único que le pido es: «Dios Mío, Madre Mía, no desistas, hasta que consiga adoptar la forma que esperas de mí. Inténtalo de la manera que creas que es mejor, durante el tiempo que quieras, pero no me pongas nunca en el montón del hierro viejo de las almas».

Cuando acabé mi conversación con aquel hombre, a pesar de estar borracha, sabía que mi vida había cambiado. Hay una tradición detrás de todo aquello que aprendemos, y lo que yo necesitaba era ir en busca de gente que, consciente o inconscientemente, fuera capaz de manifestar ese lado femenino de Dios. En vez de perder el tiempo echando pestes contra mi gobierno y las manipulaciones políticas, decidí hacer lo que realmente me apetecía: curar a la gente. El resto ya no me interesaba.

Como no tenía los recursos necesarios, me acerqué a mujeres y hombres de la región, que me guiaron por el mundo de las hierbas medicinales. Aprendí que había una tradición popular que se remontaba a un pasado muy lejano: era transmitida de generación en generación a través de la experiencia, y no del conocimiento técnico. Con esta ayuda, pude ir mucho más allá de lo que mis posibilidades me permitían, porque yo no estaba allí sólo para cumplir una tarea de la universidad, ni para ayudar a mi gobierno a vender armas, ni para hacer propaganda subliminal de partidos políticos.

Yo estaba allí porque curar a la gente me ponía contenta.

Eso me acercó a la naturaleza, a la tradición oral y a las plantas. De vuelta en Inglaterra, decidí hablar con médicos, y les preguntaba: «¿Sabéis exactamente las medicinas que tenéis que recetar, o... a veces os ayudáis con

∞

la intuición?» Casi todos, después de que se rompía el hielo, decían que muchas veces eran guiados por una voz, y que cuando no respetaban sus consejos, se equivocaban en el tratamiento. Evidentemente utilizan toda la técnica disponible, pero saben que hay un rincón, un rincón oscuro, en el que está realmente el sentido de la cura, y la mejor decisión que se puede tomar.

Mi protector desequilibró mi mundo, aunque no fuese más que un herrero gitano. Yo solía ir por lo menos una vez al año a su aldea, y hablábamos de cómo la vida se abre ante nuestros ojos cuando nos atrevemos a ver las cosas de un modo diferente. En algunas de estas visitas, conocí a otros discípulos suyos, y juntos comentábamos nuestros miedos y nuestras conquistas. El protector decía: «Yo también tengo miedo, pero en esos momentos descubro una sabiduría que está más allá de mí, y sigo adelante».

Hoy gano una fortuna como médica en Edimburgo, y ganaría más dinero si decidiese trabajar en Londres, pero prefiero aprovechar la vida y tener mis momentos de descanso. Hago lo que me gusta: combino los procedimientos curativos de los antiguos, la Tradición Arcana, con las técnicas más modernas de la medicina actual, la Tradición de Hipócrates. Estoy escribiendo un tratado al respecto, y mucha gente de la comunidad «científica», al ver mi texto publicado en una revista especializada, se atreverá a dar pasos que en el fondo siempre ha querido dar.

No creo que la cabeza sea la fuente de todos los males; hay enfermedades. Creo que los antibióticos y los antivirales han sido grandes pasos para la humanidad. No pretendo que un paciente mío se cure de apendicitis sólo con la meditación; lo que necesita es una cirugía buena y rápida. En fin, doy mis pasos con coraje y con miedo, procuro técnica e inspiración. Y soy lo bastante prudente como para no ir hablando de esto por ahí, de lo contrario me tacharían de curandera, y muchas de las vidas que podría salvar acabarían perdiéndose.

Cuando tengo dudas, le pido ayuda a la Gran Madre. Nunca me ha dejado sin respuesta. Pero siempre me ha aconsejado ser discreta; seguro que le dio el mismo consejo a Athena, por lo menos en dos o tres ocasiones.

Pero ella estaba demasiado fascinada por el mundo que empezaba a descubrir, y no la escuchó.

LA BRUJA DE PORTOBELLO

LONDRES (*copyright* Jeremy Lutton). «Por estas y otras razones, yo no creo en Dios. ¡Sólo hay que ver cómo se comportan aquellos que creen en él!» Así reaccionó Robert Wilson, uno de los comerciantes de Portobello Road.

La calle, conocida en todo el mundo por sus anticuarios y por su feria de objetos usados de los sábados, se convirtió anoche en una batalla campal, que exigió la intervención de por lo menos cincuenta policías del Royal Borough of Kensington and Chelsea para calmar los ánimos. Al final del tumulto, había cinco heridos, aunque ninguno en estado grave. El motivo de la disputa, que duró casi dos horas, fue una manifestación convocada por el reverendo Ian Buck, contra lo que llamó «culto satánico en el corazón de Inglaterra».

Según Buck, desde hacía seis meses un grupo de personas sospechosas no dejaban dormir al vecindario en paz las noches de los lunes, día en el que invocaban al demonio. Las ceremonias eran conducidas por la libanesa Sherine H. Khalil, que se autodenominaba Athena, la diosa de la sabiduría.

Generalmente reunía a doscientas personas en el anti-

244

guo almacén de cereales de la Compañía de Indias, pero la multitud iba aumentando según pasaba el tiempo,
y las semanas pasadas, un grupo igualmente numeroso se
quedaba fuera esperando una oportunidad para entrar y
participar en el culto. Viendo que ninguna de sus recla-
maciones verbales, peticiones, colecta de firmas, cartas al
periódico, había dado resultado, el reverendo decidió mo-
vilizar a la comunidad, pidiéndoles a sus fieles que a las
siete de ayer se apersonasen fuera del almacén, para impedir la entrada a los «adoradores de Satanás».

«En cuanto recibimos la primera denuncia, enviamos
a alguien a inspeccionar el almacén, pero no se encontró ningún tipo de droga, ni indicio de actividad ilícita
—declaró un oficial, que prefirió no identificarse, ya que
acaban de abrir una investigación para aclarar lo sucedido—. Como la música siempre terminaba a las 10 de
la noche, no había violación de ley alguna, y no podemos hacer nada. Inglaterra permite la libertad de culto.»

El reverendo Buck tiene otra versión de los hechos:

«En realidad, esa bruja de Portobello, esa maestra de
la charlatanería, tiene contactos en las altas esferas del
gobierno, de ahí la pasividad de una policía pagada con
el dinero del contribuyente para mantener el orden y la
decencia. Vivimos en un momento en el que todo está
permitido; la democracia está siendo engullida y destrui-
da por culpa de la libertad ilimitada.»

El pastor afirma que ya al principio desconfió del grupo; habían alquilado un inmueble que se caía a trozos, y
se pasaban días enteros intentando recuperarlo, «en una
clara demostración de que pertenecían a una secta, y de
que habían sido sometidos a un lavado de cerebro porque
nadie trabaja gratis en este mundo». Al ser interrogado si
sus fieles no se dedicaban también a trabajos caritativos

o de apoyo a la comunidad, Buck alegó que «lo que hacemos es en nombre de Jesús».

Anoche, al llegar al almacén donde sus seguidores la esperaban fuera, algunos de los feligreses del reverendo Buck, que llevaban pancartas y utilizaban un megáfono para llamar a la vecindad a unirse a ellos, impidieron la entrada a Sherine Khalil, a su hijo y a algunos de sus amigos. La discusión en seguida degeneró en agresiones físicas, y al poco tiempo era imposible controlar a ambos bandos.

«Dicen que luchan en nombre de Jesús, pero en realidad lo que quieren es hacer que sigamos sin escuchar las palabras de Cristo, que decía "todos somos dioses"» —afirmó la conocida actriz Andrea McCain, una de las seguidoras de Sherine Khalil, Athena. La señorita McCain recibió un corte en la ceja derecha, fue atendida inmediatamente, y abandonó el lugar antes de que el periódico pudiera descubrir nada más sobre su relación con el culto.

Para la señora Khalil, que intentaba calmar a su hijo de ocho años después de que se hubo restablecido el orden, lo único que sucede en el antiguo almacén es un baile colectivo, seguido de la invocación a un ente conocido como Santa Sofía, a la cual se le hacen preguntas. La celebración termina con una especie de sermón y una oración colectiva en homenaje a la Gran Madre. El oficial encargado de tramitar las primeras denuncias confirmó sus palabras.

Por lo que hemos averiguado, la comunidad no tiene nombre ni está registrada como sociedad benéfica. Pero, para el abogado Sheldon Williams, eso no es necesario: «Estamos en un país libre, la gente puede reunirse en recintos cerrados para eventos sin fines lucrativos, siempre que ello no incentive el quebrantamiento de ninguna ley de nuestro código civil, como sería la incitación al racismo, o el consumo de estupefacientes».

La señora Khalil rechazó con vehemencia cualquier posibilidad de interrumpir su culto por culpa de los disturbios.

«Formamos un grupo para infundirnos valor unos a otros, ya que es muy difícil afrontar solos las presiones de la sociedad —comentó—. Exijo que su periódico denuncie esta presión religiosa que venimos sufriendo a lo largo de todos estos siglos. Siempre que no hacemos las cosas según las religiones instituidas y aprobadas por el Estado, nos reprimen, como han intentado hacer hoy. Lo que pasa es que antes caminábamos hacia el calvario, las cárceles, las hogueras, el exilio. Pero ahora podemos reaccionar, y la fuerza será respondida con la fuerza, de la misma manera que la compasión también será pagada con compasión.»

Cuando se le preguntó por las acusaciones del reverendo Buck, ella lo acusó de «manipular a sus fieles, usando la intolerancia como pretexto, y la mentira como arma para acciones violentas».

Según el sociólogo Arthaud Lenox, fenómenos como éste tendrán a repetirse en los próximos años, posiblemente con enfrentamientos más serios entre religiones establecidas. «En el momento en el que la utopía marxista demostró su total incompetencia para canalizar los ideales de la sociedad, ahora el mundo se dirige hacia un despertar religioso, fruto del pavor natural de la civilización a las fechas redondas. Sin embargo, creo que, cuando llegue el año 2000 y el mundo siga existiendo, el buen juicio prevalecerá, y las religiones volverán a ser tan sólo un refugio para la gente más débil, que siempre está buscando guías.»

∾

La opinión es contestada por don Evaristo Piazza, obispo auxiliar del Vaticano en el Reino Unido: «Lo que vemos surgir no es un despertar espiritual que todos deseamos, sino una onda de aquello que los americanos llaman Nueva Era, especie de caldo de cultivo en el que todo está permitido, los dogmas no se respetan y las ideas más absurdas del pasado vuelven a asolar la mente humana. Personas sin escrúpulos como esta señora están intentando difundir sus ideas falsas en mentes débiles y sugestionables, con el único objetivo del lucro económico y el poder personal».

El historiador alemán Franz Herbert, que actualmente está haciendo una tesis en el Instituto Goethe de Londres, tiene una idea diferente: «Las religiones establecidas han dejado de responder a las cuestiones fundamentales del hombre, como su identidad y su razón para vivir. En vez de eso, se han concentrado sólo en una serie de dogmas y normas moldeadas para una organización social y política. De esta manera, la gente que busca una espiritualidad auténtica parte hacia nuevos rumbos; eso significa, sin ninguna duda, una vuelta al pasado y a los cultos primitivos, antes de que esos cultos se contagien de las estructuras de poder».

En el puesto policial en el que se registró el suceso, el sargento William Morton informó que en el caso de que el grupo de Sherine Khalil decida realizar su reunión el próximo lunes y se sienta amenazado, debe solicitar por escrito protección oficial, para evitar que los incidentes se repitan. *(En el reportaje ha colaborado Andrew Fish. Fotos de Mark Guillhem.)*

HERON RYAN,
periodista

L eí el reportaje en el avión cuando volvía de Ucrania hecho un mar de dudas. Todavía no sabía si
la tragedia de Chernobyl había sido realmente
grande, o si había sido utilizada por los grandes productores de petróleo para inhibir el uso de otras fuentes de
energía.

Me asustó el artículo que tenía en la mano. En las fotos se veían algunos escaparates rotos, a un reverendo
Buck colérico, y —allí estaba el peligro— a una hermosa mujer, con ojos de fuego, abrazada a su hijo. Entendí inmediatamente lo que podría ocurrir. Fui directamente del aeropuerto a Portobello, convencido de que mis
previsiones se iban a hacer realidad.

Desde el lado positivo, la reunión del lunes siguiente
fue uno de los eventos de mayor éxito en la historia del
barrio: acudió muchísima gente, algunos con curiosidad
por ver a la entidad mencionada en el artículo, otros con
pancartas que defendían la libertad de culto y de expresión. Como no había sitio más que para doscientas personas, la multitud permaneció apretujada en la calle, esperando por lo menos una mirada de aquella que parecía
la sacerdotisa de los oprimidos.

Cuando ella llegó, fue recibida con aplausos, notas, peticiones de auxilio; algunas personas le tiraron flores, y una señora, de edad indefinida, le pidió que siguiese luchando por la libertad de las mujeres, por el derecho a adorar a la Madre.

Los feligreses de la semana anterior debieron de sentirse intimidados con la multitud y no aparecieron, a pesar de las amenazas que habían proferido los días anteriores. No hubo ninguna agresión, y la ceremonia transcurrió como siempre: baile, santa Sofía manifestándose (en ese momento yo ya sabía que no era más que un lado de la propia Athena), celebración (aspecto que había sido añadido recientemente, cuando el grupo se cambió al almacén cedido por uno de los que primero empezaron a frecuentarlo), y punto final.

Noté que durante el sermón Athena parecía poseída:

—Todos tenemos un deber para con el amor: permitir que se manifieste de la manera que crea mejor. No podemos y no debemos asustarnos cuando las fuerzas de las tinieblas, aquellas que instituyeron la palabra «pecado» sólo para controlar nuestros corazones y nuestras mentes, quieren hacerse oír. ¿Qué es el pecado? Jesucristo, al que todos nosotros conocemos, se volvió hacia la mujer adúltera y dijo: «¿Nadie te ha condenado? Pues yo tampoco te condeno». Curó los sábados, permitió que una prostituta le lavase los pies, invitó a un criminal que estaba crucificado a su lado a gozar de las delicias del Paraíso, comió alimentos prohibidos, nos dijo que nos preocupásemos sólo del día de hoy, porque los lirios del campo no tejen ni hilan, pero se visten de gloria.

»¿Qué es el pecado? Pecado es impedir que el Amor se manifieste. Y la Madre es amor. Estamos en un nuevo mundo, podemos elegir seguir nuestros propios pasos, no los que la sociedad nos obliga a dar. Si es necesario, nos enfrentaremos de nuevo a las fuerzas de las tinieblas como hicimos la semana pasada. Pero nadie acallará nuestra voz ni nuestro corazón.»

Estaba asistiendo a la transformación de una mujer en un icono. Ella decía todo aquello con convicción, con dignidad, con fe en sus palabras. Deseé que las cosas fuesen realmente así, que estuviésemos realmente ante un nuevo mundo, del que yo iba a ser testigo.

Su salida del almacén fue tan consagradora como su entrada, y, al verme entre la multitud, me llamó a su lado, comentando que me había echado de menos la semana pasada. Estaba alegre, segura de sí misma, convencida de la corrección de sus actos.

Ése era el lado positivo del artículo del periódico, y ojalá las cosas terminasen ahí. Quería estar equivocado en mi análisis, pero, tres días después, mi previsión se confirmó: el lado negativo surgió con toda su fuerza.

A través de uno de los más reputados y conservadores bufetes de abogados del Reino Unido, cuyos directores tenían contactos en las altas esferas del gobierno —ellos sí, y no Athena—, y utilizando las declaraciones que se habían publicado, el reverendo Buck convocó una rueda de prensa para decir que iba a llevar el caso ante la justicia con una denuncia por difamación, calumnia y daños morales.

El secretario de redacción me llamó: sabía que yo tenía amistad con el personaje central de aquel escándalo y me sugirió que hiciésemos una entrevista en exclusiva. Mi primera reacción fue de indignación: ¿cómo iba a utilizar mi relación de amistad para vender periódicos?

Pero, después de hablar un poco, empecé a pensar que tal vez fuese una buena idea: Athena tendría la oportunidad de presentar su versión de la historia. Es más, podría usar la entrevista para promover todo aquello por lo que ahora estaba luchando abiertamente. Salí de la reunión con el secretario de redacción con el plan que elaboramos juntos: una serie de reportajes sobre las nuevas tendencias sociales y las transformaciones que la búsqueda religiosa estaba atravesando. En uno de estos reportajes, yo publicaría las palabras de Athena.

La misma tarde de la reunión con el secretario de redacción fui hasta su casa, aprovechando el hecho de que la invitación había partido de ella, a la salida del almacén. Supe por los vecinos que unos oficiales de justicia habían aparecido el día anterior para entregarle un citatorio, pero tampoco habían podido hacerlo.

Llamé más tarde sin éxito. Lo intenté de nuevo cuando se hizo de noche, pero nadie respondía al teléfono. A partir de ahí empecé a llamar cada media hora, y la ansiedad aumentaba proporcionalmente a las llamadas. Desde que Santa Sofía me había curado el insomnio, el cansancio me empujaba hacia la cama a las 11 de la noche, pero esta vez la angustia me mantuvo despierto.

Encontré el número de su madre en la guía telefónica. Pero ya era tarde, y si ella no estaba allí, toda la familia se preocuparía. ¿Qué debía hacer? Encendí la tele para ver si había pasado algo; nada especial, Londres seguía igual, con sus maravillas y sus peligros.

Decidí intentarlo una última vez: después de sonar tres veces, alguien contestó al teléfono. Inmediatamente reconocí la voz de Andrea al otro lado de la línea.

—¿Qué quieres? —preguntó.

—Athena me dijo que la llamara. ¿Va todo bien?

—Claro que va todo bien, y todo va mal, según cómo lo quieras ver. Pero creo que puedes ayudar.

—¿Dónde está?

Colgó sin dar más detalles.

DEIDRE O'NEILL, conocida como Edda

A thena se hospedó en un hotel cerca de mi casa. Las noticias de Londres referentes a sucesos locales, sobre todo a los pequeños conflictos en los barrios de la periferia, jamás llegan a Escocia. No nos interesa demasiado cómo gestionan los ingleses sus pequeños problemas; tenemos nuestra propia bandera, nuestro equipo de fútbol, y pronto tendremos nuestro parlamento. Es patético que en esta época todavía utilicemos el mismo código telefónico de Inglaterra, sus sellos de correo, y que aún tengamos que sufrir la derrota de nuestra reina María Estuardo en la batalla por el trono.

Ella terminó decapitada a manos de los ingleses, bajo el pretexto de problemas religiosos, está claro. Lo que mi discípula estaba afrontando no era ninguna novedad.

Dejé que Athena descansase durante un día entero. A la mañana siguiente, en vez de entrar en el pequeño templo y trabajar utilizando los rituales que conozco, decidí llevarla a pasear con su hijo por un bosque cerca de Edimburgo. Allí, mientras el niño jugaba y correteaba entre los árboles, ella me contó con detalle todo lo que estaba ocurriendo.

Cuando terminó, empecé a hablar:

—Es de día, el cielo está nublado, y además de las nubes los seres humanos creen que hay un Dios Todopoderoso que guía el destino de los hombres. Sin embargo, mira a tu hijo, mira sus pies, escucha los sonidos que hay a tu alrededor: aquí abajo está la Madre, mucho más cercana, dándoles alegría a los niños y energía a los que caminan sobre Su cuerpo. ¿Por qué la gente prefiere creer en algo distante y olvidar lo que es visible, la verdadera manifestación del milagro?

—Yo sé la respuesta: porque allá arriba alguien de sabiduría incuestionable guía y da órdenes, escondido detrás de las nubes, de sabiduría incuestionable. Aquí abajo nosotros tenemos un contacto físico con la realidad mágica, libertad para escoger adónde nos llevarán nuestros pasos.

—Palabras hermosas y exactas. ¿Crees que es eso lo que desea el ser humano? ¿Desea esa libertad para escoger sus propios pasos?

—Creo que sí. Esta tierra sobre la que piso me ha trazado caminos muy extraños, de una aldea en el interior de Transilvania a una ciudad de Oriente Medio, de allí a otra ciudad en una isla, después al desierto, a Transilvania de nuevo, etc. De un banco de los suburbios a una compañía de venta de inmuebles en el golfo Pérsico. De un grupo de baile a un beduino. Y, siempre que mis pies me empujaban hacia adelante, yo decía «sí» en vez de decir «no».

—¿De qué te ha valido?

—Hoy puedo ver el aura de la gente. Puedo despertar a la Madre en mi alma. Mi vida ahora tiene un sentido, sé por qué estoy luchando. ¿Pero por qué lo preguntas? Tú también has conseguido el poder más importante de todos: el don de curar. Andrea es capaz de profetizar y de hablar con espíritus; he seguido paso a paso su desarrollo espiritual.

—¿De qué más te ha valido?

—La alegría de estar viva. Sé que estoy aquí, todo es un milagro, una revelación.

El niño se cayó y se hizo daño en la rodilla. Instintivamente, Athena corrió hacia él, le limpió la herida, le dijo que no era nada, y el niño volvió a divertirse por el bosque. Usé aquello como una señal.

—Lo que le acaba de pasar a tu hijo me pasó a mí. Y te está pasando a ti, ¿verdad?

—Sí. Pero no creo que haya tropezado y caído; creo que una vez más estoy pasando una prueba que me enseñará el siguiente paso.

En estos momentos, el maestro no debe decir nada; simplemente bendecir a su discípulo. Porque, por más que desee ahorrarle sufrimiento, el camino está trazado y los pies deseosos de seguirlo. Le sugerí que volviésemos de noche al bosque, las dos solas. Me preguntó dónde podía dejar a su hijo; yo me encargaría de eso (tenía una vecina que me debía favores, y a la que le encantaría quedarse con Viorel).

Al final del atardecer volvimos al mismo lugar, y por el camino discutíamos sobre cosas que nada tenían que ver con el ritual que estábamos a punto de realizar. Athena me había visto depilarme con un nuevo tipo de cera, y estaba muy interesada en saber cuáles eran las ventajas respecto a los otros procedimientos. Hablamos animadamente sobre trivialidades, moda, sitios más baratos para comprar, comportamiento femenino, estilos de peinados. En un determinado momento, ella dijo algo como «el alma no tiene edad, no sé por qué nos preocupamos por eso», pero se dio cuenta de que no pasaba nada por relajarse y hablar de cosas absolutamente superficiales.

Todo lo contrario: ese tipo de conversaciones eran divertidísimas, y cuidar la estética no dejaba de ser algo muy importante en la vida de una mujer (los hombres hacen lo mismo, pero de manera diferente, y no lo asumen tanto como nosotras).

A medida que me acercaba al sitio que había elegido —o mejor dicho, que el bosque estaba escogiendo por mí—, empecé a sentir la presencia de la Madre. En mi caso, esa presencia se manifiesta a través de una misteriosa alegría interior, que siempre me emociona, y que casi me lleva a las lágrimas. Era el momento de parar y cambiar de tema.

—Coge algunos palos —le pedí.

—Pero si ya está oscuro.

—La luna llena da bastante luz, incluso estando detrás de las nubes. Educa tus ojos: han sido hechos para ver más allá de lo que crees.

Ella se puso a hacer lo que le pedí, blasfemando a cada rato porque había tocado una espina. Pasó casi media hora, y durante ese tiempo no hablamos; yo sentía la emoción de la presencia de la Madre, la euforia de estar allí con aquella mujer que todavía parecía una niña, que confiaba en mí, que me hacía compañía en esa búsqueda a veces demasiado alocada para la mente humana.

Athena todavía estaba en la fase de contestar preguntas, como había respondido las mías aquella tarde. Yo ya había sido así en una época, hasta que me dejé transportar por completo al reino del misterio, sólo contemplar, celebrar, adorar, dar las gracias y permitir que el don se manifieste.

Veía a Athena cogiendo los palos, y veía a la niña que un día fui, también buscando secretos velados, de poderes ocultos. La vida me había enseñado algo totalmente diferente: los poderes no eran ocultos, y los secretos ya han sido revelados hace mucho tiempo. Cuando vi que la cantidad de palos era suficiente, le indiqué que parase.

Busqué, yo misma, unas ramas más grandes, y las puse encima de los palos; la vida era así. Para que prendiesen fuego, antes tenían que consumirse los palos. Para poder liberar la energía de lo fuerte es necesario que lo débil tenga la posibilidad de manifestarse.

Para poder entender los poderes que tenemos y los secretos que ya han sido revelados, antes hay que dejar que la superficie —las expectativas, los miedos, las apariencias— se consuma. Entonces entramos en esta paz que ahora encontraba en el bosque, con el viento soplando sin demasiada violencia, la luz de la luna por detrás de las nubes, los ruidos de animales que salían por la noche a cazar cumpliendo el ciclo de nacimiento y muerte de la Madre, sin que jamás fuesen criticados por seguir sus instintos y su naturaleza.

Encendí la hoguera.

Ninguna de las dos tuvo ganas de decir nada; simplemente permanecimos contemplando la danza del fuego durante un tiempo que me pareció una eternidad, y sabiendo que, en aquel momento, cientos de miles de personas debían de estar delante de sus chimeneas, en diferentes sitios del mundo, independientemente del hecho de tener en sus casas modernos sistemas de calefacción; lo hacían porque estaban ante un símbolo.

Fue necesario un gran esfuerzo para salir de aquel trance, que aunque no me dijera nada en especial, ni me hiciera ver dioses, ni auras, ni fantasmas, me dejaba en el estado de gracia que tanto necesitaba. Volví a concentrarme en el presente, en la chica que estaba a mi lado, en el ritual que tenía que hacer.

∽

—¿Cómo está tu discípula? —le pregunté.

—Difícil. Pero si no fuera así, tal vez yo no aprendería lo que necesito.

—¿Y qué poder está desarrollando?

—Ella habla con los entes del mundo paralelo.

—¿Igual que tú hablas con santa Sofía?

—No. Sabes que Santa Sofía es la Madre que se manifiesta en mí. Ella habla con los seres invisibles.

Yo ya la había entendido, pero quería estar segura. Athena estaba más callada que de costumbre. No sé si había hablado con Andrea sobre los acontecimientos de Londres, pero eso no venía al caso. Me levanté, abrí la bolsa que llevaba conmigo, saqué un puñado de hierbas especialmente escogidas, y lo eché al fuego.

—La madera ha empezado a hablar —dijo Athena como si fuese algo absolutamente normal, y eso era bueno; ahora los milagros formaban parte de su vida.

—¿Qué dice?

—De momento nada, sólo son ruidos.

Minutos después ella escuchaba una canción que venía de la hoguera.

—¡Es tan maravilloso!

Allí estaba la niña, ya no la mujer, ni la madre.

—Quédate como estás. No intentes concentrarte, ni seguir mis pasos, ni tampoco entender lo que estoy diciendo. Relájate, siéntete bien. Eso es todo lo que a veces podemos esperar de la vida.

Me arrodillé, cogí un palo ardiendo, tracé un círculo a su alrededor, dejando una pequeña abertura para poder entrar. Yo también oía la misma música que Athena, y bailé a su alrededor, invocando la unión del fuego masculino con la tierra que ahora lo recibía con los brazos y las piernas abiertos, que todo lo purificaba, que transformaba en energía la fuerza contenida dentro de aquellos palos, troncos, seres humanos, entes invisibles. Bailé mientras duró la melodía del fuego, e hice gestos de protección a la criatura que estaba dentro del círculo, sonriendo.

Cuando las llamas se extinguieron, cogí un poco de ceniza y la eché en la cabeza de Athena; después borré con los pies el círculo que había hecho alrededor de ella.

—Muchas gracias —dijo ella—. Me he sentido querida, amada, protegida.

—No lo olvides en los momentos difíciles.

—Ahora que he encontrado mi camino, no habrá momentos difíciles. Creo que tengo una misión que cumplir, ¿no?

—Sí, todos tenemos una misión que cumplir.

Ella empezó a sentirse insegura.

—No me has respondido sobre los momentos difíciles.

—No es una pregunta inteligente. Recuerda lo que te he dicho hace un momento: eres amada, querida y protegida.

—Haré lo posible.

Sus ojos se llenaron de lágrimas. Athena había entendido mi respuesta.

¡Mi nieto! ¿Qué tiene que ver mi nieto con eso? ¿En qué mundo vivimos, Dios mío? ¿Todavía estamos en la Edad Media buscando brujas?

Corrí hasta él. El niño tenía la nariz sucia de sangre, pero no parecía importarle mi desesperación, y me empujó:

—Sé defenderme. Y me he defendido.

Aunque nunca haya tenido un hijo de mi vientre, conozco el corazón de los niños; estaba mucho más preocupada por Athena que por Viorel: ésa era una de las muchas peleas que iba a tener en la vida, y sus ojos hinchados no dejaban de mostrar cierto orgullo.

—¡Un grupo de niños del colegio dijo que mamá era una adoradora del diablo!

Sherine llegó poco después, a tiempo de ver al niño ensangrentado y de armar un verdadero escándalo. Quería salir, volver al colegio para hablar con el director, pero yo la abracé. Dejé que derramase todas sus lágrimas, que expresase toda su frustración; en ese momento lo único que podía hacer era quedarme callada, intentando transmitirle mi amor en silencio.

Cuando se calmó un poco, le expliqué con todo cuidado que podía volver a vivir con nosotros, que nos ocuparíamos de todo; su padre había hablado con unos abogados al leer en el periódico lo de la denuncia que se estaba tramitando contra ella. Haríamos lo posible y lo imposible por sacarla de esa situación, aguantaríamos los comentarios de los vecinos, las miradas de ironía de los conocidos, la falsa solidaridad de los amigos.

No había nada más importante en el mundo que la felicidad de mi hija, aunque yo no pudiera comprender por qué siempre escogía caminos tan difíciles y tan sufridos. Pero una madre no tiene que comprender nada; sólo amar y proteger.

Y enorgullecerse. Sabiendo que podíamos dárselo casi todo, se había ido pronto en busca de su independencia. Tuvo sus tropiezos, sus derrotas, intentó afrontar ella sola las turbulencias. Buscó a su madre consciente de los riesgos que corría, y eso la acercó más a nuestra familia. Yo me daba cuenta de que jamás había escuchado mis consejos: conseguir un título, casarse, aceptar las dificultades de la vida en común sin quejarse, no intentar ir más allá de lo que la sociedad permitía.

¿Y cuál había sido el resultado?

Acompañando la historia de mi hija, me convertí en una persona mejor. Es evidente que no entendía nada de la Diosa Madre, esa manía de reunirse siempre con gente extraña, y jamás conformarse con lo que había conseguido después de mucho trabajo.

Pero, en el fondo, me había gustado mucho ser como ella, aunque ya fuese un poco tarde para pensar así.

Iba a levantarme para prepararles algo de comer, pero ella me lo impidió.

—Quiero quedarme aquí un poco, en tu regazo. Es todo lo que necesito. Viorel, vete un rato a la habitación a ver la tele, me gustaría hablar con tu abuela.

∽

El niño obedeció.

—Debo de haberte causado mucho sufrimiento.

—Ninguno. Todo lo contrario, tú y tu hijo sois la fuente de nuestras alegrías, y el motivo por el cual estamos vivos.

—Pero yo no hice exactamente...

—... qué bien que haya sido así. Hoy puedo confesar: hubo momentos en los que te odié, en los que me arrepentí de no haber seguido el consejo de la enfermera y adoptar a otro niño. Y me preguntaba: «¿Cómo una madre puede odiar a su propia hija?» Tomaba pastillas, iba a jugar al bridge con mis amigas, compraba compulsivamente, todo para compensar el amor que te había dado y que creía que no estaba recibiendo.

»Hace algunos meses, cuando decidiste dejar otro empleo más que te estaba dando dinero y prestigio, me desesperé. Fui a la iglesia que hay cerca de casa: quería hacer una promesa, pedirle a la Virgen que tomases conciencia de la realidad, que cambiases de vida, que aprovechases las oportunidades que estabas desperdiciando. Estaba dispuesta a hacer cualquier cosa a cambio de eso.

»Me quedé mirando a la Virgen con el niño en su regazo. Y dije: "Tú, que eres madre, sabes por lo que estoy pasando. Puedes pedirme cualquier cosa, pero salva a mi hija, porque creo que va camino de destruirse a sí misma".»

Sentí que los brazos de Sherine me apretaban. Empezó a llorar de nuevo, pero era un llanto diferente. Yo hacía lo posible por controlar mi emoción.

—¿Y sabes lo que sentí en ese momento? Que ella hablaba conmigo. Y me decía: «Escucha, Samira, yo también pensaba así. Sufrí muchos años porque mi hijo no escuchaba nada de lo que yo le decía. Me preocupaba por su seguridad, creía que no sabía escoger a sus amigos, que no tenía el menor respeto por las leyes, ni por las costumbres, ni por la religión, ni por los mayores». ¿Tengo que contarte el resto?

—No es necesario, lo entiendo. Pero me gustaría escucharlo de todos modos.

—La Virgen terminó diciendo: «Pero mi hijo no me escuchó. Y hoy estoy muy contenta por ello».

Con todo el cariño, retiré su cabeza de mi hombro y me levanté.

—Tenéis que comer.

Fui hasta la cocina, preparé una sopa de cebolla, un plato de tabulé, calenté el pan sin fermentar, puse la mesa y comimos juntos. Hablamos de cosas sin importancia, que en esos momentos nos unían y justificaban el amor de estar allí, tranquilos, aunque la tempestad estuviera arrancando árboles y sembrando la destrucción allá fuera. Claro, al final de la tarde mi hija y mi nieto salieron por aquella puerta, para enfrentarse de nuevo al viento, a las tormentas, a los rayos, pero eso era una elección suya.

—Mamá, has dicho que harías cualquier cosa por mí, ¿verdad? —Claro que era verdad. Incluso dar mi vida, si fuera necesario—. ¿No crees que yo también debería hacer algo por Viorel?

—Creo que es el instinto. Pero además del instinto, ésa es la mayor manifestación de amor que tenemos.

Ella siguió comiendo.

—Sabes que tienes un juicio pendiente con la justicia y que tu padre está listo para ayudarte, si quieres.

—Claro que quiero. Es mi familia.

Lo pensé dos, tres veces, pero no me contuve:

—¿Puedo darte un consejo? Sé que tienes amigos importantes. Hablo del periodista ése. ¿Por qué no le pides que publique tu historia, que cuente tu versión de los hechos? La prensa le está dando mucha cobertura a ese reverendo, y la gente acabará dándole la razón.

—Entonces, además de aceptar lo que hago, ¿me quieres ayudar?

—Sí, Sherine. Aunque no entienda, aunque a veces sufra como debió de sufrir la Virgen en su vida, aunque no seas Jesucristo y tengas un importante mensaje que transmitirle al mundo, yo estoy de tu lado y quiero verte victoriosa.

HERON RYAN,
periodista

A thena entró cuando yo estaba intentando anotar frenéticamente lo que imaginaba que sería la entrevista ideal sobre los acontecimientos de Portobello y el renacer de una Diosa. Era un asunto delicado, delicadísimo.

Lo que yo veía en el almacén era una mujer que decía: «Vosotros podéis, haced lo que la Gran Madre enseña, confiad en el amor y los milagros serán realizados». Y la multitud asentía, pero eso no podía durar mucho, porque estábamos en una época en la que la esclavitud era la única manera de encontrar la felicidad. El libre albedrío exige una responsabilidad inmensa, da trabajo y provoca angustia y sufrimiento.

—Necesito que escribas algo sobre mí —me pidió.

Le respondí que debíamos esperar un poco, el asunto podía morir a la semana siguiente, pero que había preparado algunas preguntas sobre la Energía Femenina.

—De momento, las peleas y los escándalos sólo interesan al barrio y a los periódicos sensacionalistas: ningún periódico respetable ha publicado ni una sola línea. En Londres hay muchos conflictos como éste, y llamar la atención de la gran prensa no es aconsejable. Sería mejor estar dos o tres semanas sin reunir al grupo.

∽

»Sin embargo, creo que el asunto de la Diosa, tratado con la seriedad que merece, puede hacer que mucha gente se haga una serie de preguntas importantes.»

—Durante una cena dijiste que me amabas. Y ahora, además de decir que no me quieres ayudar, ¿me pides que renuncie a las cosas en las que creo?

¿Cómo interpretar aquellas palabras? ¿Estaba aceptando finalmente lo que le había ofrecido aquella noche, lo que me acompañaba cada minuto de mi vida? El poeta libanés había dicho que era más importante dar que recibir; aunque fueran palabras sabias, yo formaba parte de aquello que llaman «humanidad», con mis debilidades, mis momentos de indecisión, mi deseo simplemente de compartir la paz, ser esclavo de mis sentimientos, entregarme sin preguntar nada, incluso sin querer saber si este amor era correspondido. Permitirme amarla era suficiente, eso era todo; estoy seguro de que Santa Sofía estaría totalmente de acuerdo conmigo. Ya hacía casi dos años que Athena estaba en mi vida, y yo tenía miedo de que siguiese por su camino, que desapareciese en el horizonte, sin que yo hubiese sido capaz de acompañarla al menos en una parte de su viaje.

—¿Estás hablando de amor?

—Te estoy pidiendo ayuda.

¿Qué hacer? ¿Controlarme, mantener la sangre fría, no precipitar las cosas y acabar destruyéndolas? ¿O dar el paso que faltaba, abrazarla y protegerla de todos los peligros?

—Quiero ayudarte —respondí, aunque mi cabeza insistiese en decir «no te preocupes por nada, creo que te amo»—. Te pido que confíes en mí; lo haría todo, absolutamente todo por ti. Incluso decir «no» cuando creo que hay que decirlo, aun corriendo el riesgo de que no lo comprendas.

Le conté que el secretario de redacción del periódico me había propuesto una serie de reportajes sobre el despertar de la Diosa que incluía una entrevista con ella. Al principio me había parecido una excelente idea, pero ahora creía que era mejor esperar un poco.

—O quieres seguir con tu misión, o quieres defenderte. Sé que eres consciente de que lo que haces es más importante que la manera en como lo ven los demás. ¿Estás de acuerdo?

—Estoy pensando en mi hijo. Ahora tiene problemas en el colegio todos los días.

—Ya pasarán. Dentro de una semana ya nadie hablará del tema. Entonces será el momento de reaccionar; no para defenderse de ataques idiotas, sino para exponer, con seguridad y sabiduría, la dimensión de tu trabajo.

»Y si tienes dudas de mis sentimientos y estás decidida a seguir, iré contigo a la próxima reunión. Veremos lo que pasa.»

Y al lunes siguiente la acompañé; ya no era una persona más entre la multitud, podía ver las escenas de la misma manera que las veía ella.

Gente que se aglomeraba en el lugar, flores y aplausos, chicas que gritaban «sacerdotisa de la Diosa», dos o tres señoras bien vestidas que imploraban una audiencia en privado, por una enfermedad en la familia. La multitud empezó a empujarnos, abarrotando la entrada; jamás pensamos que sería necesario un plan de seguridad, y me asusté. La agarré del brazo, cogí a Viorel y entramos.

Dentro, en la sala que ya estaba llena, nos esperaba Andrea, muy enfadada:

—¡Creo que hoy deberías decir que no haces milagros! —le grité a Athena—. ¡Te estás dejando llevar por la

∽

vanidad! ¿Por qué Santa Sofía no le dice a toda esta gente que se vaya?

—Porque ella señala las enfermedades —respondió Athena en tono desafiante—. Y cuanta más gente se beneficie, mejor.

Iba a seguir la conversación, pero la multitud aplaudía, y Athena subió al improvisado escenario. Puso en marcha el pequeño reproductor que traía de casa, dio instrucciones para que nadie siguiese el ritmo de la música, les pidió que bailasen, y empezó el ritual. En un momento determinado, Viorel se fue hacia una esquina y se sentó: era el momento de que se manifestase Santa Sofía. Athena repitió lo que ya había visto tantas veces: paró abruptamente el sonido, puso la cabeza entre las manos y la gente se quedó en silencio obedeciendo una orden invisible.

El ritual se repitió sin ninguna variación: preguntas sobre amor que eran descartadas, pero aceptaba hablar sobre ansiedad, enfermedades, problemas personales. Desde la posición en la que estaba, podía ver que algunas personas tenían lágrimas en los ojos, otras parecían estar delante de una santa. Llegó el momento del sermón final, antes del ritual colectivo de la celebración de la Madre.

Como ya conocía los siguientes pasos, empecé a imaginar cuál sería la mejor manera de salir de allí con el mínimo tumulto posible. Deseé que Athena siguiese el consejo de Andrea y dijese a la gente que no buscasen milagros allí; caminé hacia Viorel para poder abandonar el local en cuanto su madre acabase de hablar.

Y fue entonces cuando oí la voz de Santa Sofía:

—Hoy, antes de terminar, vamos a hablar de dietas. Olvidad esa historia de hacer régimen.

¿Dietas? ¿Olvidad esa historia del régimen?

∾

—Hemos sobrevivido todos estos milenios porque hemos sido capaces de comer. Y hoy en día eso parece haberse vuelto una maldición. ¿Por qué? ¿Qué nos hace intentar mantener, a los cuarenta años, el mismo cuerpo que cuando éramos jóvenes? ¿Es posible parar esta dimensión del tiempo? Claro que no. ¿Y por qué tenemos que estar delgados?

Oí una especie de murmullo entre el público. Debían de estar esperando un mensaje más espiritual.

—No tiene que ser así. Compramos libros, frecuentamos academias, gastamos una parte importantísima de nuestra concentración intentando detener el tiempo, cuando deberíamos celebrar el milagro de andar por este mundo. En vez de pensar cómo vivir mejor, nos obcecamos con nuestro peso.

»Olvidad eso; podéis leer todos los libros que queráis, hacer los ejercicios que deséeis, sufrir todos los castigos que decidáis, y sólo tendréis dos alternativas: o dejar de vivir o engordar.

»Comed con moderación, pero comed con placer: lo malo no es lo que entra, sino lo que sale de la boca del hombre. Recordad que durante milenios luchamos por no pasar hambre. ¿Quién ha inventado esa historia de que todo el mundo tiene que estar delgado durante toda su vida?

»Voy a responder: los vampiros del alma, aquellos que tienen tanto miedo del futuro que creen que es posible parar la rueda del tiempo. Santa Sofía os garantiza: no es posible. Usad la energía y el esfuerzo de una dieta para alimentaros con el pan espiritual. Entended que la Gran Madre da con abundancia y con sabiduría; respetadlo, y no engordaréis más de lo normal por el paso del tiempo.

»En vez de quemar artificialmente esas calorías, procurad transformarlas en la energía necesaria para la lucha por los sueños; nadie está delgado mucho tiempo sólo por hacer dieta.»

El silencio era total. Athena dio inicio al ritual de clausura, todos celebraron la presencia de la Madre. Yo cogí a Viorel en brazos prometiéndome a mí mismo que la próxima vez llevaría conmigo a algunos amigos para improvisar un mínimo de seguridad. Salimos oyendo los mismos gritos y aplausos de la entrada.

Un comerciante me agarró del brazo:

—¡Eso es absurdo! ¡Si rompen alguno de mis escaparates, los denuncio!

Athena se reía y firmaba autógrafos, Viorel parecía contento. Yo deseaba que ningún periodista estuviera allí aquella noche. Cuando por fin conseguimos librarnos de la multitud, cogimos un taxi.

Les pregunté si les gustaría comer algo. Claro que sí, acababa de hablar sobre eso, dijo Athena.

ANTOINE LOCADOUR, historiador

E n esta sucesión de errores conocido como «La bruja de Portobello», lo que más me sorprende es la ingenuidad de Heron Ryan, un periodista con años de carrera y experiencia internacional. Cuando hablamos, él estaba aterrorizado con los titulares de los periódicos sensacionalistas:

«¡El régimen de la Diosa!», decía uno.

«¡Adelgace mientras come, dice la Bruja de Portobello!», estampaba otro en primera página.

Además de tocar algo tan sensible como la religión, esa tal Athena había ido más lejos: había hablado de las dietas, un tema de interés nacional, más importante que la guerra, las huelgas o las catástrofes naturales. No todo el mundo cree en Dios, pero todo el mundo quiere adelgazar.

Los reporteros entrevistaban a los comerciantes locales, que afirmaban haber visto velas negras y rojas encendidas, y rituales con presencia de poca gente los días anteriores a las reuniones colectivas. Por lo demás, el tema no era más que sensacionalismo barato, pero Ryan debía de haber previsto que había una denuncia en curso en la justicia británica, y que el acusador no iba a dejar escapar ni una oportunidad para hacerles llegar a los jue-

∞

ces lo que consideraba que no era una simple calumnia, sino un atentado contra los valores que mantenían en pie a la sociedad.

Esa misma semana, uno de los más prestigiosos periódicos ingleses publicaba en su columna de editoriales un texto del reverendo Buck, ministro de la Congregación Evangélica de Kensington, que decía en uno de sus párrafos:

Como buen cristiano, tengo el deber de poner la otra mejilla cuando me agreden injustamente o cuando me faltan al respeto. Sin embargo, no podemos olvidar que, de la misma manera que Jesús puso la otra mejilla, también usó el látigo para azotar a aquellos que pretendían convertir la Casa de Dios en una guarida de ladrones. Es a eso a lo que estamos asistiendo en Portobello Road en este momento: personas sin escrúpulos que se hacen pasar por salvadores de almas, prometiendo falsas esperanzas y curas para todos los males, afirmando incluso que permanecerán delgadas y elegantes si siguen sus enseñanzas.

Así que no me queda otra alternativa más que acudir a la justicia para impedir que dicha situación se prolongue por mucho tiempo. Los seguidores de ese movimiento juran que son capaces de despertar dones nunca vistos, y niegan la existencia de un Dios Todopoderoso, intentando sustituirlo por divinidades paganas como Venus o Afrodita. Para ellos, todo está permitido, siempre que se haga con «amor». Bien, ¿qué es el amor? ¿Una fuerza sin moral que justifica cualquier fin? ¿O un compromiso con los verdaderos valores de la sociedad, como la familia y las tradiciones?

En la siguiente reunión, previendo que se pudiera repetir la batalla campal de agosto, la policía tomó medidas y envió a media docena de guardias para evitar enfrentamientos. Athena llegó acompañada de guardaespaldas improvisados por Ryan, y esta vez no sólo oyó aplausos, sino también abucheos e imprecaciones. Una señora, al ver que iba acompañada de un niño de ocho años, dos días después presentó una denuncia basada en la *Children Act* de 1989, alegando que la madre le estaba causando daños irreversibles a su hijo, y que su custodia debería ser transferida al padre.

Un periódico sensacionalista consiguió localizar a Lukás Jessen-Petersen, que no quiso conceder una entrevista; amenazó al reportero, diciéndole que no mencionase a Viorel en sus artículos, o sería capaz de cualquier locura.

Al día siguiente, ese periódico estampaba el titular: «El ex marido de la Bruja de Portobello dice que es capaz de matar por su hijo».

Aquella misma tarde, otras denuncias basadas en la *Children Act* de 1989 eran presentadas en los juzgados, esta vez pidiendo que el Estado se responsabilizase del bienestar del niño.

No hubo reunión siguiente; aunque grupos de gente —a favor y en contra— estaban delante de la puerta y guardias uniformados intentaban contener los ánimos, Athena no apareció. Lo mismo ocurrió a la semana siguiente; esta vez, tanto los grupos como el destacamento policial eran menores.

A la tercera semana sólo había restos de flores en el local, y una persona distribuía fotos de Athena a los que llegaban.

El asunto dejó de ocupar las páginas de los periódicos

londinenses. Cuando el reverendo Buck decidió anunciar que retiraría la denuncia de calumnia y difamación, basándose en el «espíritu cristiano que debemos tener hacia aquellos que se arrepienten de sus gestos», no encontró ningún gran medio de prensa interesado, y sólo pudo publicar su texto en la sección de cartas de lectores de un periódico de barrio.

Por lo que yo sé, el tema jamás alcanzó una proyección nacional, y siempre estuvo restringido a las páginas en las que se publican los asuntos de la ciudad. Un mes después de que los cultos se acabaron, cuando viajé a Brighton, intenté tocar el tema con algunos amigos, pero ninguno había oído hablar del asunto.

Ryan lo tenía todo en sus manos para aclarar aquel asunto; lo que dijera su periódico sería seguido por la mayoría de la prensa. Pero, para mi sorpresa, nunca publicó ni una línea sobre Sherine Khalil.

En mi opinión, el crimen —por sus características— no tiene nada que ver con lo que sucedió en Portobello. No fue más que una macabra coincidencia.

A thena me pidió que encendiese mi grabadora. Ella traía otra, un modelo que nunca había visto, bastante sofisticado y de dimensiones mínimas.

—En primer lugar, quiero decir que estoy recibiendo amenazas de muerte. En segundo lugar, prométeme que, aunque yo muera, esperarás cinco años antes de dejar que alguien escuche esta cinta. En el futuro podrán distinguir lo que es falso de lo que es verdadero.

»Dime que aceptas, porque de esta manera estarás asumiendo un compromiso legal.»

—Acepto. Pero creo que...

—No creas nada. Si aparezco muerta, éste será mi testamento, a condición de que no se diga nada ahora.

Apagué la grabadora.

—No hay nada que temer. Tengo amigos en todas las posiciones y cargos del gobierno, gente que me debe favores, que me necesita o que me necesitará en un futuro. Podemos...

—¿Ya te he dicho que tengo un novio que trabaja en Scotland Yard?

¿Otra vez esa conversación? Si era así, ¿por qué no estaba allí cuando todos necesitábamos su ayuda, cuando

∞

tanto Athena como Viorel podrían haber sido atacados por la multitud?

Las preguntas surgían una tras otra: ¿me estaba poniendo a prueba? ¿Qué pasaba en la cabeza de aquella mujer? estaría desequilibrada, era inconstante, un rato deseaba estar a mi lado, otro rato volvía al tema de un hombre que no existía?

—Pon la grabadora otra vez —me pidió.

Yo me sentía fatal: empecé a pensar que siempre me había utilizado. En aquel momento me habría gustado decir: «Vete, no aparezcas nunca más en mi vida, desde que te conocí todo se ha convertido en un infierno, vivo esperando el día que llegues aquí, me des un abrazo, me des un beso y me pidas quedarte a mi lado. Pero eso no pasa nunca».

—¿Qué ocurre?

Ella sabía que sí. Mejor dicho, era imposible que no supiera lo que sentía, porque no había hecho otra cosa en todo ese tiempo que mostrarle mis sentimientos, aunque sólo hubiese hablado de ellos una única vez. Pero aplazaba cualquier compromiso para verla, estaba a su lado siempre que me lo pedía, intentaba crear algún tipo de complicidad con su hijo, creyendo que un día podría llamarme papá. Nunca le pedí que dejase lo que hacía, aceptaba su vida, sus decisiones, sufría en silencio con su dolor, me alegraba con sus victorias, me sentía orgulloso de su determinación.

—¿Por qué has apagado la grabadora?

Ese segundo estuve entre el cielo y el infierno, entre la explosión y la sumisión, entre el razonamiento frío y la emoción destructiva. Al final, usando todas las fuerzas, conseguí mantener el control.

Apreté el botón.

—Sigamos.

—Decía que estoy recibiendo amenazas de muerte. Gente que me llama por teléfono, sin decir su nombre; me insultan, afirman que soy una amenaza para el mundo, que quiero hacer que vuelva el reino de Satanás, y que no lo van a permitir.

—¿Has hablado con la policía?

Omití a propósito mencionar a su novio, demostrándole de esa manera que nunca me creí esa historia.

—Sí. Grabaron las llamadas. Las hacen desde cabinas telefónicas, pero me dijeron que no me preocupase, que están vigilando mi casa. Consiguieron coger a una de esas personas: es un desequilibrado mental, cree que es la reencarnación de un apóstol, y que «esta vez hay que luchar para que Cristo no sea expulsado de nuevo». En este momento, está en un hospital psiquiátrico; la policía me contó que ya estuvo internado antes, por amenazar a otros por el mismo motivo.

—Si está atenta, nuestra policía es la mejor del mundo. Realmente no hay por qué preocuparse.

—No le tengo miedo a la muerte; si mis días se acabaran hoy, me llevaría conmigo momentos que poca gente de mi edad ha tenido la oportunidad de vivir. De lo que tengo miedo, y por eso te he pedido que grabases nuestra conversación de hoy, es de matar.

—¿Matar?

—Sabes que se están tramitando unas denuncias para quitarme la custodia de Viorel. Tengo amigos, pero nadie puede hacer nada; hay que esperar el resultado. Según ellos, dependiendo del juez, esos fanáticos pueden conseguir lo que quieren. Por eso he comprado un arma.

»Sé lo que es apartar a un hijo de su madre, porque viví la experiencia en mis propias carnes. De modo que, en el momento que se me acerque el primer oficial de justicia, dispararé. Y seguiré disparando hasta que se acaben las balas. Si no me cogen antes, lucharé con los cuchillos de mi casa, usaré mis uñas y mis dientes. Pero nadie conseguirá apartar a Viorel de mi lado, a no ser que pasen por encima de mi cadáver. ¿Está grabando?

—Sí. Pero hay medios...

—No los hay. Mi padre está siguiendo el procedimiento. Dice que en los casos de derecho de familia, hay poco que hacer.

»Ahora apaga la grabadora.»

—¿Era ése tu testamento?

No respondió. Como yo no hacía nada, ella tomó la iniciativa. Fue hasta donde estaba el equipo de música y puso la famosa música de la estepa, que ahora yo me sabía casi de memoria. Bailó de la manera como lo hacía en los rituales, sin ningún compás, y yo sabía adónde pretendía llegar. Su grabadora seguía encendida, como testigo silencioso de todo lo que estaba pasando allí. Mientras la luz de la tarde soleada entraba por las ventanas, Athena se sumergía en busca de otra luz, que estaba allí desde que el mundo había sido creado.

La centella de la Madre dejó de bailar, interrumpió la música, puso la cabeza entre las manos y se quedó callada algún tiempo. Luego levantó los ojos y me miró.

—Sabes quién está aquí, ¿verdad?

—Sí. Athena y su parte divina, Santa Sofía.

—Me he acostumbrado a hacerlo. No creo que sea necesario, pero fue el método que descubrí para encontrarla, y ahora se ha convertido en una tradición en mi vida. Sabes con quién estás hablando: con Athena. Santa Sofía soy yo.

—Lo sé. Cuando bailé por segunda vez en tu casa también descubrí que un espíritu me guía: Philemon. Pero no hablo mucho con él, no escucho lo que me dice. Sé que, cuando está presente, es como si por fin nuestras dos almas se encontrasen.

Eso mismo. Y Philemon y Santa Sofía hoy hablan de amor.

—Yo tendría que bailar.

—No es necesario. Philemon me entenderá, pues veo que has sido tocado por mi baile. El hombre que está delante de mí sufre por algo que cree que no ha conseguido nunca: mi amor.

»Pero el hombre que hay más allá de ti mismo, ése comprende que el dolor, la ansiedad, el sentimiento de abandono son innecesarios e infantiles: yo te amo. No de la manera que tu parte humana quiere, sino de la manera que la centella divina quiso. Habitamos una misma tienda, que fue puesta en nuestro camino por Ella. Allí entendimos que no somos sus esclavos, sino sus maestros.

»Servimos y somos servidos, abrimos las puertas de nuestras habitaciones y nos abrazamos. Tal vez nos besemos también, porque todo lo que sucede con intensidad en la tierra tendrá su correspondiente en el plano invisible. Y sabes que no te estoy provocando, ni estoy jugando con tus sentimientos al decir eso.»

—¿Qué es el amor, entonces?

—El alma, la sangre y el cuerpo de la Gran Madre. Yo te amo con la misma fuerza con la que se aman las almas exiliadas, cuando se encuentran en el desierto. Nunca habrá nada físico entre nosotros, pero ninguna pasión es inútil, ningún amor es despreciado. Si la Madre ha despertado eso en tu corazón, también lo despertó en el mío, aunque tal vez tú lo aceptes mejor. Es imposible que la energía del amor se pierda: es más poderosa que cualquier otra cosa, y se manifiesta de muchas maneras.

∞

—No soy lo suficientemente fuerte para eso. Esa visión abstracta me deja deprimido y más solitario que nunca.

—Ni yo: necesito a alguien a mi lado. Pero un día nuestros ojos se abrirán, las diferentes formas de amor podrán manifestarse, y el sufrimiento desaparecerá de la faz de la Tierra.

»Creo que no falta mucho; muchos de nosotros estamos volviendo de un largo viaje, en el que fuimos inducidos a buscar cosas que no nos interesaban. Ahora nos damos cuenta de que eran falsas. Pero este regreso no se hace sin dolor, porque hemos pasado mucho tiempo fuera, creemos que somos extranjeros en nuestra propia tierra.»

»Nos llevará algún tiempo encontrar a los amigos que también se fueron, los sitios en los que estaban nuestras raíces y nuestros tesoros. Pero acabará ocurriendo.

No sé por qué razón, empecé a conmoverme. Y eso me empujó hacia adelante.

—Quiero seguir hablando del amor.

—Ya estamos hablando de eso. Ése siempre ha sido el objetivo de todo lo que he buscado en mi vida: dejar que el amor se manifestase en mí sin barreras, que rellenase mis espacios en blanco, que me hiciese bailar, sonreír, justificar mi vida, proteger a mi hijo, entrar en contacto con los cielos, con hombres y mujeres, con todos aquellos que han sido puestos en mi camino.

»Intenté controlar mis sentimientos diciendo "ése merece mi cariño", o "ése no lo merece", cosas de este tipo. Hasta que entendí mi destino, cuando vi que podía perder lo que más quiero en mi vida.»

—Tu hijo.

—Exacto. La manifestación más completa de amor. Fue en el momento en el que surgió la posibilidad de que lo apartaran de mí cuando me encontré de verdad conmigo misma, y entendí que jamás podría tener nada, perder nada. Lo comprendí después de llorar compulsivamente durante horas. Después de sufrir mucho, intensamente, la parte de mí que llamo Santa Sofía me dijo: «¿Qué tontería es ésa? ¡El amor siempre permanece! ¡Y tu hijo se irá tarde o temprano!»

Yo empezaba a comprender.

—El amor no es un hábito, un compromiso, ni una deuda. No es lo que nos dicen las canciones románticas; el amor es. Es ése el testamento de Athena, o de Sherine, o de Santa Sofía: el amor es. Sin definiciones. Ama y no preguntes demasiado. Sólo ama.

—Es difícil.

—¿Está grabando?

—Me pediste que la apagase.

—Pues vuelve a encenderla.

Hice lo que ella me mandaba. Athena siguió:

—También es difícil para mí. Por eso, a partir de hoy ya no vuelvo a casa. Me voy a esconder; la policía me protegerá de los locos, pero nada me protegerá de la justicia humana. Aun así, no me arrepiento: he cumplido mi destino.

—¿Cuál era tu misión?

—Ya lo sabes, porque participaste desde el principio: preparar el camino para la Madre. Seguir una tradición que ha sido reprimida durante siglos, pero que ahora empieza a resurgir.

—Tal vez...

Me interrumpí.

Pero ella no dijo ni una palabra hasta que hube terminado mi frase.

—... tal vez era demasiado pronto. La gente no estaba preparada para eso.

∞

Athena se rió.

—Claro que lo están. De ahí los enfrentamientos, las agresiones, el oscurantismo. Porque las fuerzas de las tinieblas están agonizando, y en este momento están utilizando sus últimos recursos. Parecen más fuertes, como los animales antes de morir, pero, después de eso, ya no son capaces de levantarse del suelo; están exhaustos.

»He sembrado muchos corazones, y cada uno de ellos manifestará este Renacimiento a su manera. Pero hay uno de esos corazones que seguirá la tradición completa: Andrea.

Andrea.

Que la detestaba, que la culpaba del fin de nuestra relación, que le decía a quien quisiera oír que Athena se había dejado llevar por el egoísmo, por la vanidad, y que había destrozado un trabajo que había sido muy difícil poner en pie.

Ella se levantó y cogió su bolso; Santa Sofía seguía con ella.

—Veo tu aura. Se está curando de un sufrimiento inútil.

—Evidentemente ya sabes que no le gustas a Andrea.

—Claro que lo sé. Hemos hablado casi durante media hora sobre el amor, ¿no? Gustar no tiene nada que ver con eso.

»Andrea es una persona absolutamente capaz de llevar la misión adelante. Tiene más experiencia y más carisma que yo. Ha aprendido de mis errores; sabe que debe mantener cierta prudencia, porque los tiempos en los que la fiera del oscurantismo esté agonizando serán tiempos de enfrentamientos. Andrea puede odiarme como persona, y tal vez por eso haya sido capaz de desarrollar sus dones tan rápidamente, para demostrar que era más capaz que yo.

∞

»Cuando el odio hace que alguien crezca, éste se transforma en una de las muchas maneras de amar.»

Cogió su grabadora, la metió en el bolso y se fue.

A finales de aquella semana el tribunal se pronunciaba: habían escuchado a varios testigos, y Sherine Khalil, conocida como Athena, tenía derecho a conservar la custodia de su hijo.

Además, el director del colegio en el que estudiaba el niño fue avisado oficialmente de que cualquier tipo de discriminación contra el niño sería punible por ley.

Sabía que no valía de nada llamar a la casa en la que vivía; le había dejado la llave a Andrea, se había llevado su reproductor de música, alguna ropa, y había dicho que no tenía intención de volver pronto.

Me quedé esperando una llamada para celebrar juntos la victoria. Cada día que pasaba, mi amor por Athena dejaba de ser un sufrimiento, y se convertía en un lago de alegría y serenidad. Ya no me sentía tan solo, en algún lugar del espacio nuestras almas —las almas de todos los exiliados que estaban regresando— volvían a celebrar con alegría el reencuentro.

Pasó la primera semana, y pensé que quizás estaba intentando recuperarse de la tensión de los últimos tiempos. Un mes después, imaginé que habría vuelto a Dubai y regresado a su empleo; llamé y me dijeron que no habían vuelto a oír hablar de ella. «Pero si se enterara de dónde está, por favor, déle un recado: las puertas están abiertas, ella hace mucha falta.»

Decidí elaborar una serie de artículos sobre el despertar de la Madre que provocaron algunas cartas ofensivas de lectores que me acusaban de «divulgar el paganismo», pero que fueron un enorme éxito entre el público.

Dos meses después, cuando me preparaba para comer, me llamó un colega de redacción: el cuerpo de Sherine Khalil, la bruja de Portobello, había sido encontrado. Había sido brutalmente asesinada en Hampstead.

A hora que he terminado de transcribir todas las grabaciones, voy a dárselas a ella. En este momento debe de estar paseando por el Snowdonian National Park, como suele hacer todas las tardes. Es su cumpleaños, mejor dicho, la fecha que sus padres escogieron cuando la adoptaron, y pretendo entregarle este manuscrito.

Viorel, que llegará con sus abuelos para la celebración, también le ha preparado una sorpresa; ha grabado su primera canción en el estudio de unos amigos comunes y la cantará durante la cena.

Después, ella me preguntará: «¿Por qué lo has hecho?»

Y yo le responderé: «Porque necesitaba comprenderte». Durante todos esos años que estuvimos juntos, sólo escuchaba lo que creía que eran leyendas, pero ahora sé que esas leyendas son realidad.

Siempre que pensaba en acompañarla, ya fuera a las ceremonias de los lunes en su apartamento, o a Rumania, o a reuniones con los amigos, ella me pedía que no lo hiciese. Quería ser libre; un policía siempre intimida a la gente, decía. Delante de alguien como yo, incluso los inocentes se sienten culpables.

Estuve dos veces en el almacén de Portobello sin que ella lo supiera. También sin que ella lo supiera, envié a hombres para protegerla en sus llegadas y salidas del local, y por lo menos una persona, más tarde identificada como militante de una secta, fue detenida con un puñal. Decía que había sido instruido por los espíritus para conseguir un poco de sangre de la Bruja de Portobello, que manifestaba la Madre, y que tenían que usarlo para consagrar ciertas ofrendas. No pretendía matarla, sólo recoger la sangre en un pañuelo. La investigación demostró que realmente no había tentativa de homicidio; aun así, fue acusado, y estuvo seis meses en prisión.

No fue mía la idea de «asesinarla» para el mundo. Athena quería desaparecer, y me preguntó si eso era posible. Le expliqué que, si la justicia hubiera decidido que el Estado debía tener la custodia de su hijo, yo no podría ir contra la ley. Pero a partir del momento en que el juez se manifestó a su favor, éramos libres para realizar su plan.

Athena era consciente de que, cuando las reuniones en el almacén alcanzaron publicidad local, su misión estaba desencaminada para siempre. De nada valía ponerse delante de una multitud y decir que no era una reina, una bruja ni una manifestación divina, ya que el pueblo escogió seguir a los poderosos y darle el poder a quien quiere. Y eso iría contra todo lo que ella predicaba: la libertad de escoger, de consagrar el pan, de despertar los dones individuales, sin guías ni pastores.

Tampoco valía de nada desaparecer: la gente entendería un gesto así como un retiro en el desierto, una ascensión a los cielos, un viaje para reunirse con maestros secretos que viven en el Himalaya, y esperarían siempre su regreso. Las leyendas respecto a ella crecerían y posiblemente se formaría un culto a su persona. Empezamos a notarlo cuando ella dejó de frecuentar Portobello; mis informantes decían que, en vez de lo que todo el mundo pensaba, su culto estaba aumentando de manera temible: se empezaron a crear grupos semejantes, gente que aparecía como «heredera» de Santa Sofía, su foto publicada en el periódico, con el niño en brazos, se vendía de manera secreta, mostrándola como una víctima, una mártir de la intolerancia. Los ocultistas empezaron a hablar de una «Orden de Athena», en la que se conseguía —previo pago— un contacto con la fundadora.

Así que sólo quedaba la «muerte». Pero en circunstancias absolutamente normales, como cualquier persona que acaba encontrando el fin de sus días a manos de un asesino en una gran ciudad. Eso nos obligaba a tomar una serie de precauciones.

A) El crimen no podía asociarse al martirio por razones religiosas, porque agravaría la situación que estábamos intentando evitar;

B) La víctima debería estar en un estado en el que no pudiera ser reconocida;

C) El asesino no podía ser encarcelado;

D) Necesitaríamos un cadáver.

En una ciudad como Londres, todos los días tenemos gente muerta, desfigurada, quemada, pero normalmente acabamos cogiendo al criminal. Así que hubo que esperar casi dos meses hasta que ocurrió lo de Hampstead. También en este caso acabamos encontrando al asesino, pero estaba muerto: había viajado a Portugal y se había suicidado de un tiro en la boca. Se había hecho justicia, y todo lo que yo necesitaba era un poco de colaboración de amigos cercanos. Una mano no sabe lo que hace la otra, ellos a veces me piden cosas que no son demasiado ortodoxas, y mientras no se quebrante ninguna ley muy importante, hay —digamos— una cierta flexibilidad de interpretación.

∞

Fue lo que ocurrió. En cuanto se descubrió el cadáver, fui designado junto a un compañero de muchos años para llevar el caso, y recibimos la noticia —casi simultánea— de que la policía portuguesa había descubierto el cuerpo de un suicida en Guimarães, con una nota en la que confesaba un asesinato con los detalles que correspondían al caso que teníamos entre manos, y daba instrucciones para que distribuyesen su herencia a instituciones de beneficencia. Había sido un crimen pasional; en fin, el amor con mucha frecuencia acaba en eso.

En la nota que había dejado, el muerto decía también que había traído a la mujer de una ex república de la Unión Soviética, que había hecho todo lo posible por ayudarla. Estaba dispuesto a casarse con ella para que pudiera tener todos los derechos de un ciudadano inglés, pero había descubierto una carta que estaba a punto de enviarle a un alemán que la había invitado a pasar unos días en su castillo.

En la carta decía que estaba deseando ir y que le enviase pronto el billete de avión para poder verse lo antes posible. Se habían conocido en un café de Londres, y se habían intercambiado sólo dos cartas, nada más que eso.

Estaba ante el cuadro perfecto.

Mi amigo vaciló, a nadie le gusta tener un crimen no resuelto en su historial, pero le dije que yo asumiría la culpa y él estuvo de acuerdo.

Fui hasta donde estaba Athena, una bonita casa en Oxford. Con una jeringuilla, cogí un poco de su sangre. Corté trozos de su pelo, los quemé, pero no completamente. De regreso a la escena del crimen, esparcí las «pruebas». Como sabía que la prueba de ADN sería imposible, ya que nadie sabía quién era su madre ni su padre verdaderos, todo lo que tenía que hacer era cruzar los dedos y esperar que la noticia no tuviera mucha repercusión en la prensa.

Se presentaron algunos periodistas. Les conté la historia del suicidio del asesino, mencionando sólo el país, sin precisar la ciudad. Dije que no se había encontrado ningún móvil para el crimen, pero que estaba totalmente descartada la hipótesis de la venganza o de motivos religiosos; según mi opinión (después de todo, los policías tienen derecho a equivocarse), la víctima había sido violada. Como debió de reconocer a su agresor, acabó muerta y desfigurada.

Si el alemán volvió a escribir, sus cartas debieron de ser devueltas con la señal de «destinatario ausente». La foto de Athena había aparecido una sola vez en el periódico, durante el enfrentamiento de Portobello, así que las posibilidades de que fuera reconocida eran mínimas. Además de mí, sólo tres personas saben la historia: sus padres y su hijo. Todos comparecimos en el «entierro» de sus restos, y la sepultura tiene una lápida con su nombre.

El niño viene a visitarla todos los fines de semana, y tiene un futuro brillante en el colegio.

Claro que un día Athena puede cansarse de esta vida aislada y decidir volver a Londres. Aun así, la memoria de la gente es corta, y salvo por sus amigos más íntimos, nadie se acordará de ella. Para entonces, Andrea será el elemento catalizador y —en honor a la verdad— tiene mucha más capacidad que Athena para seguir con la misión. Además de poseer los dones necesarios, es actriz: sabe cómo lidiar con el público.

He oído decir que su trabajo ha crecido significativamente, sin llamar más atención que la necesaria. Oigo historias de gente en posiciones clave de la sociedad que están en contacto con ella, y cuando sea necesario, cuando consigan alcanzar una masa crítica suficiente, acabarán con toda la hipocresía de todos los reverendos Ian Buck del mundo.

Y eso es lo que Athena desea; no su proyección personal, como muchos pensaban (incluso Andrea), sino que se cumpla la misión.

Al principio de mis investigaciones, que desembocaron en este manuscrito, pensaba que estaba escribiendo su vida para que supiera lo valiente e importante que fue. Pero a medida que las conversaciones proseguían, yo también iba descubriendo mi parte oculta, aunque no crea mucho en esas cosas. Y llegaba a la conclusión de que todo este trabajo era para responder a una pregunta que nunca he sabido responder: ¿por qué Athena me amaba, si somos tan diferentes y no compartimos la misma visión del mundo?

Recuerdo cuando le di el primer beso, en un bar junto a Victoria Station. Ella trabajaba en un banco, yo ya era detective de Scotland Yard. Después de algunos días saliendo juntos, me invitó a bailar en la casa del propietario de su apartamento, cosa que nunca acepté; no va con mi estilo.

Y en vez de enfadarse, me respondió que respetaba mi decisión. Al releer las declaraciones de sus amigos, me siento realmente orgulloso; Athena parecía no respetar la decisión de nadie más.

Meses después, antes de irse a Dubai, le dije que la amaba. Ella me respondió que sentía lo mismo, aunque, añadió, tuviésemos que prepararnos para largos periodos de separación. Cada uno iba a trabajar en un país diferente, pero el verdadero amor puede resistir la distancia.

Ésa fue la única vez que me atreví a preguntarle: «¿Por qué me amas?»

Ella respondió: «No lo sé ni tengo el menor interés por saberlo».

Ahora, al concluir todas estas páginas, creo que encontré la respuesta en su conversación con el periodista.

El amor es.

25 de febrero de 2006, 19:47 horas
Terminada la revisión el día de San Expedito, 2006

Paulo Coelho, a tu alcance

El Peregrino
(Diario de un mago)

Un libro sobre la determinación

Este libro es la confirmación de que uno mismo es el señor de sus pasos, el dueño absoluto de su camino, el arquitecto de su sueño.

El Alquimista

*Una novela sobre
el descubrimiento*

Santiago, el protagonista, un joven pastor, un día abandona su rebaño para ir en pos de una quimera. Cuando una persona desea realmente algo, el Universo entero conspira para que pueda realizar su sueño.

Brida

Una novela sobre la libertad

La sorprendente historia de Brida O'Fern, una de las más jovenes maestras en la Tradición de las Hechiceras. Una gran historia de una vida contada con sencillez y alegría donde la magia habla todas las lenguas del corazón del hombre.

A orillas del río Piedra me senté y lloré

Una novela sobre la entrega

El encuentro de el lado femenino de Dios es el telón de fondo de una historia de amor contada por Pilar, una mujer con miedo a vivir sus sentimientos.

La Quinta Montaña

Una novela sobre la perseverancia

En el año 870 a.C. todos los habitantes de Fenicia creen que el profeta Elías es el responsable de las desgracias y lo condenan a muerte. El pueblo lo obliga a escalar la Quintra Montaña, para pedirle perdón a los dioses, antes de ser sacrificado...

Manual del guerrero de la luz

Un libro sobre el aprendizaje

En cada uno de nosotros vive un guerrero de la luz, alguien capaz de escuchar el silencio de su corazón, de aceptar las derrotas sin dejarse abatir por ellas y de alimentar la esperanza en medio del cansancio y el desaliento.

Veronika decide morir

Una novela sobre el coraje

Veronika parece tener todo lo que desea: acude a sitios de moda por las noches, tiene citas con jóvenes atractivos, pero no es feliz. Algo falta en su vida. Es por ello que, la mañana del 11 de noviembre de 1997, decide morir.

El demonio y la señorita Prym

Una novela sobre la elección

La Srta. Prym está dividida entre el ángel y el demonio que, como todo el mundo, lleva dentro de sí. ¿Quién tendrá la última palabra y decidirá el destino de la Srta. Prym y de toda la comunidad de Viscos?

Once minutos

Una novela sobre lo sublime

"Había una vez una prostituta llamada María..." Como un cuento de hadas para adultos, así comienza la novela que conmovió al mundo.

El Zahir

Una novela sobre la obsesión

Todo parecía estar bien entre ellos hasta el día en que Esther desaparece sin dejar rastros. La policía elabora hipótesis de secuestro, asesinato... El marido, guiado por sus interrogantes, inicia un viaje en busca de su esposa.

La bruja de Portobello de Paulo Coelho
se terminó de imprimir en noviembre de 2006 en
Gráficas Monte Albán, S.A. de C.V.
Fracc. Agro Industrial La Cruz
El Marqués, Querétaro
México